あなたのものじゃないものは あなたのものじゃない

ヘレン・オイェイェミ＝著
上田麻由子＝訳

河出書房新社

あなたのものじゃないものは、あなたのものじゃない

注意して開けなさい

――エミリ・ディキンソンがスーザン・ハンティントン・ギルバートに宛てた
手紙の封筒に書かれていた言葉。一八五二年六月十一日

目次

本と薔薇

ジャウマ・バルコーバに

むかしむかし、カタルーニャの教会でひとりの赤ん坊が見つかった。それは、サンタ・マリア・デ・モンセラート大聖堂でのこと。四月の朝だった。赤ん坊はとても小さく、もぞもぞと身をよじらせているだけだったので、最初かごの中には何も入っていないかのように見えた。いったんはかごの端のほうに迷い込んだものの、勇敢にもまた身体をもぞもぞさせて重なりあった毛布のいちばん表側に辿り着き、そこから顔を覗《のぞ》かせていた。かごを見つけた修道士は、これはどういうことなのかと必死になってわけを知ろうとした。と、モンセラートのマリア像の木でできた目と目があった。何世紀にもわたってその膝の上に子どもを、息もしなければ成長もしない金色の子を抱いてきた母親だ。この高貴なる女性を眺めるうちに無条件の愛をいくらか受け取った修道士は、さらなる導きを求め膝をつき祈った。しかし、赤ん坊が身をよじったことでかごからはらりと落ちた紙切れを、その膝で踏んづけていることに気づいただけだった。そこには次のように書かれていた。

一、ここには黒いマリア像があるのだから、どうすればこの子をわたしと同じくらい愛せるかあなたたちにもきっとわかるでしょう。名前はモンセラートです。

二、わたしのことを待ってて。

赤ん坊の首には金色の鎖がかけられていて、その鎖には鍵がついていた。大きくなるにつれ、彼女は修道院の中のありとあらゆるドアや戸棚の鍵穴にその鍵を差し込んでみたが、何も起こらなかった。待つしかなかった。何と呼んだらいいのかよくわからなかったが、その意向、提案、あるいは約束……？　誰かが彼女のために戻ってくるというその約束は、モンセの慰めになると同時に、激しいいらだちのもとにもなった。もしこれが白人の子どもだったら、サンタ・マリア・デ・モンセラートの修道士たちは彼女の世話を近くに住む家族に委ねていたかもしれない。しかしその子は、彼らが崇拝するマリア像の顔や手と同じように全身真っ黒だった。「フォスク」〔カタルーニャ語で「暗い・濃い」の意〕という名字を彼女が与えられたのは黒人だったからだけでなく、その出自が不透明だったからでもある。修道士たちは、子どもはどんなことをしてほしいと思うものなのか全力で学ぶという使命をみずからに課した。甘やかしすぎることもしょっちゅうで、こんなふうにめったやたらにかわいがるのは大罪なのかそれとも小罪なのかと大真面目に議論した。いずれにしても、モンセに食事を与え、服を着せ、抱っこしたのはベネディクト会の修道士たちであり、歯が生え替わる時期には一緒になって恐怖に震え、彼女がはじめて言葉を発した日には礼拝堂の鐘を何時間にもわたって鳴らしつづけた。モンセラートは少女だったときも大人になってからも、父親たちの献身を疑ったことは一度もない。学校や街中で、ときに変な目で見られたり侮辱的なことを言われたりしてもそれを乗り越えられたのは、ひとつには父親たちのこの揺るぎない献身があったおかげだ。もちろん通りを歩いているときにそういう言葉や視線を投げかけられてしばらくうつむいてしまうこともあるにはあったものの、気を取り直すのにそれほど時間はかからなかった。自分はモンセラートのマリアの娘であり、そのマリア像もまたより偉大な姉であり母でもあるものの象徴にすぎないと、本能的にそしてもちろんひとりの異端者としても感じていた。その女神は楽天的であると同時に悲しみに満ちてもいて、誰かを導くことも守ることもせず、ただあちこちついてきては求められれば形あるものとして寄り添ってくれるだけの存在なのだ。

成長したモンセはレス・コルツ・デ・サリアにある小間物屋で働くようになり、親族に家業を継ぎたくないと言われたセニョーラ・カベラが店をたたむことになるまで、そこで働いた。「モンセ、あなたは働き者ね」とセニョーラ・カベラは言った。「チャンスがあればきっと成功できるわ。グラシア通りにある悪趣味な建物を見たことがあるでしょう。カサ・ミラよ。石切り場みたいに石を次々と放り投げて積み重ねただけみたいに見えるから、採石場《ラ・ペドレラ》と呼ばれているの。あそこで洗濯係として働けるのは、正直で信頼できる女の子だけ。あなたにその仕事ができるかしら？　いいでしょう――管理人夫人のセニョーラ・モリーナに会いに行きなさい。エマ・カベラに言われて来たと言うのよ。これを渡して」。そうして読んでいて思わず赤面してしまうような推薦状を書いてくれた。

翌朝、モンセがラ・ペドレラのセニョーラ・モリーナのもとに出向くと、二階にいるセニョーラ・ガエタのところに送られ、彼女はよろしいと言ってモンセにエプロンをつけた。そのあとは、仕事、仕事、仕事で数週間が過ぎ、いつしか数か月が過ぎていた。自分が割り当てられている住人たちの服だけでなく、カベラ家の人たちの服も一緒に洗っていることをセニョーラ・ガエタに悟られないよう、モンセはことさら大急ぎで働かなければならなかった。ラ・ペドレラでは働いている人たちの入れ替わりが激しく、毎週のように何の前触れもなく新しい女の子たちが加わっては、何も言わず姿を消した。セニョーラ・ガエタは全員の顔と名前を覚えていた。みな同じ制服を着ているので、本人たちですらお互いのことがなかなか覚えられなかったというのに。彼女たちを雇うのも、働きぶりに満足がいかなければその任を解くのもセニョーラ・ガエタの役目だった。屋根裏部屋を慌ただしく動き回り、朱塗りの扇子でぱたぱた顔をあおぎながら少女たちの仕事にあれこれ目を光らせる。住人たちはセニョーラ・ガエタをカサ・ミラになくてはならない人だと言い、洗濯係の少女たちもまた、労働歌を歌っているとときおり一緒になって歌い出す彼女のことが好きだった。今ではダマスク織りのドレスに身を包みカメオの指輪をいくつもはめているけれど、かつては彼女もまた自分たちと同じような少女だったんだと感じられるからだ。セニョーラ・ガエタがみんなに好かれていたのは、彼女の話しぶりがみんなをわくわくさせるからでもある。彼女が何か誓いを立てるとき、それは誰も聞いたことがないくらい強烈で、奇妙で、まさにまたとないものになる。しかも話す声はハープの音色のように甘く震えるのだ。雇うのはいかにも健康そうで、ちょっとやそっとでは腰を悪くしそうにない女性というのが彼女のやり方だった。しかし予想というのはいつも当たるものではない。一晩で老け込んでしまう者もいれば、意外な怠け者もいる。体面を気にする女性も、屋根裏の洗濯場では長つづきしなかった――そういう人たちはもっと当たり障りのない建物での働き口を見つけて出て行った。

　かつてミラ家がその名のもと建てさせたこの邸宅は、完全な失敗作だと一般的には考えられている。責任はもっぱら建築家にある。よい材料は揃っていたのに、どうすればそれを最大限に活《い》かせるかがわかっていなかったのだ。石とガラスと鉄でできた家というものは、世の中を優しく見守る監視塔のように、厳かでどっしりと構えているべきだ。しかしこの家を形作る白い石は、まるでみずからをまさぐる手にいちばん気持ちのいい場所を今まさに探り当てられでもしたかのように、ぴくぴくと波打っている。ある新聞の著名な評論家はこの効果を「悪質な官能性」と表現した。しかも、それだけでは飽き足らぬとでも言うように、日暮れどきや明け方には建物全体がじつに破廉恥な桃色に染まる。世間一般のまともな人たちは、この家がそこに住む人たちの気質そのものをあらわしているように感じずにはいられなかった。中にいる人たちはきっと頭がおかしいか、始終いかがわしいことに耽《ふけ》っているに違いない。しかし、モンセは自分が働いている家を美しいと思っていた。歩道の一角に立って見上げていると、だんだん頭がぼうっとしてくる。モンセの目には、ラ・ペドレラは堂々たる邸宅に映る。ただ、彼女の趣味はおよそ洗練されているとは言えなかった。なにしろお祭りのヤシの実落としで手に入れたぎらぎら光るブリキの欠片《かけら》が、いちばんの宝物だったくらいなのだから。この事実はどう考えても見過ごせそうにない。

　しかしなかには、モンセと同じようにラ・ペドレラに惚れ込んでいる、もっと教養のある人たちもいた。そのうちのひとり、三階に住むセニョーラ・ルーシーは、この邸宅が美的観点から見て本当に不愉快なのかどうかしょっちゅう人々と議論していた。ときおりセニョーラに話を聞きに来たジャーナリストが、帰りぎわに何か捨て台詞でも吐いていこうとしたが、セニョーラ・ルーシーはけっして最後までしゃべらせず、突っ立ったままあらんかぎりの大声で反論した。決まって持ち出されるのは、直角という問題だった。直角がひとつもない、家具ですら歪《ゆが》んでいる家に、どうしてセニョーラ・ルーシーは平気な顔で住んでいられるのか……？

「でもじっさい直角なんている？　いらないでしょ？」。そう言ってセニョーラ・ルーシーは中庭のドアをばたんと閉め、大声で笑いながら階段を駆け上がっていくのだった。

　セニョーラ・ルーシーは画家で、その瞳は夜明けのような色をしている。モンセと同じように鍵にチェーンをとおして首にかけていたが、モンセとは違って自称五十歳で、その歳にしてはお元気ですねと言えるもんなら言ってみなさいとけしかけるような視線を相手に投げかける（本当は三十五歳で、モンセの五歳上なだけだった。ギャラリーのキュレーターから「五十歳だと触れ回るのはやめてくれ」と懇願されているのをあるメイドが耳にしたことがある。これに対してセニョーラ・ルーシーは、最近仲間たちの展覧会をいくつか見に行って、画家の世界で五十歳の男性たちが敬意を払われるのは、その人が五十歳だからなのか、それとも何かほかに理由があるのかを知りたくなったのだと答えた）。それはさておき、メイドたちはセニョーラ・ルーシーに少々失望していた。彼女たちは、芸術家たるもの緋色のパジャマを着てくつろいだり、朝食にカクテルを飲んだり、颯爽《さつそう》としたごろつきや香水のにおいをぷんぷんさせた美女たちをもてなしたりするべきだと思っていたのだ。しかしセニョーラ・ルーシーはいつも規則正しく働いている。彼女の身の回りを任されているメイドのメルセは、セニョーラ・ルーシーが朝のコーヒーを花瓶で飲んでいると言って彼女を庇《かば》おうとしたが、この話を信じる者はひとりもいなかった。

　モンセはあの手この手でセニョーラ・ルーシーに洗濯物を届ける役を買って出ようとした。ほかの届けものもいくつか請け負うことで、ボスであるセニョーラ・ガエタに怪しまれないようにすることもあったくらいだ。セニョーラ・ルーシーのアパートには仕事部屋があり、そこで少し描きはじめてから、キャンバスを本当のアトリエに運ばせることもよくあった。三十秒もあれば、セニョーラ・ルーシーが部屋で絵を描きはじめるところをじっくり眺めることができる。セニョーラ・ルーシーは自分の仕事にモンセが興味津々なのをすぐに察知し、キャンバスに向かっているあいだは仕事部屋のドアを開けておくようにした。彼女はモンセを呼んで、今描いている絵のできばえを尋ねたものだった。「ここを見て」と言って、彼女はキャンバスの縁に描かれたぼんやりとした形を示す。「ここ見て——」と、遠くのほうで色がだんだん濃くなっているところを指先ですっとなぞる。彼女は手足のすみずみまで使って懸命にスケッチする。ほとんど身体を動かしていないのに、セニョーラがときどき息切れしていることにモンセは気がついた。空気の中からイメージを掠《かす》め取ったお返しに、空気のほうも彼女から何かを取り戻そうとしているのだ。

　モンセは、首にかけている鍵のことをセニョーラ・ルーシーに尋ねた。本気で答えが知りたかったわけではない。もう少し部屋に留まっていられるよう、訊《き》いてみただけだった。だが、鍵を身につけているのは待っている人がいるからよとセニョーラに言われて、モンセはついうっかり「あなたも？」と口走ってしまった。

　セニョーラ・ルーシーはさも愉快そうに「ええ、わたしもよ。わたしたちはみな、誰かを待っている」と言った。そしてふたりぶんのコーヒーを花瓶に注ぎながら（本当だったんだ！　本当にやってる！）、鍵にまつわる話を何もかもモンセにすっかり聞かせてくれた。

「ほとんど無一文の女性がふたり、セビーリャで行われたある自画自賛するための儀式で出会った」とセニョーラ・ルーシーは語りはじめた。それはセビーリャ大学を五年前に卒業した人たちのクラス会で、ふたりともこの大学に通ったことなどなかったのにすっかり周りに溶け込んで、会う人会う人にきみたちのことを覚えているよと言われ、かつての同級生たちの元気そうな姿を見るのはいいものだなあとあちこちで感嘆の声があがった。詐欺師たちは事前に下調べして、ここでどんなことを話したり尋ねたりすればいいのか心得ていたのだ。彼女たちの名前はサフィエとルーシーで、前日の午後の大半をかけて持ち主からくすねた華やかな品々をあれこれ身につけていたので、どちらもとても貧乏人には見えなかった。

この無一文の女性たちはありとあらゆる手口を本で学んでおり、手際のよい詐欺師につきものの欠点として、どちらがどちらか区別がつかなかった。ふたりともさまざまな偽名を使って町から町へと渡り歩き、他人と手を組むのは負け犬のすることだと思っていた。ルーシーもサフィエも友人や恋人を見つけたくてその集まりに来たのではない。人脈を作るために来たのだ。ルーシーはパン屋、サフィエは食肉処理場でまともな仕事をしていたころ「大金を持ち慣れていそうに見えるというだけの理由でお金をもらえる人がいる、というのは本当だろうか」と、ふと気になった。記憶に残らない顔と大胆な作り話をする才能に恵まれていたふたりは、それぞれじっさいに試してみてこの説が正しいことを突き止めたのだ。絵を見るのが好きなサフィエは、自分のコレクションを築くためにお金が必要だった。いっぽうルーシーは芸術家で、絵の具や筆、テレビン油、穏やかな光、そして好きなだけ失敗できるよう何枚ものキャンバスをつねに必要としていた。一時期、ルーシーは子どもに怖がられない珍しいタイプのピエロと結婚していたことがあった。どうやらこいつは同類だぞ、目を見ればわかると子どもたちに思われるタイプのピエロだ。背が妙に高いのも変だぞ。ルーシーとその夫には結婚生活があまりしっくりこなかった。結婚という関係はただの恋人同士だったころの気楽さからは想像できないくらい重いものだとわかったが、ともかくやってみた価値はあったとふたりとも思っていた。来たるべき離婚のときを待つあいだ、ルーシーの夫は彼女にすりのこつを教え、のちに彼女は近所の人たちのポケットがからっぽになるまでその技を使った。サフィエと出会った夜、その耳たぶから直接イヤリングを盗んだルーシーは、屋敷のひとけのない一角に身をひそめて念入りに調べてみて、はじめてそれがただの人造宝石《ペースト》であることを知った。そこで自分のつけていためっきのバングルがなくなっていることに気づき、盗めるとしたらあの持ち主しかいないとすぐにわかった。この安物や、それをつけていた形のよい耳たぶの魅力に気を取られている隙にやられたのだ。入学式当日からルーシーが好きだったという記憶違いをしていて、うまくやれば金づるになりそうな銀行員に迫られながら、彼女は賢明な判断をするか無謀なことをしでかすか迷っていた。無謀なほうを選んだことなど、これまで一度もなかった。でも、庭のオイルランタンに寄りかかっているサフィエの姿を目にしたとき、この世界で、あるいはこのパーティーに来ている人たちのなかで馬鹿な女は自分だけではないということに気がつく。サフィエはルーシーのぴかぴかに磨きあげられたバングルを右手に持ってぐるぐる回し、ドレスのふんわりしたシースルーの左袖のうちに蛍を誘い込んで捕まえようとしていたのだ。ドレスに火がつきそうになってもお構いなし。というか、ルーシーが立っているところから見ると、サフィエ自身が火でできているかのように思えた。炎の粒子がちらちらと舞い踊って、そこにまるで彼女の腕があるかのように見せている。その腕が、あるいは彼女そのものが、ふたたび火に戻ろうとしている。

　自分はまぎれもない成功者だというふりをしつづけるのに嫌気がさした何人かの参加者たちとともに、ふたりは大急ぎで同窓会を抜け出した。ルーシーのベッドに倒れ込んだが最後、ふたりは何日もそこから出て来なかった。出て来られたはずがない。ルーシーは指先だけでサフィエの喜びをあますところなく捉え、サフィエが焦《じ》らすように舌でひと舐《な》めするたびルーシーは絶頂寸前まで誘われたのだから。ふたりとも、真夜中のうちにこっそりベッドから抜け出そうと思いながら眠りに落ちる。なにしろいまやすっかりお互いの情熱の虜《とりこ》になってしまっていて、そのことがいずれ恐くなるに決まっていると思ったからだ。だからふたりとも逃げ出そうとしたのに、目が覚めたらまた絡みあってしまっている。サフィエがそこに留まるのもそこから去るのも、ルーシーの思うままだった。ルーシーのほうも、サフィエに言われるがままにどんな突拍子のないこと——息をしないで、お茶を飲まないで——でもやってしまうのだ。ただしばらくして、わたしたち話もしたほうがいいかもとふたりが思い至ると、状況は改善した。お互いを理解することで、これまでふたりとも自分を使い果たしてしまいそうで怖かったんだということに気づけたからだ。じっさいはその正反対で、愛すれば愛するほど、愛すべきものは増えていった。ふたりはときに何か月もはなればなれで過ごさなければならないこともあって、お互いあまり詳しくは話したくないような方法で他人を口車に乗せ貴重品を奪った。ルーシーはサフィエに絵やオレンジの花を贈り、サフィエはルーシーに絵のモデル候補を次々と紹介した。このことでふたりはけんかになった。サフィエが「まともな」暮らしをさせようと画策しているように、ルーシーには思えたからだ。ルーシーは自分が惹《ひ》かれる顔しか描かないと心に決めていたし、あれこれ理由をつけて紹介された人の肖像画を描くのを断りつづけるのは面倒だった。

「気にしないで、あなたはプレゼントするのが苦手なだけなんだよ」と、ルーシーは相手の怒りを鎮めようと笑顔で言った。一緒にいれればプレゼントなんてどうでもよかったし、離れているときにも無理に贈りものなんてする必要はない。でも、これを聞いてサフィエは激怒した。

「何言ってるの？　わたしがプレゼント下手だなんて二度と言わないで！」

もしルーシーが過去に戻って自分の発言を取り消せるなら、このときサフィエにプレゼントするのが苦手だと言ったことを選ぶだろう。ルーシーがこんなことさえ言わなければ、その言葉が間違いだと証明するためにサフィエがプレゼントを盗もうとすることもなかったし、そのせいで彼女が捕まることもなかっただろうからだ。

　恋人たちはクリスマスを一緒に過ごし、それから別々に旅立った――ルーシーはグルノーブルへ、サフィエはバルセロナへ。それぞれの街の中央郵便局留めで手紙を出しあい、四月はじめの手紙では、サフィエがサン・ジョルディの日のロマンティックな習慣についてこんなふうに綴《つづ》った。ねえルーシー、ここでは毎年四月二十三日に本と薔薇《ばら》の花を交換する習慣があるんだよ。わたしたちもやる？

　ルーシーはいそいそと作業に取りかかった。まずパピルス紙を取り寄せ、ページを一枚一枚手作りし、厚手の表紙でくるんで一冊の本にした。そして記憶を頼りにそれぞれのページを埋めていった。膨らみはじめたイングリッシュローズ、満開のロサキネンシス、壁を這《は》うピンクペッパー色のブルボンローズ、花壇で眠る銀色がかったロサモスカータ。これまでに見たことのあるすべての薔薇を、できるかぎり本物に近づけて描き（花びら一枚一枚に陰影をつけていくと、ざらざらした紙がシルクのようになった）、その永遠に色褪《いろあ》せない姿をサフィエに贈ろうとしたのだ。薔薇の本を作っているあいだ、ルーシーは誰にも嘘をつくことなく金を稼いで暮らした。きっかけはある根っからの賭博師と知りあいになったことで、その賭博師はルーシーが自分の神経をびっくりするほど落ち着かせてくれることに気がついた。彼女が隣に座っているあいだはブラックジャックで負け知らずになるので、ふたりで取り決めをして彼がその晩手に入れた賞金の十パーセントをルーシーに渡すことになった。賭け金が高いときにしか勝負をしない男なので、彼は大勝ちし、ふたりとも上機嫌だった。自分たちの運が尽きたらどうなるのか、ルーシーには見当もつかなかった。賭博師が暴力を振るってこないのを祈るほかない。そうなったらこちらも反撃するしかないだろうし、そんな結末は残念すぎる。なにしろ賭博師のことを気に入っていたのだから。ルーシーの身体には指一本触れてこないし、サフィエは元気かといつも気にかけてくれる。自分の妻のことをとても愛していて、その妻も彼のことを心から愛し、夫は夜勤の警備員をしていると思っていた。毎晩のように全財産を失う寸前になっていたことをもし知ったら、きっと彼女は恐怖で頭がおかしくなっていただろう。しかしじっさいには夫のことを何ひとつ疑わず、職場で食べられるようにいつも軽い夕食を作って持たせてくれた。男はその食事が視界に入ることすら嫌がったので（幸運の女神に挑むときはいつもお腹《なか》が痛くなる）、ルーシーが代わりにおいしくいただいた。ハーブ入りのオリーブの味がいつまでも口の中に残るおかげで、あとからワインを飲んだとき葡萄《ぶどう》の青さを思う存分楽しめた。

　賭博師の隣に座ると、すべり出し窓ごしに山の麓へとつづく長い道が見えた。とりわけルーシーが気に入っていたのは、夜が明けていくとき、山が通り沿いにだんだんとこちらへ近づいてくるように見えることだった。追い払われてもいっこうに構わないと覚悟を決め、抜き足差し足こちらへやってくる。儚《はかな》い肉体しか持たぬ者の想像ではあるが、もし自分にも石だったころがあったならどんな気持ちがしたか（あるいはこの先、石になることがあったらどんな気持ちになるか）思い浮かべると、山が窓辺でじっと賭博場の様子に耳を傾け、その希望ともわびしさともつかない雰囲気に浸って心和ませたいと願うのも無理はないようにルーシーには感じられる。いつの日か山が縮んで小さな石ころになり、ガラスを突き破って中に入ってきてはころころとすみに転がっていって、この場所が存在しつづけるかぎり酒場暮らしを満喫できるようになったらいいのに。ルーシーは窓から見えるこの景色のことをサフィエにも伝えようとあれこれ書いてみたが、山の描写をとおして彼女を恋しく思う気持ちがあまりにもありありと伝わってくるのが鬱陶しくて読めたものではなかった。その手紙は送らないことにした。

　サフィエはメイドとして働きはじめていた。我慢強い彼女にうってつけの仕事だ。金庫の中身を手に入れるための暗証番号はもちろん、金庫そのものの場所を知るだけでも何か月もかかるかもしれないのだから。しかし、サフィエは本当にそんなことをしようとしていたのだろうか？ルーシーは例によって騙《だま》されている気がした。サフィエはともすると「これから」のことについて面倒な話をしようとする。いつかは落ち着く必要があるとか、同じ手口の繰り返しばかりになってしまうのは危ないとか。ルーシーはときおり薔薇の本を作る手を止めて、短い手紙を書いて送った。

サフィエへ。このところ忙しくてゆっくり考える暇がなくて。あなたの言ってたサン・ジョルディの日のささやかな品を送るくらいしかできなさそう。今度会ったらちゃんと謝るから。

サフィエからの返事。あなたが送ってくれるものがどんな大きさか知らないけど、わたしのは絶対もっと小さいから。見たらきっと笑っちゃうよ。

ルーシーの返事。負けず嫌いなところ、変わらないね！ 何してるか知らないけど、捕まるのだけはやめてよね。愛してるよ、愛してる。

四月二十三日、サフィエの字で宛先が書かれたルーシーへの封筒が、郵便局に届いた。中には鍵のついたネックレスと、ある小さな区画に黒い薔薇の絵が描かれたバルセロナの地図が入っていた。封筒をひっくり返してみたけれど、手紙は添えられていなかった。本すら送ってこられないのか、とルーシーは思わず舌打ちした。作った本はまだ送っていなかったものの、投函《とうかん》するための列に並んでいるうちに、もう送るのをやめてしまおうかと思いはじめた。

前に並んでいる女性が読んでいる新聞に、サフィエの顔――というか、似せようとして失敗した下手くそなスケッチ――が載っていて、見出しに「バルセロナ」という文字があるのが目に入った。心臓に繫がるどこかの大事な血管がいきなり詰まってしまったのだろうか、それとも血が急にどろどろになって流れが止まってしまったのだろうか。なんとか読み取れたのは、ある殺人に関して警察がひとりのメイドの行方《ゆくえ》を追っていて、その女は偽名を複数使ってほかにも犯罪をいくつも犯している疑いがあるということだった。

殺人？ ありえない。あのサフィエがやるはずがない。思わずあとずさりしたルーシーは、気づくと壁すれすれのところまで下がって来ていた。少し休んでなんとか駅まで歩いて行くと、乗車券と新聞を買って、列車が来るのを待ちながら件《くだん》のページだけ読んだ。財布の中に入れてあるあの地図が示す場所にさえ行けば、そこにきっとサフィエがいるから、どういうことか説明してもらって、ふたりで笑いあうのだ。もちろんヨーロッパを離れることにはなるだろう。サフィエの望みどおり、まっとうな仕事をして暮らさなければならなくなるかもしれない。でもどうか、どうか、どうかお願い。三度の乗り換えを経てまる一日近くかかったその旅のあいだじゅう、彼女は心の中で必死に願いつづけた。どの電車に乗っているときも、山がついてくるような気がした——何度振り返っても、ぴったり後ろをついてきている。彼女はこう思うことにした。グルノーブルで出会って以来ずっと見てきたあの山が、ルーシーがサフィエに会えるよう一生懸命見守ろうとしてくれているのだと。

　サフィエの地図を頼りに、ルーシーは壁を無理矢理くり抜いて作ったドアを見つけた。ドアといってもとても開けられそうにない、レンガを積み損ねたのをただごまかしただけのもののように見える。鍵は鍵穴にぴったりあった。そしてルーシーは薔薇の咲き乱れる、壁に囲まれた庭園に足を踏み入れた。むせるほどの香りに包まれながら、スイート・ブライアーやエグランタインの縄のような蔓《つる》をかきわけて歩くと、足音に驚いた水色の蝶たちがひらひらと四方に飛び去る。わたしのプレゼントのサイズを見たらきっと笑っちゃうよとサフィエは言っていたし、もしそこにサフィエがいたならルーシーもその言葉のとおり笑っていたかもしれない。秘密の花園なんてこれまで誰にもプレゼントされたことなかったのだから。だが新聞ではサフィエに似た女性が雇い主を殺したと報じられていて、ルーシーはそれが事実なのではないか、この贈りものこそがその原因なのではないかと考えると怖くてたまらなかった。黄昏《たそがれ》どきが訪れると、彼女は薔薇の花に埋もれて眠ってみようかと思った。空気をぷうっと吹き込んだようなフリルのついた膨らみが、彼女を何らかの答えへと導いてくれるかもしれない。いや、今はそんな夢に浸っている場合ではない。とにかくサフィエを見つけないと。彼女は二週間のあいだ、人々が殺人犯のメイドの話をしているのに耳を傾けながら街じゅう飛び回った。薔薇園に戻る気にはなれなかったものの、誰かが気づくかもしれないという期待を込めて、恐る恐る鍵を首から下げたままにしていた。しかし誰からも気づかれることなく、彼女は金を使い果たす前にグルノーブルに戻ることにした。例の賭博師は入院していた。ブラックジャックで大負けし、夫が本当は何をしていたのか気づいた妻に思いもよらない力（「人間離れした怪力」と彼は形容した）を振るわれて両腕の骨を折られたうえ、夫が外で家族のために稼いでいる隙にちゃっかり大工と浮気していた妻に、その相手と暮らすからと家から出て行かれたのだ。そんなことがあったにもかかわらず、彼はルーシーに再会できて嬉しそうだった。「運命の女神《フォルトゥナ》がまたおれに微笑《ほほえ》みかけてる！」。わたしはこの人に何ができる？　ルーシーは彼のためにスープを作り、ベッドサイドに付き添っていないときは治療費を賄うためにすりを働いた。ふたりは今でもよき友だちだ。賭博師はルーシーが責任を感じてくれたことに感動し、ルーシーの目には厄介ごとの責任をほかの誰かになすりつけようなんて夢にも思わない彼のことが新鮮に映ったのだ。

　彼女がグルノーブルに戻った数週間後、春の嵐がやってきて山頂から吹き飛ばした苔を通りじゅうに撒《ま》き散らした。嵐の夜はルーシーの部屋の窓をドアに変える。眠っていたルーシーは、窓をガタガタ揺らしているのが雨だけではないことに気がついた……誰かがノックしている。彼女は寝ぼけ眼《まなこ》で、部屋の反対側までよろよろ歩いて行って窓を開けようとラッチを回した。しばらくして窓から這い込んできたサフィエは、全身ずぶ濡れでぶるぶる震えていた。ふたりは長いことキスをした。お互いの歯がガチガチ当たる音でルーシーはすっかり目が覚めた。タオルを持ってくると胸がしめつけられるほど弱々しくささやかなストリップを披露したサフィエを、ルーシーはくるんで温め、訊きたいことも訊かずにただ抱きしめていた。

　少しして、ようやくサフィエが口を開いた。その声はちっとも変わっていなかったので、今目の前で発されているというより、記憶の中から響いてきているような感じがした。

「今日、みんなにあなたのことを尋ねて回ったんだ。通りでしばらく後ろをついて歩いたりもした。帽子につけるリボンと、玉ねぎを一袋買ってたよね。あの帽子のリボンはいい買い物だった。ときどきわたしが見てることに気づかれたんじゃないかと思うこともあったけど、どうやら勘違いだったみたいだね。あなたはよくやっている。誇りに思うよ。わたしがやったことといえば、鍵を盗んで面倒ごとを起こしたくらい。あなたにプレゼントしたかったんだ……プレゼントしたかったんだよ……」

「眠って」とルーシーは言った。「いいから眠って」。それだけ言うのが精いっぱいだった。だがサフィエは、鍵のことをルーシーにわかってもらうためにここに来たのだ。鍵なんだよ、鍵。まるで熱に浮かされたかのようだった。ルーシーにすっかり話して聞かせるまでは、とても眠りそうになかった。

　そもそものはじめから、サフィエは雇い主であるセニョーラ・デル・オルモの話し方がちょっと苦手だった。「あの人の頭の中にはじつに興味深い交換レートがあってさ……誰かに何かもらったことを思い出すときは、いつも自分はほんの少ししかもらっていなくて、相手がうまい汁を吸ったことになっている。でも自分が誰かに何かあげたことを思い出すときは、いつも自分は気前よく振る舞って、そのせいで破産しかけたってことになってるんだ」。その点を除けば、サフィエはセニョーラ・デル・オルモのことを好きでも嫌いでもなく、それよりも家にあるお宝のリストを頭の中で作ることのほうに集中していた。なにしろたくさんあったのだ。それに加えて、首から下げている鍵のこともあった。セニョーラ・デル・オルモはその鍵を指でもてあそびながら、何人もの庭師を面接していった。彼女も同席して、メモを取り、推薦状に目をとおした。どの庭師も、セニョーラ・デル・オルモが求めるほどの徹底的な用心深さは持ちあわせていないようだった。庭をきちんと手入れしておくのはもちろん、庭の存在そのものも秘密にしておく必要があるのだ。結局、サフィエ自身がその園芸の才を発揮することになった。そのころにはサフィエのことをすっかり信頼しきっていたセニョーラ・デル・オルモは、町向こうまで彼女を連れて行って、庭につづくドアを開け中を覗かせてくれた。そこがどんな庭師にも手を加えられそうにない場所であることは、見た瞬間にわかった。そしてまた、咲き乱れる薔薇たちが永遠の贈りものになることを、もさもさと絡みあう薔薇たちはルーシーがさまざまな色を混ぜあわせては観察するアトリエになることをサフィエは見て取った。セニョーラ・デル・オルモは彼女に外で待つように言うと、ひとりで庭に入ってドアを閉めた。三十分後そこから出てきた彼女は息を切らし、頬は紅潮していて――

「キスされたばかりみたいに？」とルーシーが尋ねた。

「全然違う。どちらかというと壊れた体温計のように、誰かに摑《つか》まれてぶんぶん揺さぶられたみたいだった。庭に誰かいたのか尋ねると、いないわよ！　どうしてそんなこと訊くの？　と今にも叫び出さんばかりだった。彼女は黄色にラベンダー色の虎縞《とらしま》が入った見事な薔薇をどっさり摘んできていて、それがあまりに色鮮やかだったから、抱えている手がそのためにこしらえたみすぼらしい段ボール製の小道具みたいに見えた。馬車に乗って帰るあいだその薔薇の束をずっと膝の上に載せていたセニョーラ・デル・オルモは、家に着くころにはすっかり落ち着きを取り戻していた。でもわたしは、あの庭にほかに誰かいたに違いないと思ったんだ――そうでなければ、誰かいたのと訊かれてあんなに動揺するはずないでしょう？」

「わたしが行ったときは誰もいなかったよ」とルーシーが言った。

　サフィエは目をぱちくりさせた。「えっ、じゃああそこに行ったの？」

「うん。薔薇が咲いているだけだったよ」

「薔薇が咲いているだけ……」

「それでどうやって鍵を手に入れたの？」。ふたりは今ではじっと見つめあっていた。サフィエは相手が話を信じていないのではないかと、ルーシーは相手が嘘をついているのではないかと、お互い用心していたのだ。

「夜、ベッドに入る前に何か用事はないかと思って、セニョーラの居間に行ってみた。セニョーラがほかに雇っているのはコックと雑働きのメイドだけで、ふたりはわたしたちとは一緒に住んでいなかったから夜のあいだはそれぞれの家に帰っていた。ドアをノックしてもセニョーラの返事がなくて、代わりに聞こえてきたのは――音」

「音？　声がしたってこと？」

「そう――いや違う。何かがギーギーと軋《きし》む音。錆《さ》びた取っ手を回す音というか、木のドアを蝶番《ちょうつがい》が折れるまで無理矢理こじ開けたときの音というか。わたしには、何かが成長する音に聞こえた。たまに想像するんだ。もし木が成長するときに音が聞こえたら、こんなふうに……ギギギギって軋んでるんじゃないかって。もう一度ノックすると、ギーギーという音は止まって、そのあとしんと静まり返った。その静けさはどう考えても気分のいいものではなかった。それでもわたしにできることがあるならやらなくちゃと思って……もしそこでドアを閉めたままにしておいて、あとになってあのときドアを開けていれば誰かの命が助けられたかもしれないなんてことになったら……そんなの耐えられない……だからとにかくドアを開けてみることにしたんだ。鍵がかかっていることを祈ったけれど、ドアはあっさり開いて、部屋の中ではセニョーラが月明かりのもと、こちらに背を向けて窓際に立っていた。両手で包み込むように薔薇の花を一本持って、まるでそこから何か飲もうとしているみたいだった。背筋をぴんと伸ばして、まっすぐ立ってた。オペラハウスのダンサーでもあんなにまっすぐは立てないってくらいに……」

「死んでたの？」

「ううん、うたた寝してただけ。いやルーシー、そりゃもちろん死んでたよ。わたしはテーブルの上にあったランタンを灯して、近寄ってみた。彼女は目を見開いていて、その目はなんだか、わかってるって感じだった――もしかしてわたしを黙らせようとしてるんじゃないかって思ったくらい。自分の身に何が起こったのかよくわかっていて、今にもこんなふうにしゃべり出しそうだった。しーっ、大丈夫、わかってるから。あなたは知らなくていいのよ。それは、このうえなく恐ろしい表情だった。震えあがるほど怖かった。その顔を頭から追い出そうとセニョーラの身体のほかの部分に目をやって、立てつづけに三つのことに気がついたんだ。ひとつは、彼女が持っている薔薇の色が、窓辺に置いてある花瓶の薔薇の色と違っていたこと。花瓶に活けてあったのは、さっき言ったみたいに黄色にラベンダー色の縞模様の入った薔薇で、彼女が手に持っている薔薇にはオレンジ色に茶色の縞が入っていた」

ルーシーは頭の中で絵の具を混ぜた。黄色をオレンジや青に、紫を茶色に変える色は？　赤だ。

「それからセニョーラの胸に穴がひとつ開いてることにも気がついた」

「穴？」

「何かを正確に刺したような小さい穴」――サフィエはルーシーの胸の中央をとんと叩《たた》いて、そっと押した――「貫通していた。なのに、血は出ていない」

（すべては薔薇の中にある）

「ほかには？」

「オレンジ色の薔薇の茎」。サフィエはまたガタガタと震え出していた。「こんなこと、警察に言えるわけない。わたしが見つけたときはこんなふうだったんです、なんて。薔薇からはしっぽのようなものが生えていた。長くて、弓なりになっていて、棘《とげ》までついている。わたしはそこから逃げ出した」

「その前に鍵を奪ったんでしょう」とルーシーが思い出させるように言った。

「鍵を奪ってから逃げた」

恋人たちは考えに耽るように目を閉じ、そうやって考えているうちにいつのまにか眠っていた。

ルーシーが目を覚ますと、サフィエはいなくなっていた。わたしのこと待っててというメモを残して。それが、彼女がその夜訪ねてきたのが夢ではなかったことを示す唯一の証拠だった。

十年後。ルーシーはまだ待っていた。待つことは彼女の人生を変えた。ひとつは、フランスからスペインに渡ったこと。そして今、彼女が使うのは本当の名前、サフィエの知っている名前だけだった。サフィエが見つけられるように。本名を使うということは、その名前に関する評判をきれいなままに保つということでもある。サフィエのために作った薔薇の本を画廊のオーナーに見せると、値段をつけてほしいと言われたので、法外な金額をふっかけた。妥当な金額だと判断した彼は、その場で支払いを済ませたあと、もっとないかと尋ねた。こうしてサフィエは、ルーシーを見事まともな人生に引っ張り込んだのである。

サフィエとはなれればなれになってから、彼女を探すための風景画をよく描くようになった。セニョーラ・ルーシー自身が絵の中に出てくることはほとんどないが、サフィエの姿はいつもそこにある。この絵を見る人は誰でも、失われた女性をセニョーラ・ルーシーとともに探すことになるのだが、その探索にはつねに不安がつきまとう。たとえ絵の中に彼女の姿を認めても、どういうわけかそれでは彼女を見つけたことにはならないからだ。セニョーラ・ルーシーの題材はほかにもあった。「パリスの審判」〔ギリシア神話で「もっとも美しい女に与える」とされた黄金のりんごを渡す相手を、ヘラ、アテナ、アフロディテの三女神の中から、トロイ王の息子パリスがアフロディテを選んだことでトロイ戦争のきっかけとなったとされる出来事〕を自分なりに想像して描くことで、アフロディテをスケッチするセニョーラ・ルーシーのために、モンセは昼休みごとにポーズをとった。モンセはすぐそわそわしてしまって「だめだめ、動かないで!」と何度も注意される。そのうちセニョーラ・ルーシーが近づいてきて、モンセの顎をくいっと持ち上げたり、髪の毛を指で梳《と》かしてきちんと肩にかかるようにしたりする。その楽しげなしかめっ面が迫ってくるとモンセはだんだん頭がぼうっとしてきて、セニョーラ・ルーシーと一緒にいられるならいつまでだってそこで上機嫌でじっとしていられるのだった。

しかし、この絵は売れなかった。彼女を有名にしたのは、失われた女の絵のほうだった。失われた女はセニョーラ・ルーシー自身をあらわしていると考えられていたが、もし誰かにそうなのかと尋ねられていたら、モンセは違うと答えていただろう。失われた女を描いた絵に関しては誰よりも詳しく、それぞれどこに展示されているかも突き止めていた。日曜の朝は、その展示を黙々と眺めて過ごした。絵の中のサフィエは見ている人に背を向けて、雪に覆われた谷を渡る。足跡は残っていない。別の絵でのサフィエは、雲のはしごを降りていく。次の絵に目を移すと、そこで彼女は白髪の女性になって目を閉じ、塵《ちり》になったかと思えば、左手に持った小さな筆で自分自身をささっと掃き集める。

「庭はどうなったんですか？」とモンセが尋ねた。

ルーシーは微笑んだ。「まだわたしのものよ。年に一度は見に行ってる。鍵も変わっていないし、もう誰からも忘れ去られてしまったんだと思う。いつかまた彼女とわたしが再会するであろう、その日まではね」

「そうなるといいですね」とモンセは心にもないことを言った。「でもそこ、危ないんじゃないんですか？」

「じゃあ彼女の言ったことを信じるのね？」

「まあ——そうです」

「ありがとう、そう言ってくれて嬉しいわ。たとえ本心じゃなくても。新聞にはセニョーラ・ファウスタ・デル・オルモは刺されたと書いてあったけど……つまりだいたいサフィエの言ってたとおりってことよね……」

そんな半信半疑のセニョーラがサフィエをはっきりと疑うよう仕向けるのはそう難しくはなかっただろうと、モンセはいまだに思う。単に「セニョーラ、あなたの一途《いちず》さには感動しましたけど、あなたが待っているのは人殺しですよ」と言えばよかったのだから。かくも奇妙な死に直面して逃げ出してしまうのは無理もないが、鍵を奪う心の余裕だけはあったというのはちょっと無理がある。あるいは、そういうことはサフィエの立場になってみなければわからないのかもしれない。モンセだってもしそんな状況に置かれていたら、自分が何をしたか、あるいは何をしないようにしたかわかったものではない。もしそれが自分の本当の姿を知ることに繋がるのだとしても、そんなことは知りたくない。だから、いくらその気になればセニョーラ・ルーシーの疑念を深めることができたとはいえ、そんな弱みにつけこむような失礼なことをする気は起こらなかった。

「それでモンセ、あなたの鍵のほうは？」

ルーシーの鍵は輝いていたが、モンセの鍵は少し寂しげで埃《ほこり》っぽく見えた。おそらくただの金めっきなのだろう。彼女はエプロンで鍵をぬぐった。

「ただのがらくたですよ」

仕事が終わるまで待っていたらどの店も閉まってしまうので、明日のサン・ジョルディの日のため、モンセは通りの向こうの本屋に駆け込んでセニョーラ・ルーシーに贈る素敵な表紙の本を選んだ。セニョーラの長い話を聞いたうえにこの用事まで済ませたせいで、モンセは洗濯室に戻るのが一時間も遅れた。彼女は夕食の時間をとうに過ぎてからも働き、セニョーラ・ガエタが目を光らせるなかリネンを絞り、屋根裏部屋のうちに生み出された空間の錯覚を密《ひそ》かに呪った。壁から天井までそびえ立つ何本ものアーチ状の筋が、この部屋が棺桶《かんおけ》のように狭いという事実を覆い隠しているのだ。やがてセニョーラ・ガエタが仕上がりを確認し、ようやくモンセを解放した。昼食から帰ってくるのが遅れたという恥ずべき行為については、ただ一言あっただけだった。

「こんなこと許されるのは一度きりよ」

　モンセは家に帰った。自分と似たような背格好をした洗濯係三人と同じ部屋でひとつのベッドを使っている。眠るまでみんなでおしゃべりするのがいつものことだった。四人で仲よくしていたのは、そうせざるを得なかったからだ。その夜モンセはなんとか誰よりも先にベッドに入り、あとから次々とベッドに入ってきた三人に身体を寝室の壁にぎゅうぎゅう押しつけられながら横になった。あまりにも疲れていて話に加わることができなかったのだ。

　モンセが遅刻の埋めあわせをしているあいだ、ほかの洗濯係たちはコンサートに行って、ラ・ペドレラでもっとも噂になっている何組かのカップルの姿を目撃していた。たとえば、四階のアルティガ夫妻と五階のバルデス夫妻は、お互いに陰気な笑みを振りまいていた。セニョール・アルティガとセニョーラ・バルデスは、それぞれの妻と夫の暗黙の了解のもと愛しあっていたのだ。セニョーラ・バルデスの夫はかなり歳上の優しい男で、この建物には設計上の致命的な欠陥があるとしきりに嘆いていた。エレベーターが一階おきにしか停まらないので残りは階段を上り下りすることになり、そのとき近所の人と顔をあわせることになる。セニョーラ・バルデスとセニョール・アルティガが最初にふたりきりになったのも、そのせいだった。セニョール・バルデスは、妻が「あのおしゃべり」のアルティガに入れ込むのは一時の気まぐれであってほしいと願っていた。アルティガの妻は痺《しび》れを切らして、わざと相手に気づかれるようなやり方で何度も暗殺者を雇おうとしたが、夫が「セニョーラ・バルデスの髪の毛一本でも傷つけたらおれは自殺する」と言って、これをやめさせたのだった。なぜアルティガは妻と離婚し、セニョーラ・バルデスに夫と別れて自分と結婚してくれと頼まなかったのだろうか？　頼まれればすぐにでもそうする準備が彼女にはあった（噂ではそういうことになっている）。しかしアルティガがそんなことを言い出すなんてまずありえなかった。たしかに浮気相手は誰より一緒にいて楽しい人だ。しかし何と言っても妻はかなりの遺産を相続する予定なのだ。まともな男なら、別の相続人に乗り換えるのでもなければ、相続人と別れたりはしない。アルティガは「愛しい人よ、生まれ変わったら一緒になろう」とセニョーラ・バルデスに語りかけ、彼女がいちばん喜ぶ方法で泣かせた。こうしてアルティガとセニョーラ・バルデスは、それほど秘められてもいない逢瀬《おうせ》のあいだお互いじっと見つめあい、セニョーラ・アルティガは何かに取り憑《つ》かれたかのように激怒し、セニョール・バルデスはどんどん薄れていく望みの証《あかし》を辛抱強く待ちつづけ、ほかの住人たちはアルティガ夫妻とバルデス夫妻の両方を立ちのかせるよう、建物の所有者に宛てた嘆願書を作成した。管理人夫妻は哀れな老いたセニョール・バルデスのことを気に入ってはいたのだが、それでもふたりがこの嘆願書にサインしたのは、ただでさえ悪評まみれのラ・ペドレラでこんなスキャンダルが起こっているなんて、外に漏れたらたまったものではないと思ったからだ。モンセと同じベッドのいちばん外側で寝ているローラは、賭けをしようとみんなに声をかけていた。

サン・ジョルディの日の朝、仕事がはじまる前にモンセは階段を上って三階に向かった。ルーシーへ、あなたのアフロディテより。白い壁と窓枠が、彼女を取り囲むようにうねうねと曲がりくねり、貝殻のように堅牢な幾何学模様を描いている。一冊の本と一本の薔薇、それだけを手にモンセはやってきた。セニョーラは部屋にいなかった。きっとあの庭で、ほかの薔薇たちに囲まれて過ごしているのだろう。モンセはセニョーラ・ルーシーの部屋のドアの前に捧《ささ》げ物を置いた。まず本を、その上に薔薇を。それから仕事に向かった。

「モンセラート、新聞見た？」と、アスンタが洗濯桶ごしに声をかけてきた。

「わたし新聞見ない」と糸で口をいっぱいにしながらモンセラートが答えた。

「モンセラート、鍵のモンセラート」とマルタがそばで歌うようにささやいた。ほかの洗濯係たちも次々とその歌に加わっていき、モンセは仕方なく針を持つ手を止めてこう言った。「はいはい、何がそんなにおかしいわけ？」

「みんなは今朝の『ラ・バングアルディア』紙に載った広告の話をしてるんだよ」とセニョーラ・ガエタが言って、モンセの裁縫道具の入ったかごの上に新聞を置いた。モンセは糸をピンと張ってそれを一行一行の下に添えながら読んだ。

長さ四センチ足らずの金の鍵を持っている
モンセラートという名の女性からの連絡を待つ。
ゴメス・クルス&モリーナ法律事務所　エンソ・ゴメス

セニョーラ・ガエタは何も言わず、鋭い目つきで四センチ足らずの緋色の糸を手に取ると、モンセの鍵と照らしあわせた。長さはぴったりだった。セニョーラ・ガエタはモンセの肩にぽんと手を置くと、洗いたての洗濯物の山を持ち主に返す前に点検するため、部屋の前のほうに戻って行った。モンセの周りのざわめきが、いつしか耳をつんざくばかりの大声になった。

「モンセ、行かないで――罠《わな》よ！　これって『稲妻と検出されぬ毒』のあの話とそっくり――」

「われらがセシリアは、また現実の人生とお気に入りのラジオ小説との区別がついてない……下劣きわまる想像力だね……」

「はっきり言ってさ、モンセ。あんた洗濯が苦手でしょう。きっと生まれながらの金持ちだったんだね！」

「モンセラート、ローラ・モラレスがいつもあんたを大事にしてたこと忘れないでね……ここに来たばかりの日、お昼をわけてあげたの覚えてるでしょ？」

「あの子が新しいお屋敷に引っ越したら、週末にわたしたち全員を泊めてくれるかも――ねえモンセ！　一年に一度だけでいいからさ」

「お嬢さんがた」とセニョーラ・ガエタがついに割って入った。「今日は頭が痛いんだ。静かにしないと、ここにいる全員が地獄で仕事を探すことになるよ」

モンセは自分の仕事から目を離さなかった。それが心を鎮める唯一の方法だった。

弁護士のエンソ・ゴメスは、彼女の目を見る前にその両手と着ている制服に目をやった。石鹸《せっけん》と硬水で荒れた手を、モンセはとっさに背中の後ろに隠したくなった。しかしそうする代わりに、彼女はネックレスの留め金を外し、鍵を差し出した。彼女が自分の名前を告げると、彼はポケットに入れた鍵束をジャラジャラと鳴らして、こう言った。「本物かどうかたしかめるには鍵を開けてみるしかない。さあ行こうか」

それはモンセのよく知っている道だった。「ときどきあの通りのすぐ先にあるギャラリーに行く」とモンセは指差しながら言った。さっきからずっとこちらをうかがっていたゴメスは、この言葉を聞いてモンセのことをまじまじと見た。

「サラザール・ギャラリーにときどき行くのか？」

「うん……あそこにある絵は――」

「最近のアーティストのことはよくわからない。本当に信じられるのは昔の巨匠だけだ……ただ、今向かってるのはそのサラザール・ギャラリーだ」

ゴメスは立ち止まって書類かばんからフォルダーを取り出し、中に入れていた一枚の紙に書かれた内容を読み上げた。まことに不本意ながら、弟イシドロ・サラザールとの約束に従い、わたしザカリアス・サラザールは、アルハンブラ通り十七番地にあるわが家の図書室を、その権利を有する証拠として図書室の鍵を持って来るモンセラートという人物に譲る。もし、わたしの死後五十年以内にこれを求める者があらわれなかった場合は、この馬鹿げた話を終わらせるため、図書室の扉の鍵を変えよ。母親も見つからないのに、娘が見つかるわけがあるだろうか？

　エンソはフォルダーをかばんに戻した。「あなたがその娘だといいのだけど」と彼は言った。「わたしは今日、われこそはという自称モンセラートに大勢会ってきたが、そのほとんどが運試しに来ただけだった。でも、あなたは――あなたがその娘だといいのだけど。あなたは……サラザール家について何か知っているかね？」

「わたしが知ってるのはザカリアス・サラザールという老人が億万長者で、血の繋がった子どもはいないけど、パトロンとしては多くの芸術作品を生んだってこと……」

「ギャラリーのカタログをすみずみまで読み込んでいるようだね」

　正門を開けてくれたギャラリーの案内係に、金色の壁紙が貼られた通路をいくつか案内されたあと、ふたりは廊下の突き当たりにあるほかの部屋からは独立した図書室に辿り着いた。エンソ・ゴメスがハンカチで額をぬぐっている気配をうすうす感じつつ、モンセは鍵穴に鍵を差し込んでがちゃりと回した。ドアが開くと目の前にあらわれたのは、背の高いいくつもの棚と、それよりも背の高い窓がドーム状になった天井の曲線に沿っていくつも並ぶ部屋だった。洗濯係と弁護士は、ドアにいちばん近い棚の前に立った。夕日が頭上にあるシャンデリアをきらきらと照らし、気づくとふたりは手を繋いでいた。やがて自分の職務を思い出したゴメスは、近くの机につかつかと歩み寄ると、書類かばんからふたたび紙の束を取り出した。

「あなたでよかった、モンセラート」と言ってその書類を机の上に置くと、手のひらでぽんぽんと叩いた。「今後もお役に立てることがあれば遠慮なく言ってください」。彼はお辞儀をして握手をすると、彼女を図書室に残したまま振り返ることなく去って行った。ズボンの裾の折り返しが震えていることだけが、その心のうちを語っていた。

　モンセは暗くて何も見えなくなるまで、書棚の中を歩き回った。もしこの場所が本当に自分のものならば、一般に公開すべきだと思った。一生かかっても読みきれないほどの本がそこにはあったからだ。剣を飲み込む曲芸についての本、海に生息するさまざまな生物についての本、鍵占いや北極光についての本、世界には不思議なことがこれほどたくさんあるのかとあらためて思い出させるようなさまざまなトピックについての本がそこには並んでいた。いつか夢で見たなかにもう一度見たいと思うものがいくつかある。ここにある本のどれもが、モンセをその幻のうちに連れ戻してくれそうだった。あるいは目覚めたままその驚異を目の当たりにできるよう、夢のその先をも見せてくれるかもしれない。今はただ革装本のにおいと、それから何か別のにおいがかすかに、だがはっきりと漂ってくる——薔薇だ。彼女は両手に顔を埋《うず》めて泣き出した。迷子になってしまったからだ。長いあいだこの場所に繋がる鍵をぶら下げてきたけれど、いざ辿り着いてみたところでここがどこなのかわからない。薔薇の香りはどんどん強くなってきた。彼女はエプロンで手をぬぐい、明かりをつけて、エンソ・ゴメスに手渡されたフォルダーを開いた。

　そこにはこんなことが書いてあった。

> モンセラート、わたしはきみのお母さんのことが大好きだ。わたしは一緒に暮らしている人

たち全員のことが好きだった。いくらわたしが愚かでも、信用していない者を周りに置くようなことはしない。階下でじっさいに何が起こっていたのか、わたしは知らなかったのだ。上にいるわたしたちはいつも最後に知ることになる。もしかすると事態はまったく違った結果になっていたかもしれない。きみもこの家に住み、わたしはきみを甘やかし、きみは間違いなくなんとも癪《しゃく》に障るお上品な環境ですくすく育っていただろう。そうなればさぞ素晴らしかっただろう。

　さっき言ったとおり、わたしは一緒に暮らしていたみんなが好きだったが、とりわけオーレリーのことを気に入っていた。わたしはもう年寄りだから――老いた放蕩《ほうとう》者と言ってもいい――記憶はありとあらゆる形でわたしを裏切るが、いまだにはっきり覚えていることがわずかだがある。この人しかいないという人がこれ以上ないタイミングで言ってくれたおかげで、わたしを幸せにしてくれた言葉たちのこと。そこにしかない瞬間を形にした、何枚かの写真のこと。そのひとつが、きみのお母さんの輝くような笑顔を捉えた写真だ。いつもどこか心配そうで、誰かを喜ばせている最中にも、どうしてわたしはこんなに大喜びしているのだろうという顔をしている。あの笑顔が今きみの目の前にあることを願う。彼女がきみのもとに戻ってきていることを願っている。

　もうひとつ余計なことを言わせてくれ。オーレリーがわたしから何か盗んだなんて、わたしが信じるはずがない。きみのお母さんのことをわたし以上に敬愛していた人がいたとすれば、それは弟のイシドロくらいだ。やつはわたしの図書室を彼女に譲るべきだと言った。いや、娘にあげたら彼女はもっと喜ぶだろうとも。ぜひそうしてくれ、さもなくばおまえが死ぬまで取り憑いてやる、とわたしに書いて寄越した。この屋敷の残りの部分は、今では芸術のための場所になっている。わたしがここで暮らしたり、ここを訪れたりしていたのはずいぶん昔のことだ。とにかく図書室はきみのものだよ。だから楽しんでおくれ。

ザカリアス・サラザール

追伸　弟の書類の中に、きみに宛てたオーレリーの手紙がまぎれていた。どうしてそこにあったかはわからない。

そのオーレリーからの手紙を読み進めるうちに、モンセはいつのまにか立ち上がって書棚のあいだにある通路に沿って歩きはじめていた。ときおり立ち止まり、アルコーブのところどころに置かれたクッション付きの椅子に腰かけた。彼女は何度も手紙のページから目を上げ、書棚に目を走らせては、過去を覗き込んでいった。

親愛なるモンセラート

わたしはこれをさっさと書きあげてしまわないといけない。今にあなたのもとに戻るのだから、本当はこんなこと書く必要ないんだけど。たぶん頭をまたちゃんと働かせようとして書いているんだと思う。ほんのわずかなあいだだけでもあなたを手放すのはつらいだろうけど、もし最悪の事態になっても（そうはならないだろうけど）図書室の鍵さえあれば、あなたをいずれ取り戻せるってイシドロが考えたんだ。

あなたの鍵のことを書いておくね。ある願いがわたしに授けてくれたものなの。それはわたしの誕生日、三十歳の誕生日のことで、ファウスタ・デル・オルモだけがその日のことを知っていた。蟻《あり》がジャムに惹かれるように、秘密に惹かれる人というのがいる。ファウスタもそういう人だった。言葉にされないもの、目には見えないものを探し尽くすの――暴きたてるためではなく、そこに存在していたことを誰にも知られないうちに壊してしまうために。姿なき土台を破壊することが、彼女の胸を高鳴らせる。なぜって？　おもしろいからよ。ご主人様があるとき、従姉妹《いとこ》の話をしてくれた。かわいくて明るい女の子だったけど、気が触れてしまって、ある日突然、自殺してしまった。友だちと電話したあとに自殺したの。その友だちは何かひどいことを言ってしまったんだと頭の中でその言葉を探しつづけて、とうとう自分も病んでしまった。ご主人様がこの話をしているとき、わたしはファウスタ・デル・オルモを目の端で追っていた。彼女は最初声を出さずに笑っていたけど、笑い声がどんどん大きくなってしまいには息ができずにひいひい言い出して、ようやくご主人様も気がついたの。彼女はあまりに悲しくあまりに謎めいた話だったのですっかり心打たれてしまいましたと言って、十字を切った。もうそのころには彼女のことが怖くて怖くて、わたしは逆らえなくなっていた。ファウスタのことを誰も止められないのは、彼女が地獄を信じているからなんだ。地獄を信じているからこそ品行方正でいられるとご主人様は思っているようだったけど、じっさいには当然そこに行くものとして、彼女はもう地獄のことなんて気にもかけていなかった。蠟燭《ろうそく》を一本立てた小さなケーキを持ってきたファウスタに「さあ願いごとして」と言われたとき、わたしは断りたかった。

馬鹿みたいな話だけど、ファウスタに誕生日を知られたくなかったの。誕生日を奪われてしまうんじゃないかと思って。もしそうなったら、わたしは生まれてこなかったことになるし、わたしがわたしになることも、あなたのお父さんの蜂蜜酒のような声を聞くことも、お父さんと恋に落ちることもできなかっただろうからね。お父さんは逃げたの。もし見つけ出したら、わたしをここに置き去りにしたあの意気地なしの顔を蹴とばしてやらずにはいられないだろうな。わたしは自分が妊娠していることにまだ気づいていなかったけど、あの人は知ってたと思う。きっとそういうことに対する直感のようなものが働いたのよ。あるとき「赤ちゃんってものはすごく……」と言いかけて、何か詩的なことでもつぶやくのかと思いきや「金がかかる」とだけ言って終わったからね。

そうそう鍵の話をしなくちゃいけないんだった！ 誕生日の蠟燭を吹き消したとき、わたしは百万冊の本がほしいと願った。当時のわたしは無理に笑顔を作っていたから、そんなことやめてもっと心から幸せになりたかったんだと思う。

ご主人様にはパスカル・グレックという夫がいて、教会で結婚したわけではないけど、ふたりはそういう関係だった。使用人のなかには、パスカル様はご主人様のただの親友だと言って自分の顔に目がついてないふりをしている人もいるけど、ファウスタ・デル・オルモによるとふたりは間違いなくベッドをともにしていて、お金持ちだから他人の言うことなんてお構いなしに何でもやりたい放題なんだって。どうやらあなたの鍵は、わたしに話をしてほしくないみたいね。でもわたしは話す。これから話すよ。ご主人様は怒りっぽい人ではないけど、何かと理屈をこねて他人を怒らせる。パスカル様は外に出るのが好きでしょっちゅう狩りに行きたがるから、彼がうずうずし出すとけんかになる——週に三回くらいかな。ご主人様はしばらく図書室に籠もって食事もそこでとり、パスカル様は馬で出かけて行く。でも、図書室から出てくるとご主人様はそれまでよりずっと心穏やかになっている。本たちがご主人様の気持ちを落ち着かせているに違いないとわたしは思った。何百万冊もの本がね——少なくとも、興味なんてないってふりをしてわたしがざっと見たかぎりではそのくらいあるように思えた。そして願いごとをした次の日、図書室の鍵が手に入った。洗濯室にいるわたしのところに送られてきた、ご主人様の部屋着のポケットに入れたままになっていたの。もちろん、どこの鍵が入っていてもおかしくなかったけど、その鍵だった。ご主人様とパスカル様は、ブエノスアイレスで冬を過ごすことになっていたので、鍵とそれを使う機会がわたしのもとに同時にやってきたの。そのころわたしは妊娠四か月になっていたのだけど、それを秘密にして屋敷の中での自分の立場を守るために、お腹を縛っておかなければならなかった。わたしは夜になると図書室に行って、そこで気持ちを落ち着けて不屈の精神を養った。

　どこから手をつけていいかわからず、とにかく知っている名前を探したらジャンヌ・ダルクの伝記が見つかったから、そこに座って無我夢中で読んだ。まるで肉切り包丁を持った誰かにページごしに追いかけられているみたいに、最後まで一気に読んだの。次の日の夜はもう少しゆっくり、ガリレオ・ガリレイの伝記を読んだ。彼の運命が受け容れがたくて、読み終えるのに四晩もかかった。「クソどもが」と読みながら何度も口に出していたら、あるときそう言ったあとに、図書室の別の場所から音が聞こえてきた。夜の図書室には音が溢《あふ》れている。まだ読まれていない本が我慢できずに、みずからの中身を打ち明けてくるからね。あるものは自慢げに、あるものは恥ずかしげに、あるものはひねくれたやり方で。でもそのとき聞こえてきたのは、本の立てる音ではなかった。咳《せき》かくしゃみをこらえようとしたのか、咳払いか、あるいはその三つが混じりあって発作のようにとっさに出た音だったのか。あたりはしんと静まり返った。本までもが黙りこくった。わたしは目の前にある棚をまっすぐ見据え、背表紙に書いてあるタイトルをひとつひとつ確認していった。ある背表紙と背表紙とのあいだに隙間があって、そこから目がふたつ覗いていた。ご主人様の目でも、パスカル様の目でもない。これまで会ったことのある誰の目でもなかった。

　わたしは勇気を出して尋ねてみた。「ここで何してるの？」

「きみこそここで何してる？」とその男は尋ねた。声の様子から体調がよくないことが伝わってきて、怖いという気持ちがどこかへ行ってしまった。お互い何か理由があるのだと思った。

「本を読んでるのがわからない？」とわたしは言った。「あなたも読んだらいいのに。人をスパイするんじゃなくてね」

「そうかも」と彼は言った。「きみもあの人みたいな感じなのかなと思っただけなんだ」

「あの人？」

「うん。でも僕を見たことは彼女に言わないでね」

「なんで？」

「彼女のこと見てたってバレるから……兄に話すまでは知られたくないんだ」

「お兄さん？」

「しゃべりすぎだよ、かわいい泥棒さん。僕はもう休まないと。でもあの人に言わないと約束して」

あの人が誰なのか説明してもらうまでもなかった。ファウスタのことを言っていたに違いない。彼女がここで何をしていたかなんて知りたくもなかった。

「泥棒じゃないよ」とわたしは言った。「それにあの人には何も言わない。どっちにしてもあなたの姿は見てないし。見えたのは目だけ」

「それで？　かわいい泥棒さんは、僕の目をどう思う？」

「おじいさんの目だね」とわたしは答え、彼がそこから立ち去る音が聞こえなくなるまで『ガリレオの生涯』を顔の前に掲げたままにしていた。彼は図書室の奥まで歩いて行って、それから階段を何段か上った――その音を聞くまで図書室に階段があるなんて知らなかった――モンセラート、見てごらん。ふたつの棚のあいだに階段があって、その上の壁の途中にあるドアに繋がっているのがわかるでしょう。扉の先は母屋の翼《よく》になっている。その場所のことは使用人のなかでもかぎられた人しか知らなかったけど、ご主人様の弟イシドロ・サラザールがそこで暮らしていることはみんな知っていた。暮らしているといってもイシドロは死にかけていて、誰かに話しかけられたり、話題にされたりしたくないのはみんなわかっていた。食事はご主人様がスイスのお医者様から教わった不老不死の栄養学に基づいて、専属の料理人が作っている。イシドロの部屋でどんなふうに食卓を整え、食事を出しているか、ファウスタが以前みんなに聞かせてくれたことがある。彼女が支度しているあいだイシドロは隣の部屋で待っている。そして何を食べようが何を残そうが、結局は死にかけていることには変わらない。その話を思い出すと、わたしが言ったことのせいでイシドロの悩みの種を増やしたんじゃないかと心配になった。

次の日、ファウスタが昼食を持って行ったあと、わたしは彼の部屋まで階段を駆け上がって「あなたにあんな態度を取るべきじゃなかった――図書室の無礼で軽率なメイドより」と書いたメモをドアの下に押し込んだ。しばらく図書室には近づかないようにしていたものの、本たちのおしゃべりが屋敷の反対側にあるメイド用の寝室で眠るわたしの耳にまで聞こえてきて、結局また足を踏み入れることになった。その晩、彼の姿はなかったものの、ガリレオの本を取り出そうとお気に入りの棚のところに行くと、隣の本から紙が一枚飛び出しているのが目に入った。その紙切れにはこう書かれていた。「かわいい泥棒さんへ――この本を読んで。それからほかの本も探してごらん」

彼の選んだ本には気に入るものもあれば、眠くなるものもあった。わたしは彼の挟んだ紙を裏返して、そこに思ったことを書き込んだ。選ばれた本のなかに薄い小冊子の詩集があって、わたしにはよく意味がわからなかった。だから彼が紹介してくれた別の詩の一節を借りて、こう突っぱねたの。韻律あれども、調和なし。彼からは長い長い怒りの返事が返ってきた――わたしがいいと思わなかったあの詩の作者は、きっと彼自身だったんだろうね。

イシドロはなかなかわたしのそばに来ようとはしなかった。わたしは来てほしいと思うようになっていたのに。夜な夜な、わたしたちは棚を挟んで一言も話さず、周りの本たちの声に耳を傾けながらそれぞれ本を読んだ。スタンダールによると、すべてが順調に進んでも恋に落ちるのには一年と一か月ほどかかるらしい。わたしたちがそれより速く恋に落ちたのは、すべてが順調とは言えなかったからかもしれない。わたしは日に日にお腹の中のあなたを隠しておくのが難しくなり、彼は自分が死にかけていることが頭から離れず、悪夢が彼を力尽くで奪い去るまで眠気と戦っていた。ある夜、彼は図書室で眠り込んでしまった——以前にも二度ほど同じようなことがあったけど、彼に配慮してその姿を見ずにいられるルートで帰った。でもこのときは「やめろ、やめろ……」という声が聞こえてきて、わたしは思わず駆け寄って、起こしたほうがいいかたしかめるために彼の顔を覗き込んだ。目からは想像できないほど若々しい顔だった。彼がどんな病に冒されていたのかはわからない——でも、そのせいでどんどん衰弱していたのはたしかで、こうして顔を見ている最中にも美しさが少しずつ影をひそめていくのがわかった。寝顔からはその人の性格が読み取れるもので、そういう意味では彼の顔はなかなかのものだった。誇り高き男の顔。復讐心に燃え、ひどく無邪気で、まだまだ質問したいことがたくさんある顔、わたし自身が尋ねたいことの答えをいくつも知っている顔だった。彼は老人のような目を開き、わたしを吸い込もうとでもするかのようにすうっとゆっくり深呼吸した。傍から見れば、まるでわたしが彼にキスしようとしているみたいだったに違いない。ふたつの顔はとても近くにあって、その周りをカーテンのようにわたしの髪が取り囲んでいた。もし今キスしたら、それはきっとふたりの秘密になる。わたしは彼にキスした。それから、痛くなかった、と訊いた。よくわからないから、もう一度やってみようと彼は答えた。そして彼はわたしにキスし返した。もう彼のもとを離れたくなかったけど、ほかのメイドたちが起き出してくる前にベッドに戻らないといけなかった。

　モンセラート、お父さんとの恋もいいものだったと書いたけれど、イシドロ・サラザールとの恋は夢のようだったよ。お金持ちだったからとかそういうことじゃなくて——！　彼は何人もの博識なお医者様がたにタイムリミットを告げられていたにもかかわらず、愚かにもわたしを愛した。彼のおかげで、わたしたちはずっと昔からお互いのことを知っていたみたいに感じられたし、彼が永遠にわたしのそばにいてくれるようにも感じられた。あるときファウスタ・デル・オルモに誰もいないところに連れて行かれて「わたしに何か言いたいことない？」と訊かれたときは血の気が引きそうになったけど、なんとかこらえた。どのみち彼女が訊こうとしていたのは妊娠のことだったのかもしれない。

　イシドロの部屋につづく階段の向こうにはドアがあって、そこから壁に囲まれた庭に出られる。この庭もイシドロのものだった。彼はみずからの手ですべての薔薇を植え手入れしていたけれど、病状が進むにつれて、ただ夕方そこで薔薇たちと一緒にいることしかできなくなった。わたしたちはよくふたりでそこで過ごした。庭の端から端までは長い道のりだったから、途中でわたしが彼を運んであげることもあった。そう、おんぶしてね。想像できるかな。薬のせいで――その量はどんどん増えていった――彼はいつもうとうとしていたけど、どれだけ意識が朦朧《もうろう》としているときでもわたしのお腹の中にあなたがいることは忘れなかった。「赤ちゃんがいるのに！」。赤ちゃんは気にしていないよと言ったし（気にしていないよね？）、イシドロをおぶっているほうがむしろ身体のバランスが取りやすいとも伝えた。芝生の上に横たわると、彼の意識はいくぶんはっきりした。彼はすごく薔薇が好きだったから、ある晩わたしは伝えたの。あなたは死なない。薔薇になるんだよ、って。

「もしそうなら、今こうして死にかけていることなんてどうでもよくなるね」と彼はゆっくり話した。「いや、ちょっと待って……薔薇だって死ぬ」

「じゃあそのあとまた別のものになるんだよ。雀蜂《すずめばち》とか。そうすれば、あなたの詩を気に入らない人たちを刺して回れるからね」

　そのころから、わたしのベッドの上に贈りものが置かれるようになった。最初はささやかな品だったのに、どんどん大きなものになっていった。真珠母《マザー・オブ・パール》でできた櫛《くし》、子羊の革の財布、緑色のカシミアのショール。わたしはイシドロに贈りものをやめるように言った。周りの使用人たちにどうしたのと訊かれるから。イシドロは最初のうちはただ笑っているだけだったけれど、わたしが言われたとおりプレゼントを見せると戸惑った顔になり、送り主が彼ではないことがわかった。

「本当にわたしに言いたいことはない？」とファウスタ・デル・オルモにまた声をかけられた。太陽の光が眩《まぶ》しかっただけなのかもしれないけど、わたしのお腹を見て目を細めたような気がした。それから彼女は、二週間後にご主人様が戻ってくることを知らせた。わたしは何も答えなかった。次の瞬間、彼女がわたしをどんと押した——階段の手すりに掴まっていなかったら転んでいただろう——そしてすれ違いざまに耳元でこうささやいた。「どうしてあんたみたいな子が彼を見つけちゃったの？」

　その日の午後、わたしは最後のプレゼントが枕の下に置いてあるのを見つけた。ダイヤモンドの指輪だった。わたしは箱をエプロンのポケットに仕舞って、夜、図書室に行くまでそのままにしていた。指輪をイシドロに見せてどうしたらいいか尋ねると、僕と結婚したらいいと答えた。ファウスタ・デル・オルモに頼んで、指輪をわたしの枕の下に置かせたのだ。これまでの贈りものも、頼んでもないのにファウスタが勝手にやったに違いないと彼は思っていた。彼女は何か企《たくら》んでいるようだけどそんなことどうでもいいし、きみが僕と結婚しさえすればきっとどうでもよくなるよ。

「大事なのは時間だ」とイシドロは言った。わたしはただ口をぽかんと開けて彼を見つめるしかなかった。それから「わかった」と答えた。今すぐ司祭様を連れて来てと言われたけれど、司祭様がどこにいるのかわからなかったから、ファウスタ・デル・オルモを起こして助けを求めた。彼女はものすごく変な顔をして「何のために司祭様が必要なの？」と尋ねた。

「今夜イシドロ・サラザールと結婚する」とわたしは言った。

「へえ、そうなの。で、お腹の子の父親もあの人なんでしょう？」と彼女は声をひそめて言った。ついに秘密を手に入れたときの、あの目の輝きだ。

「頼むから急いで」

　ファウスタ・デル・オルモがコートにスリッパ姿で司祭様を呼びに行くと、神に仕えるその人はすぐにやってきた。穏やかで優しい顔でわたしの手を取り、何があったのかと尋ねた。

「ねえファウスタ、結婚式だって言わなかったの？」

　肩をすくめてきまり悪そうにするファウスタを見て、あらためて彼女のことが怖くなった。何かがおかしい。司祭様を図書室に連れて行くと、ファウスタ・デル・オルモもついてきた。イシドロの姿はなかったけれど、わたしが図書室のドアを開けたとき、部屋のいちばん奥にあるドアがばたんと閉まった。ファウスタが来るのを見たイシドロが、薔薇園に逃げ込んだのだ。わたしは彼を追いかけたけど、ファウスタと司祭様はついてこなかった——ふたりは何か話していて、ファウスタが何かを指差していた……今なら彼女が指差していたのがイシドロの部屋のドアだったことがわかる。

イシドロは庭にはいなかった。しばらく探して図書室に戻ると、そこにも誰もいなかった。屋敷のあちこちから慌ただしい音が聞こえてきて、何人もの人がイシドロの部屋がある翼を急いで上ったり下りたりする足音がした。その夜、わたしははじめて彼の部屋、つまり部屋の中を見た。わたしとイシドロが呼んだ司祭様が、ベッドに横たわる蠟のような身体に祈りを捧げていた。司祭様は祈り終えるとこちらを向いて言った。怖がらずに本当のことを話しなさい。誰もきみのことを罰したりしないから。わたしを呼んだのはいい考えだったね。

「どういう意味ですか？」とわたしは尋ねた。

「この男は死んでから少なくともまる一日は経《た》っています。いやいやお嬢さん、そんなに首を振られても。ほら、身体が硬直しているでしょう。かわいそうに彼は重病を患っていたから、これで救われるのです。あなたは今朝ここに来て、彼がこうなっているのを見つけたのでしょう？　ご主人様がいないから、誰にどう伝えようか一日じゅう悩んで、その結果、頭の中で結婚式の話をでっちあげてしまったんだね？　違いますか？」

使用人たち全員がじっと耳を傾けていたけれど、それでもわたしは違います、そうじゃないですと言った。指輪を取り出して彼に見せようとポケットに手を入れると、その指輪もなくなっていた。

「わたしの指輪は」と、ファウスタ・デル・オルモに向かって訊くと、彼女はものすごく怖くて最高に優しい声で答えた。「オーレリー、指輪って何のこと？　言葉には気をつけなさい」

わたしはそこで話すのをやめた。ベッドの上にある死体を見て、あれはまぎれもなくイシドロだと自分に言い聞かせた。これはわたしが受け容れなければならない事実だ、もしそれを拒めば状況はものすごく悪くなるだろう。頭ではそうわかっていてもじっさいに受け容れるのはものすごくしんどかった。

戻ったらすぐきみのご主人様に手紙を書くと約束して司祭様は帰って行き、わたしたち使用人は全員床についた。最後に部屋を出たのはファウスタで、まるでイシドロがただ眠っているだけかのように静かにドアを閉めた。それから彼女はわたしの腕を摑んで、裁判官と陪審員が待つメイドたちの寝室までわたしを引きずって行った。被告は頭がおかしいのか、それとも単に嘘をついているだけなのか？　みんなはすでにわたしが受け取ったささやかな贈りものの数々を引っ張り出して、あれこれ話していた。そこでファウスタが贈りものの出どころをみんなに教えた。わたしはご主人様の洗濯物の中から図書室の鍵を奪い、貴重な本を何冊も売り払ったのだとも告げた。要するにファウスタ自身がそういうことをしていたのだろう。わたしが図書室に通い出したせいで邪魔されるようになるまでは。

「でもこんなものにお金を使うなんて馬鹿だね」と料理人が緑のショールをわたしの顔の前でひらひらさせながら言った。

「後先考えない人もいるのよ」とファウスタ・デル・オルモが言った。ほかの何人かのメイドたちは、ファウスタ・デル・オルモの言っていることを何もかも信じるわけにはいかないという顔で遠巻きにしていた。みんなそれぞれ彼女と一悶着《ひともんちゃく》あったんだと思う。するとファウスタは、イシドロ・サラザールでさえわたしが泥棒であることを知っていたと明かした。そうしてイシドロがわたしのために本のあいだに残していった紙を何枚か、みんなに見せた。わたしが図書室に近寄らないようにしていたあいだに挟んであったものだろう。「かわいい泥棒さん」という言葉を見て彼らは納得した。ご主人様は寛大な方なのに、盗みを働いてあれこれ余計な苦労をかけるなんて。本がじっさいに何冊かなくなっている以上、もうこれまでのように寛大にしていただくってわけにはいかないだろうね。使用人たちはわたしを寝室から追い出そうとした。台所に行って鍋やフライパンを持って来ると、それをカンカン叩きながら「恥知らず！　恥知らず！　恥知らず！」と大声で叫んだ。わたしは布団を頭からかぶって必死にベッドの中にもぐっていたけれど、それでも叫び声は聞こえてきた。わたしのベッドを取り囲んで、恥知らず、恥知らず、恥知らず。いまでも耳に残っているほどの大声で、恥知らず、恥知らず、恥知らず。わたしが部屋から逃げ出すと、ファウスタと使用人たちは鍋やフライパンを持って金切り声をあげながら廊下を追いかけてきた──誰かがわたしをへらで叩いたのを合図に、全員がスプーンを投げつけてきた。今となっては笑い話のようだけど、暗い家の中で銀のスプーンをいくつも投げつけられるのはすごく恐ろしかったんだよ。こちらにぶつかる前に、壁に当たって小さな剣のようにきらりと光って。もしあの人たちが本物のナイフを持っていたら、もっとひどいことになっていたでしょうね。みんな完全に正気を失っていたから。

　わたしは命からがら図書室に辿り着くと、中に入ってドアに鍵をかけた。そうしてこの手紙を書いた。今も書いている。わたしのモンセラート、あなたへの手紙を。使用人たちは抗議の音を立てるのをやめて、眠ってしまった。あなたはきっともうすぐ生まれる。たぶん今日のうちに、あるいは明日にでも。あなたを近くに感じる。あなたを委ねるべき場所はわかっている。この手紙は薔薇たちに預けるつもり。それが終わったらしばらくここを離れないと。どのくらい？　何が起こったのか、少なくともことの真相がはっきりするまで。彼がひとりで過ごすはずだった時間より少しでも長い時間を、わたしはあげられたのだろうか？　この手紙を書いているあいだ、ずっとイシドロの視線を感じていた。わたしにこう語りかけているような気がする。それでも僕たちは結婚できていたはずだ。きみがファウスタではなく司祭様だけを連れてきてさえいれば、僕たちは結婚できていたはずだ。もちろん本当に彼がわたしに何か語りかけられるはずはない。わたしは彼をずっと死んだ人として見てきたのだから。どうしてわたしは怖くないんだろう？

　母親からの手紙を読んでいるうちに、気づけばモンセは図書室の端から端まで歩いてきていた。目の前には、イシドロの庭に繋がるドアがある。ドアは持っていた鍵で開いた。外に出ると、暗がりにいた人が驚いて二、三歩あとずさりした。それはセニョーラ・ルーシーだった。
「あのドアの下から光が漏れているのが見えたわ」とルーシーは言った。「こんなことはじめて」。そうしてモンセの背後を覗き込むと、こう言った。「わたしの薔薇の花を、あなたの本と交換しましょう」

「ごめん」でお茶は甘くならない

외로워서 밥을 많이 먹는다던 너에게
권태로워서 잠을 많이 잔다던 너에게
슬퍼서 많이 운다던 너에게 나는 쓴다

궁지에 몰린 마음을 밥처럼 씹어라
어차피 삶은 너가 소화해야 할 것이니까

천양희 / 밥

寂しくてごはんを食べてばかりのきみに
くたびれて寝てばかりのきみに
悲しくて泣いてばかりのきみに
これを書いておく
追い詰められた気持ちを噛《か》め
ごはんを噛むときのように
どのみち人生は消化しなければならないものだから

——千良姫「ごはん」

「ブーディッカに優しくしろよ。そうすればブーディッカもおまえに優しくしてくれるから」とケダーレイオマー、通称チェドは言った。僕は水槽の青いガラスごしにブーディッカと見つめあい、それから言った。「何て種類の魚だったっけ？」

　肉眼で見るブーディッカは海藻のあいだにひそむ毒のある緑色のもやのようで、水中に何らかの化学物質が流れ出した直後みたいにしか見えなかった。でもチェドの持っている証明書によるとブーディッカはベタ・スプレンデンスという種で、水槽にいる生きものみんなをけしかけて大乱闘をはじめたりするから俗にシャム・ファイティング・フィッシュとも呼ばれている。その様子はまさにあっぱれだ。ブーディッカは周りの魚がどれだけ大きかろうが、見た目がかわいらしかろうがお構いなし。自分の縄張りに入ってきたやつはとにかく一匹残らず抹殺する。ほかの魚たちが眠るのを待って攻撃をしかけることもあるし、相手に一戦交えるのを拒まれただけでも、その魚が産んだ卵を食べ、遺された母親が悲しみのあまり衰弱して死んでいく横で勝利の舞を披露するのだ。

　だからブーディッカが今ひとり暮らしなのは、彼女がずっとそうなるのを望んできた結果だ。

　永遠の独りものであるチェドは、ブーディッカを自分の魚版だと考えているように僕には思えるけど、本人が口に出してそう言ったわけじゃない。少なくとも僕の前では。僕たちはそういう話はしないのだ。チェドとブーディッカがいくら考え方によっては同一人物みたいに思えたとしても、人は自力で食べられるのに対し、魚は週に二、三回誰かに餌の世話をしてもらう必要がある、ということに変わりはない。

　二年間留守にするからそのあいだブーディッカの世話をしてほしい、とチェドが電話をかけてきた。週二回を二年も！　しかもチェドのあの不気味な家で、だ。そこは「錠前の家《ハウス・オブ・ロックス》」と呼ばれている。本当にそういう住所なんだ。サフォーク州イプスウィッチ、ハウス・オブ・ロックス。あいつはしょっちゅう旅をしているから、スペアキーを一揃い持っている僕が親友のつとめとして、観葉植物を育てていたころは水やりをしたし、今でも郵便物の整理なんかをしたりするけど、家の中に入ってもけっして長居はしない。じっさいにそこで何かあったわけじゃない。まあ、今のところは。ただ、あの忌まわしい家に足を踏み入れるたびに、出てくるころには自分の頭がどうかなっていてもおかしくはないと思う。それもこれもあのドアのせいだ。しっかり鍵をかけておかないとおとなしく閉まっておいてくれない。とはいえ鍵をかけたらかけたで、背後からとある音が聞こえてくる。誰かを閉じ込めてしまったとしか思えないような音だ。かといって鍵をかけずにいると、ドアはギイッと半開きになって隣の部屋がよく見通せなくなり、もしかしてドアの後ろに誰か立ってわざとそういう状態にしているんじゃないかって気がしてくる。窓だって似たようなものだ——必要なのはじっさいの力ではなくむしろ意志で、開けるぞという断固たる態度でそろそろと押し上げないと完全には開かない。チェドだけがそのこつを知っている。どうやらこの家の最初の持ち主は、鍵をかけたり外したりすることに特別な喜びを感じていたようだ——締まっていた鍵が屈服せざるを得ないある一点に到達するまで、鍵をそうっと回していく感触、その音。この家は彼女に生涯そばを離れられなくなるほどのエロティックな刺激を与えていたのだ。

　そこはチェドにとってもいい家だった。大きいし、安く手に入ったし、そもそもあまりに普通すぎる雰囲気にはどうもなじめないたちなのだ。じつを言うとあいつはいろんな声を聞く。ほかの誰も聞いたことないけど、だからってチェドの頭の中でしかしない声ってわけじゃないんだ。この世界には、形を持たないさまざまな声ってものがある。その声たちはいつも歌っている。そもそものはじめから、この先もずっと。チェドはそこからメロディーを拝借する。それがあいつの作る音楽の曲の部分だ。歌詞には、僕たちの村に伝わる詩を使う。それは、もはや誰ひとり見向きもしなくなった言葉たちだ。なぜならそこで説かれている掟《おきて》のとおりに生きても、負け犬の人生が待っているだけだからだ。正直に生きよとか、ベストを尽くせとか、そんなことばかりが謳われる。たとえちっぽけな仕事ひとつしかなくても、それをしっかりやれ、しっかりやれ、しっかりやれ……。

チェドの歌は国外で大ヒットした。インターネット上で有名になり、雑誌で有名になり、それからほかのありとあらゆるところで有名になった。じつに愉快な光景だった。チェドの母さんはいまだに僕にこんなことを言う。「それにしても、みんなわたしたちのケダーレイオマーに大騒ぎしすぎじゃない？　わたしのこと見たとかなんとか言って、女の子たちが悲鳴をあげたり気絶したりして。ただのベジン出身の男の子なのに」

それが真実の声の力なんだよな。

チェドと僕が小さな村出身だって話をすると、なるほど、だからこいつは聞いたこともない声なんかが存在するとか言ってるんだなって思うかもしれない。でも信じてほしいんだけど、これが本当に国なのかと思うような国にある小さな村に住んでいると、シャーマン（チェドもそのひとりだ、というか声たちを使って金を稼ぐようになる前はそうだった）なんか比じゃないってくらい、訳のわからないでたらめをわんさと目にすることになる。思わず「まじか」と言ってしまうようなことが毎日起こった。無一文の人たちだけが払わなくちゃいけない新しい税金ができたり、郡の警察官にまたひとりギャングのスパイがまぎれ込んでたってことがわかったり、逆にギャングの一員が覆面警官だったってことがわかったり。近くの町にオスマントルコ風のレストランができたときは、食べものは出ないのにミネラルウォーターのメニューだけ何十ページもあって、ファッションモデルたちが次から次へとそれを飲みにきているあいだ、僕たちはボディーガードたちとサッカーして遊んだ。もっと地元に近い話をすると、うちの学校にどこにでもあるような名前の男がいたんだけど、それを名乗る権利をひとりじめしようと、郵便番号が同じ地域に住んでいる同じ名前の男全員にけんかをふっかけることにした——信じられる？　僕もその攻撃対象者のリストに載っていて、というかその前から父親がいないからっていじめられてた。ほんと、なんて馬鹿みたいな場所に生まれたんだろう。父親がいないからってデコピンしてひどいことを言って、こっちが怒ったら四人がかりでひとりをいじめるなんて……チェドと僕が馬鹿みたいなやつだったとしても、それは僕たちのせいじゃない。そうならざるを得なかっただけだ。

　チェドはもともとは阿《あ》呆面《ほうづら》してたのに突然かっこよくなりはじめて、あっというまに本物のイケメンになってしまった。それはおかしいってことで、やつもいじめられるようになった。でもチェドは前々から考えていたことを実行に移した。僕と同じ名前を持つほかのやつらに、手を貸すと言って回ったんだ。おまえらがもしあの厄介者にひとりずつ別々に攻撃されたらあっさりやられてしまうだろうけど、みんなで一緒に立ち向かえば誰も名前を変えないで済むはずだと。そいつらは裏表があるやつを何より恐れていたので（賢明な判断だ。僕たちの周りには裏表があるやつしかいなかった）、手を組むことなんてせず自分ひとりでチャンスに賭けたほうがましだと判断した。

でも僕はチェドを信じた。誓いの言葉を交わすカップルのような厳粛さで、僕たちはお互いの四本の指にメリケンサックをはめあった。それから自分の名前を誰かと共有する必要なんてないと思っている男のところに行って、やつが手摑《てづか》みで食べていたチョコレートプリンを無言で床に叩《たた》き落とした。呆気《あっけ》にとられたやつは、友人たちが血に飢えたガゼルのようにゆっくりとした足取りで集まってくるなか僕を指差したまま立ち尽くしていた。本当に力になってくれるのかと僕はケダーレイオマーにたしかめることさえしなかったけど、きっと助けてくれると信じていたし、じっさいそのとおりになった。ささやかな計画が功を奏した、素晴らしい一日だった。結局その男は自分の名前を変えた。それ以来、チェドと僕はずっとそんなふうに過ごしてきた。運よく僕よりひとつ歳上だったチェドが先に学校を卒業してしまったときは、まるで自分が精神科病院に取り残された唯一まともな人間みたいな気分になった。それからも毎日くだらないことばかり起こった。でもチェドは校門で僕のことを待っていて、あれこれ元気が出ることを言ってくれた。

だからケダーレイオマーが兵役義務のためにあそこに戻るなんて、すごく変な感じがした。パスポートを持っているやつだけの義務なんだし、パスポートなんてもう僕みたいに捨てたものだとばかり思っていた。

「いや、そんなことしたなんて言ってない」とチェドは言った。

「何で持ってるの？　あっちでおまえのこと何て書かれてるか知らない？　裏切り者とか、クズとかさ。なのに、あいつらの考えを変えようっての？　よりによってあいつらの考えを？　思うんだけど僕たちって――」

「ああ、おまえの考えはわかるよ」とチェドは言って、笑いながら僕の髪をくしゃくしゃにした。チェドの髪は全部なくなっていた。床屋に行ってきたばかりだったのだ。髪がないせいで見たことないほど幼くなっていたし、笑うと歯が目立った。野良猫みたいだった。危険なタイプの。その気になれば自分の家に連れて帰れるけど、壁をぼろぼろにしてしまうような猫だ。「おれもそろそろ人間味のないものの一部になるころあいなのさ」と彼は言った。「義務ばっかり増えちまった。みんなおれのこと好きかな？　おれのほうはみんなのこと好きかな？　おれもみんなの一員かな？　そんなこともうどうでもいい。おれはたったひとつの優先事項のため日々努力するだけだ。防衛ラインを守る、それだけ」

　親友はこんなことも言った。二年なんてあっというまだ、そのあいだ「錠前の家」がきっとおまえの安らぎの場になってくれる。もし話している最中にブーディッカがこちらを脅すようにまばたきをしつづけていなかったら、ものすごく感動的なスピーチになっていただろう。そこのおまえ……一度でも餌を忘れてみろ、死ぬぞ。一度でもだ。仕事が忙しくて大変だけどなんとかやってみるよ、と僕はもごもご言った。

　物事がチェドの言ったとおりになることがどれほど多いのか、本人には伝えないようにしている。もちろん彼自身のため、謙虚なままでいられるようにするためだ。でもじっさい、この二週間だけで僕は七回も「錠前の家」に来ている。うち四回はブーディッカに餌をやり、水槽の端から端まで歩いた――最初にいちばん奥まで追いかけられて以降はずっとそっぽを向かれている。それ以外は安らぎの場を求めて来ていたんだと思う。チェドが言っていたとおりに。彼が行ってしまったあと見聞きしたものといえば、いろんなファンサイトに載った、兵舎に到着したときのぼやけた写真が何枚かくらい。電話もないしメールの返事もこない。だから僕は家の中にある彼のお気に入りの翼《よく》を歩きながら、少しずつ角度を変えていく外の噴水を窓ごしに眺めた。膝まで水に浸かった白鑞《ピューター》製の少女が、両手をお椀《わん》の形にして流れる水を集めては、こぼれ落ちるままにしている。このうえなく幸せそうな表情で目を閉じている。その姿をじっと見ている僕のいる部屋では、窓にかかったカーテンは微動だにせず、息をしているのにそこに空気があるとはとても思えないほどしんとしていた。鍵は玄関ドアのところしかかけていないので、家の中を歩いているとき背後にあるドアはすべて半開きになっている。ぞっとすることはするけど、どこか安心感もある。この家は素晴らしいことに、ありがたいほどに空っぽだ――ドアの隙間から誰かが顔を覗《のぞ》かせたりすることもない――その隙間は僕がこれまで何も考えずにまたいできた、すべての敷居を越える安全な通路なのだ。

仕事の話。僕はトマシーナおばさんの会社でクリニックを経営している。宣伝用の資料によると「スイス式減量クリニック」だ。簡単に言えば、ここに来た人たちは三日間、薬でぐっすり眠りつづけ、そのあいだ点滴でビタミンを補給することになる。僕がこの仕事に飛びついたのは、それがチェドに頼ることなくベジンから脱出できるチケットだったからだ。でも思ったほど平和な仕事ではなかった。ここでつく眠りはどれも苦しそうなものばかりだからだ。寝言とか、今にも泣き出しそうな悲しげな声とかがあちこちから聞こえてくる。何の問題もなく眠っている人なんてじっさいのところひとりもいない。いい面は、誰が見ても効果のほどがあきらかなことだ。七十二時間でほとんどの客の服のサイズがひとつ落ちる。誰かで試してみるより先に、ほかでもないトマシーナおばさん自身がその効果のほどを実感していた。おばさんは若いころに何かひどい目に遭って――それが何だったのかはおくびにも出さない――致死量と思われるヴァレリアン〔鹿の子草の根茎を乾燥させて作る鎮静剤〕を飲んで眠りについたものの、三日後に目が覚めるとただ痩せてすらっとしていただけだった。「これは流行《はや》る」とおばさんは思った。そのとおりだった。ほとんど毎日、待合室はタブレット端末で楽しそうに買い物をする患者たちでいっぱいになる。美容のためにひと眠りしているあいだに、注文したばかりの新しい洋服一式が家に届いているのだ。当然のことながら、そんなふうに急激に痩せても維持はできない。だからこのクリニックはビジネスモデルとして成功している。毎月来てくれるお客さんにはクリスマスカードやバースデーカードを送る。みんな家族の一員なのだ。

　クリニックには医者がいて、深刻な合併症を引き起こす恐れのある人は受け付けないよう確認してくれるので、僕の仕事は主に苦情がないか、実現不可能なことを期待されていないかを監視し、それに対処することだ。同情しているふりなら何日だってできる僕は、トマシーナおばさん曰《いわ》くサイコパスであり、そうなったのは若いうちに周りからしかるべき影響を受けてきたおかげなのだという。夜勤もやる。クリニックでは患者を部屋に閉じ込めておくことはできないし、僕は夢遊病の人の扱いがうまいからだ。先週はふたり対処した。ひとりは夏の時期に部屋の中で眠ることに慣れておらず、皮膚からチューブを引き抜いてむくりと起きあがった。地震の多い地域で育った彼の家族は、倒壊した家に押し潰《つぶ》されることのないよう近くの畑で寝るという策を思いついてそのとおりにしていたのだ。同じシフトに入っていた同僚は、ここは間違いなく安全ですよと言って彼を優しくベッドに戻したが、自分の番になったとき僕はこうささやくだけでじゅうぶんだった。「なあ、このままじゃ最後までやれないよ。彼女に後悔させたいの？　させたくないの？」。彼は眠ったまま廊下を駆け戻ってきて、ビタミン点滴を自分で自分の腕に取り付けようとするのを押し止《とど》めなければならなかった。その男はアンケートの「何のために治療を受けますか？」の欄にこう書いていたのだ――「セクシーになって彼女に後悔させるため」。

　もうひとりの夢遊病者は、ただただものすごく腹が空いていた。こういう場合はなだめようとしても無駄だ。起き上がり血眼《ちまなこ》になって食べるものを探していた彼女には、薬の量を大幅に増やしてやらなければならなかった。その後も二、三時間は空腹感のほうが薬の効果より優《まさ》っているようだった。僕は三度目の介入を見送り、モニター室でカメラの映像を眺めていた。「フライドポテト……フライドポテト……」とすすり泣きしながらだんだん彼女の眠りが浅くなっていくのを見ているのはなかなかおもしろかったが、そのうちにばたりと倒れてまた深い眠りに落ちた。最終的には効果に満足していたけれど、お決まりの見当識障害で時間や場所がわからなくなるだけでなく、彼女は何かじっくり考え込むような様子もしていた。まるで自分自身にこう問いかけているような――それだけの価値があったのか？　彼女はたぶん二度と戻ってこないだろう。

　夢遊病者は、僕のシフト仲間のタイキを動揺させる。そうやっておろおろするから、考えていることが患者たちに伝わるんだろう。この人は自分のことを気にかけてくれているのであって、僕がやっているみたいにあれこれ評価しているわけではないと彼らにもわかるのだ。タイキはチエドにぜひ会わせたい人だ。クリニックはパートタイムで働いているだけで、名刺によるとそれ以外の時間は副業――呪術をしている。呪術だ。別のことをしようとしているうちに、いつのまにかできるようになっていたらしい。だから彼女は、トマシーナおばさんが減量法を発見した経緯に親しみを感じている。おもしろいことに、タイキの美しさには動きがある。こっちに来ては去り、また戻ってくる。というか、誰もが見た瞬間に気づく美しさを持っているのに、彼女はその最高の第一印象を相手にちょっと待てよとしばらく棚上げさせ、その隙に自分のやるべきことをやっているのかもしれない。だから彼女が何も話していないときや、ふと振り向いたとき、あらためてその美しさに誰もが驚かされることになる。手首を飾る星が四つ並ぶ星座も、いつもそこに留まっているわけではない。姿をあらわしているときも、見るたびに濃さが変わっていき、コール墨で描いただけのように思えることもあれば、タトゥーにしか見えないこともある。そのことを本人に伝えると、笑い飛ばされた。「わたしのこと見すぎじゃない？　彼氏と何かあった？」。僕はキューピッド役のつとめとして、自分のために誰かを見定めるとき以上に、彼女の容姿をじっくり観察していただけだ。内面はどうかというと、とにかくたくましい人だ。相手に自分の姿をじろじろ見るのではなく、自分の話に耳を傾けさせようと全力を尽くすところもすごいけど、それだけじゃなくて……自分で自分のことを癒しているようなのだ。結婚指輪をしているからパートナーがいるものだと思って話を振ってみたら、手を突き出して「ああ、これ？　自分で見つけた」と言って、どういうことか教えてくれた。しばらく前に付きあっていた相手が、彼女がいることをかたくなに秘密にするタイプで、目の前に人がひとりでもいると他人のふりをするほどだったらしい。感情を表に出さない相手を見つけるのが彼女の特技であり、これ以上の相手はいないだろうと自分でも感じていた。それに、ふたりの関係は徐々にオープンになっていくものだとも思っていた。しかし状況はいっこうに変わらず、自分では秘密の彼氏がいることを公言しつづけたが、これに異議を唱えた身体が彼女にそんなことはやめさせようとした。彼女は病気になった。髪がどんどん抜け、肌はかさかさになっていった。四六時中寒くて、何かを召喚する呪文を唱えていないと眠ることさえできなかった。

その呪文では何も喚《よ》び出せなかった。しかしある晩、家の前の通り沿いにあるパブで、彼女は飲んでいた一パイント入りのラガービールのグラスの底に指輪が入っているのに気がついた。見かけによらずずっしり重みがあって、はっきりとは覚えていないが以前どこかで目にしたことがあるものだった。パブにいる人は誰もその指輪に心当たりがないようだったので、警察署に届けたものの、結局はその月の終わりに自分で取りに戻ることになった。問いあわせが一件もなかったので、指輪は彼女のものになったのだ。それを身につけたとき、彼女は愛というものの存在を感じた。彼女への……みんなから彼女への愛だ。以降、指輪をずっとつけっぱなしにしている。この愛の証《あかし》は指輪だけで、写真が撮られたり宣誓書にサインされたりすることはない。こんな方法でしか自分の喚び出そうとしていたものが手に入らないなら、これでじゅうぶんだと彼女は満足した。指輪をはめた手はすべすべになり、彼女は失ったものを取り戻していった。

「修道女って結婚指輪をしていたんじゃなかったっけ？」と僕は彼女に尋ねた。

彼女はうなずき、わたしもそのことについてよく思いを馳《は》せるよと言った。

修道女たちに捕まる前に、チェドに紹介するのが賢明だろう。チェドの声たちはいじめっこばかりで、いつも真剣勝負を挑んでくる。タイキなら解決策を知っているかもしれない。
　でもどうして僕はチェドの独身暮らしをなんとかしてやらないといけないもののように扱っているのだろうか？　これまで世話になりっぱなしだったから恩返ししたいのに、ほかに方法が思いつかないからだろうか。あるいは自分にささやかな家族ができてから、すっかり押しつけがましくなってしまったのかもしれない。家庭では日々さまざまな光景が繰り広げられる。僕の彼氏は前の奥さんとのあいだにできた娘ふたりの共同親権者で、前の奥さんの予定はしょっちゅう変わるから、娘たちは家にいるときもあればいないときもある。

　姉のダヤンは十六歳で、妹のアイシャはその十八か月後に生まれた。勉強熱心で真面目なデイは、父親に似て心配性だ――本格的な救急キットを学校かばんに入れて持ち歩き、自分の彼氏のことを会うたびに違う名前で呼ぶのはやめてと僕に言ってくる。僕の目には、家に来るたび本当に違う子みたいに映るのだけど、デイはほかにも彼氏が何人かいると思われるんじゃないかと気が気じゃない。そんな勘違いをされたら大変だ。だって、顔の変わる彼氏くんこそが彼女の運命の人なのだから。で、なんで彼が運命の人だってわかるの、と尋ねると、じゃあなんで父さんが運命の人だってわかったの、と訊《き》き返された。そんなの見た瞬間わかったに決まってるだろ、まったく。

　デイも最高だけど、僕のお気に入りはおせっかいなアイシャのほうだ。彼女は「きみって、何でこうなの？」と毎日一回は父親に言われるタイプの子だ。何か育てたり（そのせいでノアの靴の中に蟇蛙《ひきがえる》が入っていた）、何かを醸造したり（彼女が家にいるときはカップやグラスをそのへんに放置しないほうがいい）、さもなければしっぽを振り回して歌いながら目の前を通り過ぎていく（彼女はミシンを使ってワンピースにつけるしっぽをいくつか作った。狐のしっぽ、龍のしっぽ、虎のしっぽ、孔雀《くじやく》のしっぽなど。特別な日には全部まとめてつける）。先月マティアス・フュシュトがニューアルバムをリリースしたので、アイシャは五人の親友を招いてリスニングパーティーを開いた。親友たちも全員ありったけのしっぽを身につけていた……。

アイシャのマティアス・フュシュトへの愛が素直な偶像崇拝だったのは、古きよき日々のことだ。部屋の壁をポスターで埋め尽くし、こんなにかっこいいなんて人として許されないんだけど、と腹を立ててポスターの顔を殴っては、大慌てでごめんとささやいてその顔にキスしていたこともあった。女性がまとうあの色が好きとかこの香りが好きとか言っているインタビュー記事を読んでは、ノアや僕にそのアイテムを買わせた。ネット上で使っているＩＤはすべて、自分の公式モットー「マティアス・フュシュトこそ愛、マティアス・フュシュトこそ人生」を少しずつアレンジしたものだった。

フュシュトと何度か会ったことがあるチェドは、自分が親なら娘を「あの間抜け野郎」に近づけたりしないらしいが、最初にそう言われたときはせいぜい話半分に聞いておこうと思った。なにしろチェドは近所に住むフレンドリーなポップスターなんて好きになれないとアイシャに丁重にお断りされ、自尊心をちょっと傷つけられていたからだ。ほかにも、何でもないようでチェドの判断には影響していそうな要因がいくつかあった。フュシュトはチェドより十も歳下で、よく知られているとおり全楽曲（そのほとんどが大ヒット）の作曲・編曲・作詞を自分で手がけている……声たちの助けもなし。そんな男をチェドが好きになれるはずがなかった。写真ではいつでもダークグレーのタートルネックを着ていて、ボリショイ・バレエ団のソリストと婚約し、ナイトクラブには行かないようで、アート映画とときおりの夕食会、そして飼い猫のクラインザッハと一緒にいるのが好きらしい。ひげをきれいに剃《そ》り、話す声はまるでセックスをしたあとのささやき、それがマティアス・フュシュトだ。彼の「きらきら星」の歌い方はまじでやばい。

　チェドがいなくなって一か月ほどが過ぎたころ、帰宅した僕は「愛が憎しみに変わる」ところを目撃することになる。ノアは夕食を作っていて、手順がひとつ終わるごとにボードに貼ったレシピをいちいち確認していた。自分で書いたようにもうよくわかっているレシピなのに。細かいところまでじっくり丁寧にやる男の魅力は、隠そうとしたって無駄だ。ましてほんの一瞬だけ気を逸《そ》らして、その全神経をこちらに集中させられた場合は……。予定よりずいぶん遅くなってしまった夕食をふたりで半分食べ終わるまで、僕は子どもたちのことを訊くのをすっかり忘れていた。悪い継父だ。

「えっと、子どもたちはもう食べたの？」

　ノアは首を横に振った。「あとで何か食べるからって」

「へえ、どうして？」

「よくわからない。失恋したんじゃないかな」

「ああ、やっぱり顔の変わる彼氏くんは運命の人じゃなかった？」

「いや、デイじゃなくて――まあ問題はデイなんだけど、ただあの子はアイシャがひとりぼっちでひどい目に遭っているのを放っておけないだけなんだよ」

姉妹はアイシャのベッドの上で、ノートパソコンを挟んで身を寄せあっていた。僕が部屋に入るとふたりはノートパソコンをパタンと閉じ、これはいったいどういうことだろうと何も貼られてない壁をじろじろ見回してもお構いなしだった。ふたりとも目が真っ赤で、取り乱してなんかないと必死に否定した。部屋を出るとき、デイが「もう見るのやめたら」と言っているのがはっきりと聞こえた。アイシャは「わかってるけど、できない」と答えた。それから「たぶんこれほんとじゃないよね、デイ？　きっとほんとじゃないんだ」と。デイは「アイシャってば」と呆れたように言った。


僕とノアも下の階でその動画を観た。「マティアス・フュシュトについて訊きたいこと」というタイトルのものだった。ノアは一気に観るのがつらいと、何度も一時停止していた。普段ならこんなふうにおどおどしてなかなか先が観られないとけんかになりそうなものだが、このときばかりは仕方がないと僕も思った。動画は、下着姿で床に座った女性が身体じゅうについた傷痕を見せるところからはじまる。多くは注射痕だったが、それよりもたくさんあったのが、デイとアイシャには絶対に見せたくないような、拳やブーツでつけられたあざだった。カメラがいつ女性の顔に辿り着くかとびくびくしながら観ていたが、いざ映ったその顔には傷ひとつなく、控えめなかわいらしさすらたたえていることに気づいたとき、どう考えていいのかわからなかった。すっぴんで、清潔感のあるくすんだ茶色の髪、歳は二十五から四十五のあいだのいくつでもおかしくない。こんな感じの女の子たちが、ヨーロッパじゅうのいかがわしいバーでウェイトレスをしているのを見たことがある。尻に触れる客の手を、誰のものか振り向いてたしかめることもなく払いのける、その仕草は蚊を叩くみたいに反射的でいっさい感情が籠もっていない。

　彼女はTシャツを着て、少しのあいだカメラのほうを見てから話しはじめた。何かでハイになっていて、訊かれても自分の名前すらまともに答えられない状態なのがその目からわかった。言葉はお世辞にも流暢《りゅうちょう》とは言えなかったものの、すっかりご機嫌になっているため、発音があっているかどうかなんてお構いなしに言いたいことだけを言って、どう取るかは見る人が好きにすればいいという感じだった。彼女が伝えたかったのは「あのエンターテイナー」マティアス・フュシュトが、グリニッジで満員御礼のコンサートをした数時間後に、街角で彼女を引っかけたことだった。その夜一緒に過ごした彼は、じっさいのところそれほど「エンターテイナー」ではなかった。もう少しあなたのことを教えてとカメラを構える、おそらく女性だと思われる人が言った。つとめて優しい声を出そうとしているものの、その声は怒りに満ちていた。カメラに映る女性は言われたとおり、お金を稼ぐためによく街角に立っているけどなかなかうまくいかなくて、と答えた。男に合図を送っても、たいていは手の甲を見ただけで、彼女が何かはわからないがとにかく無茶をしてる、ってことを悟られてしまうからだ。だがマティアス・フュシュトはそんなことなんて気にしなかった。独占欲の強いビッチの彼女とけんかして、相手を殴らないよう自分を抑えるのに必死だったのだ。大勢の家族や友人たちに愛されているプリマバレリーナに拳を振るえば、ものすごく面倒で金のかかる大失態になる。そこで彼は、誰からも大事にされていないやつを探しに行った。で、見つけたのが……わたしだったってわけ……画面の中の女性はそう言ってくすくす笑った。ノアはまたしても一時停止を押して部屋を出、二階に上がってアイシャの寝室のドアをノックした。「ごはん食べに来なさい」と言うと、アイシャとデイはすぐに行くと答えた。

何時間経《た》ってもふたりは降りてこなかった。僕たちはそれまでに動画の残りを観終わっていた。全部で三分三十秒しかないその映像を、僕たちはなんとかしてアイシャとデイの目をとおして観ようとした。この女性が言うには、セックスをしたあとフュシュトが侮辱してきたので平手打ちすると、それをくらった彼はにっこり笑って（彼女が指で自分の口角をぐいっと引き上げたので、どんなふうに笑ったのか僕たちにもよくわかった）、おまえが「先に手を出した」のだと言って、そのまま彼女を立てなくなるまで殴ったらしい。彼女は反撃したそうだ。足元に倒れながらも反撃したが、そのたびにもっと激しく殴られた。このこと誰かに話してやると言うと、彼はありったけの富と名声と傲慢《ごうまん》さを背負って彼女を見下ろし、肩をすくめた。そうして肩をすくめたマティアス・フュシュトは、おまえみたいな人間が傷ついたところで気にするやつなんていると思うかと彼女に尋ねた。言葉もめちゃくちゃで何言ってるかわからない、名もなき麻薬常習者《ジャンキー》なんかがさ。自分のこと見てみろよ、と彼は言った。それからおれのことを見てごらん。彼は金をひと摑み投げつけると、黙ってその金を使ったほうがいいよ、それか万一に備えて取っておくんだなと言った。そして自分の彼女のところに戻っていった。ふたりは仲直りしたのだろう。レストランでロマンティックなディナーをしている写真を彼女は何枚も見たし、来たるべき結婚式についても匂わせてあったからだ。彼のことGoogleで調べたんだ。カメラに映った女性は、がんばったでしょうと誇らしげな様子だった。それから彼女はマティアス・フュシュトについて画面のこちら側に問いかけた。彼がわたしみたいな子を傷つけたって聞いて、気になる人っている？　彼女はただ疑問に思っただけだった。それから笑って、最後にこちらに向かって元気よく小さく手を振った。ありがと。ごきげんよ。

アイシャはノートパソコンを両手で抱えて部屋に入ってきた。後からついてきたデイは、どうしていいかわからないといった様子で両手を上げたり下げたりしながら「動画だけじゃなくて、問題はコメント欄だよ」と僕たちを見て言った。

そう、コメント欄だ。

ノアはどうしても自分の目で見られなかったので、僕とアイシャがいくつか読みあげた。すごいこと言い出すねジャンキー、全部夢だったんじゃない？（笑）　とか、いい人の評判を落としてやろうと根も葉もないこと言うやつっているよね（爆笑）　マティアスがんばれ！　こういうコメントが山ほどついていた。

このくらいで済めばよかったんだけど。アイシャはやつれた顔で読みつづけた。えーんえーん、って。こいつなにが不満なわけ？　金もらったんだろ？　自分から殴ったんだろ？　全部自分で認めてるんじゃん。人殴っといて逃げられると思ってんの？　僕もつづけた。彼女は運がよかったと思うべき。国に戻ればぶっ壊れた売春おばさんなんて男からもっとひどい扱いを受けるはず。しかもマティアスとヤれたんだから！　マティアス・フュシュトならいつでもわたしのこと殴っ

ていいよ、ベイビー（笑）

そこに擁護派が参戦してきた。事実だとして、話はこれで全部なの？ マティアスがあんな暴力振るったりする人じゃないってみんなわかってるんだから、彼女が何をしたのかもっと詳しく聞いてみないと……。

デイは保存していたスクリーンショットを見せてくれた。自分でもコメントを投稿したのだ。みんな本気で言ってる？ このコメントとかみんなの反応とかを見て呆然としたしすごく怖いって思ったよ……わたし、こんな世界で生きていたくない。自殺しろという返信があまりにも多かったので、彼女はアカウントを削除することにした。

「わたしはまだ本当だとは思ってないから」とアイシャは言った。「彼がこんなことをするはずない」。ノアが弁護士の話し方になって、ビデオは半日前にアップされて五十万回も再生されているんだから、もしその中身が事実無根ならマティアス・フュシュトの弁護士チームが片っ端から対処しているはずだと指摘すると、アイシャは歯を食いしばって「でも彼はまだ何も言っていない」と反論した。

「たぶん明日の午前中には声明を出すだろう」とノアは言った。僕たちはふたりとも、デイとアイシャの運命の男にはなれそうになかった。ふたりが言ってほしいのはきっとこんなことなんかじゃない。デイとアイシャが僕たちを見る目つきから、いや正確にはこっちを見ようとしないことから、嫌でもわかった。

朝になってもフュシュトは声明を出さなかった。ノアは安心したように（そして安心したことを恥じながら）こう言った。「あの女の子は何の証拠も持っていないようだから、彼は無視するか否定するかのどちらかだろうね」。午後になって、殴っているのを目撃した者が名乗り出たという報道があり、その約一時間後にフュシュトの弁護団は、彼が警察に出頭して尋問を受けたと発表した。

クリニックに出勤しても全然集中できず、退院する患者に間違って他の人用の書類を渡してしまった。その結果、患者たちは帰りぎわにほかの患者もまたどれほど自尊心が低いかこと細かに読んで知ることになり、自分だけが特別なのではないと知って憤慨した。タイキ・ショーとまたシフトが同じだった。僕たちは患者に訴えられないよう、追加の無料睡眠セッションを全員に提供していいことになった。そのタイキはアイシャと同じように、例のYouTube動画に夢中だった。休憩時間に携帯電話で何度も繰り返し観るので、あっというまにバッテリーを使いきってしまった。

「それ観るのしんどかったよ」と僕は言った。

「そう？」と彼女は言った。「でも自分が殴られたときのことを話しているだけだよ。弾丸も流血も爆弾とかもなし。このサイトに上がってるほかの動画と比べればたいしたことないよ」

「何て言うか、うまく説明できないんだけど」

「まあこの再生数こそ、気になる人がいたかどうかって質問への答えだとあの子がわかってくれるといいよね。この動画は、世界一すごいストライカーがこの十年でいちばんすごいゴールを決めたときの映像と同じくらいたくさん観られている。つまりみんな関心がないわけじゃなくて、気にしているってこと……ただその気にし方が死ぬほどひどいってだけで……」

　僕たちが仕事を終えて帰ろうとしていたとき、マティアス・フュシュトの婚約者が声明を発表した。彼女は「動画で言われているような出来事」があったと聞いて強い衝撃を受けて取り乱したことを打ち明け、これから被害者のもとを訪ねて自分にできることはないか訊いてみるつもりだと語った。これまでマティアスの性格に暴力的な面があると感じたことはなかったものの、今となっては問題を抱えていたことはまぎれもない事実であり、彼が怒りをコントロールするためのセラピーを受け終わるまで、しばらく別々に暮らすつもりだ、と。

「フュシュトは刑務所行きにはならないね……罰金とセラピーだけ」とタイキは予想した。小柄な妖精だとか清らかな天使だとか言って、プリマバレリーナの写真をあれこれ褒めそやしながら。

「うん、いや、僕はそうは思わないな」と僕は言った。

　タイキは手のひらをこちらに向かって突き出した。「あなたに一〇〇ポンド賭けるよ」

「きみにとってはただの冗談に過ぎないのかもしれないけど、知りあいの女の子がこの件ですごく動揺しててさ」

　タイキはため息をついた。「ファンだったの？」

「まだファンでいようとしているみたい。ありとあらゆる妄想にしがみついて」

　タイキのため息はいっそう深くなった。「とりなしてほしいときは言って」

「わかった、ありがとう……」。会ったこともない女の子のために自分に何ができると思っているのか――反感を抱いたからではなく好奇心から――尋ねてみようかとも思ったが、そのときは急いで「錠前の家」に向かわなければならなかったのでやめておいた。ブーディッカの水槽のメンテナンスをしているテリーが、中に入れてもらうのを待っていたのだ。テリーが帰ったあとも何時間か家に留まり、こちらの予想どおり怪訝《けげん》そうな様子のブーディッカに、マティアス・フュシュトの最新情報を声に出して読んでやった。YouTubeの動画に映っていた女性は、あのとき殴られるきっかけを作った婚約者が自分に会いに来てくれたのを喜んだ。動画の女性はフュシュトを訴えるつもりはなかった。先に殴ったのは自分であり、それは彼に言われた言葉に対する過剰反応だったこと、またそれに対する彼の反応も過剰だったこと——これを認めてくれさえすればいいと。要するに心からの謝罪をしてほしいのだ。そんなわけでマティアス・フュシュトは目下、その心からの謝罪を準備中である。

　彼女はどれかひとつでもコメントを読んだのだろうか？　それが疑問だった。YouTube動画に映っていた女性は、世間が自分の味方ではないことを理解していたのだろうか？　彼女は穏やかに微笑《ほほえ》みながらお願いをしていた。まるで貝殻や壊れた電話に話しかけるように。まるでマティアス・フュシュトのファンが、たぶん殺すつもりで彼女のことを血眼で探したりはしないかのように。フュシュトを非難しはじめた人たちでさえ、謝罪は別のところに向けられるべきだと考えていた（「この件でかわいそうなのは彼の婚約者だよ……」）。YouTubeの女性を心配してあげたいという人たちも、彼女がハイになっている状態でこの申し立てが撮影されたことには納得していなかった。とはいえ彼女はしらふの状態ではこんな話とてもできなかったのかもしれない。

　ノアが携帯にメールしてきた。フュシュトの件が落ち着くまで、アイシャからノートパソコンを取り上げようと思う。一晩じゅう友だち六人全員でビデオ通話をして、ああでもないこうでもないとえんえんと話してたみたいなんだよ。フュシュトがこれまで得てきた名声を攻撃しては擁護し、また攻撃したかと思ったら、フュシュトから離れていった友人たちを不誠実だと非難し、そのいっぽうで何があろうともフュシュトに夢中なファンたちを底なしの馬鹿だと罵《ののし》って、フュシュトの仮面をかぶって殴ってやったらそいつらどんな顔するかな、と脅し文句まで口にしてた。また夕食を抜いたし、熱もあるみたいなんだ。ねえ、いつ帰ってくる？

　はじめて感じたことがふたつあった。チェドの家から出たくない。自分の家の中に入りたくない。ノアにはジムに行ってたんだと言った。じっさいチェドの家にはジムがあった。彼はしょっちゅうトレーニングしている。万一また不細工になったときのために念のため身体を鍛えているのだ。だからと言って、どうして僕は嘘なんてついたんだろう。

　アイシャはいずれ今回のことを乗り越えるだろう。でも、あのたくさんのしっぽや植物育成計画、それから完成間近だったものすごく強いジンはどうなるのだろう？「あのジンがあれば、一九二〇年代に密造酒を作ってたシンジケート全体よりもお金持ちになれたんじゃない」と、またやる気になるかと思って声をかけてみた。彼女はお金が好きなのだ。今となっては、マティアス・フュシュト関連のアイテムと交換できるからというだけだったようだけど。ノアが心配しているのは、アイシャの偶像が三ついっぺんに台座から引きずり下ろされたことだ。彼、僕、そしてマティアス・フュシュト。僕らの弱さを娘たちは哀れみの目で見ているようだ。訴訟手続きやメディアでの扱いについてそっけなく話すノア。ひたすら気まずそうに黙り込むだけの僕。でもそういう面があることが彼女たちにばれてしまったのは本当に悪いことなのだろうか？　僕は強いふりなんてしたことがない。わざとしなかったわけじゃないけれど。

「本当は何が心配なの、ノア？」

彼は何枚もの書類をごそごそと書類かばんの中に入れたり、ペンをあれこれ並べ替えたり、ネクタイを何度も直したりしていた。「何ていうか……あの子たちを失ってしまったような気がするんだ。一夜にして、あっけなくね。母親といるときはこれまでどおりらしくて……」

僕は彼のネクタイの結び目を少し、ほんの少しだけ緩めた。さっきと変わらずきちんとして見えるのだから、文句ないだろう。

「失ってなんかいないよ。ふたりのことはきみほどにはよく知らないけど、それでもあの子たちが今はただ考えているだけだってことはわかるよ」。娘たちにどれほど強い愛着を持っているのか一目でわかるノアと前の奥さんが、自分たちの思っている以上によき親なのはあきらかだ。デイとアイシャがいくら強さに価値を見出しているとはいえ、強くないからという理由でふたりが誰かを尊敬できないと考えることはないだろう。

それから何か月か、マティアス・フュシュト戦線は異状なしだった。状況の推移を（ほかの何事よりも）注意深く見守っていたが、フュシュトからなんとかニュースになるようなコメントを聞き出したレポーターたちはみな同じことを書いていた。怒りをコントロールするためのセラピーがまもなく終わる。謝罪はまだ準備中。このコメントはYouTubeの女性から引き出した、待ってますという言葉とセットで紹介された。

　そのころから僕はまたチェドと話ができるようになっていた。あまり頻繁ではなかったけれど、それでじゅうぶんだった。「錠前の家」に出入りしているときに電話が鳴り、受話器を取るとチェドからなのだ。こっちの暮らしはひたすら訓練と雑用との繰り返しだよと言って、あまりにくたくたに疲れ果てていて話している途中で寝入ってしまうこともあった。それでも話せて嬉しかった。もちろん相手がチェドだからなのもあるし、わが家を揺るがした事件のことを彼が何ひとつ知らなかったのもありがたかった。事件の概要を手短に伝えると、彼は言った。「ああ、フュシュトが用意してる謝罪って歌なんだろ？　で、その歌は懺悔《ざんげ》の賛歌《アンセム》になるんだ。曲名はたぶん『針のドレス』ってとこだろうな」

「いいね。明日、店に行って賭けてくるよ」

　電話が繋がっているうちに話しておきたいことがほかにもあった。電話に出たとき、チェドはあいさつを僕向けに修正するのに〇・五秒ほどかかり、まるで出たのが僕だとわかってがっかりしているみたいだったのだ。まあ、がっかりというのは言いすぎか。どっちかと言うと第一希望の相手ではなかったって感じかな。それは別に構わなかった。気になるのは、この家の鍵は本人以外では僕しか持っていないってことだ。彼の母親でさえ、何年も前から鍵を渡してもらおうとしては断られていた。

「で、何があった？　誰かと出会ったとか？」

「よくわからないんだけど」と彼は言った。「たぶん……そうかも」

「その人は鍵を持っているの？」

　質問攻めにしてようやく白状したところによると、チェドは鍵をほかの誰にも渡していないし、その女性に直接会ったこともないが、ときどき電話に出るところを見るとその人が鍵を持っているのは間違いないらしい。これを聞いて僕はとっさに身体の向きをずらして開いているドアをすべて見渡せるようにし、それからこう言った。「よかったね、チェド。僕もすごく嬉しいよ」

「たいしたことじゃない」と彼は言った。「今のところいい声してるなってだけ。歌ってる人みたいな声でさ。まあ話すだけなんだけど」

「どうやって家に入ったか訊いた？」

「もちろん」

「で、なんて？」

「もう少しましな質問を考えてって言われた」

僕はブーディッカを睨《にら》みつけた。彼女がこのところまるまると太っているのも、これで納得がいった。「その人、魚の餌やりもしてるのかも」

「ははは、そうかもね。ちょうどいい機会だから、頼んでもいい？　彼女は誰にも姿を見られたくないと思うんだ。だからもし家に来たときに彼女がいるようだったら、すぐ出て行ってくれないかな。いい？」

「いいよ、チェド。お安いご用だ」

ベジン出身の少年ふたりの、いつもどおりのやりとりだった。とはいえ念のため、帰る前にチェドの家の翼にある部屋をひとつひとつ調べてみた。警報装置は正常に作動しているし、貴重品の場所も変わっていなかった。今のところは。

チェドに電話でしゃべるだけの彼女ができたって話をしたら、数週間ぶりにアイシャが素直に笑ってくれた。「あんたたち馬鹿じゃないの」という言葉には、たしかに愛情が籠もっていた。でも携帯電話にメッセージが次々と表示されはじめると、その笑顔はまるで何事もなかったかのようにすっと消えた。

「心の準備はいいか」と隣の部屋からノアが叫んだ。「マティアス・フュシュトの謝罪がきたぞ」

デイは泡風呂から出ようとしなかった――「やだ、謝罪なんてわたしは聞きたくないから行かない」。だからアイシャはゴム製のストレスボールを二、三個引っ掴んでノアの膝の上に飛び乗ると「かけて」と言った。僕たちが観たその動画で、マティアス・フュシュトはこんな曲を歌っていた。針でできたドレスを着て地上をさまよい歩く少女。ドレスを脱ぐには自分を傷つけるしかない。善意の人たちは針を抜いて柔らかくて暖かい服を代わりに少女に着せようと何度も手を差し伸べたものの、指が針まみれになって諦めてしまった。次に少女が出会ったのは悪い男で、針をもっと深く彼女の身体に押し込もうとする。ハンマーではなくみずからの手を使って、少女を拷問しながら自分も苦しみスリルを味わおうとしたのだ。幸い、悪い男は彼女を殺してしまう前に失血死する――どうやら彼の骨が磁気（？）を帯びていたらしい。このあたりはきちんと理解できていないかもしれないが、骨がどうだったにせよ、彼女から引き抜かれた針が次々とその身に突き刺さり、男は激しい苦痛のなかで息絶える。完。僕はフュシュトがいつウィンクするかと待っていたが、最後までしなかった。

「この曲でいいなと思うのは、女の子の話としてはじまったはずなのに、結局は彼のことばっかりになるところだね」とノアが言った。ページを更新すると、ビデオの下のコメント欄に真っ赤な分厚いハートマークがどんどん増えていった。

マティアスわかってる

まさに今わたしが感じてること

ありがとうマティアス　あんなことそもそもすべきじゃなかったのはたしかだけどやっぱりきちんと落とし前つけたね

あなたのこと許すよ

僕はもうこう言うしかなかった。「すごいな」

どうすれば「フュシュトは殴った女性に謝るべき」が「フュシュトは婚約者に謝るべき」になって、それが今度は「フュシュトはわたしたちに謝るべき」になるんだろう？

アイシャは口の中にストレスボールを詰め込んだままもごもご話していたが、途中でそれを取り出すと、また話しはじめた。「もしかしてこれコンセプチュアルアートの一種なのでは？　マティアスの好きな映画に出てくるみたいな。YouTubeの女はアーティストで、メディアを使ってあるコンセプトを表現しようって思いついたんじゃない？　名声とかそれにともなう……特別な力についてとか？　その力ってのが殴ることだったとしたら？　彼女は有名になった。有名になるにはいろんな方法があるってことを、わたしたちに考えさせようとしているのかも。何かに秀でているからそうなる人もいれば、公衆の面前で苦しんだせいで有名になる人もいる。あの目撃者が見たのは、一種のパフォーマンスだったのでは？　もし彼女がそのコンセプトにもとづいて殴られるという契約を事前にマティアスと結んでいたら？　どのみち誰かに殴られるのを避けることなんてできないんじゃない？　どんな人だってそう、それが厳然たる事実ってやつなんだよ。それなら殴られる相手を自分で選べたほうがまだよくない？　ほら、わたしだって選べるなら彼にしただろうし」

　彼女はなかなかよくがんばっていたが、何か思いつくたび僕がいちいち反論していると、ノアが口を挟んできた。「ああダーリン。そのくらいにしてあげてくれる？」。彼女は父親のセーターに顔を埋《うず》めてうめき声をあげた。失恋したからか、怒りからか、はしゃいでいるからか、はたまた単にマティアス・フュシュトのことを思わずにいられないからなのか、僕たちにはわからなかった。

　マティアス・フュシュトはリハビリの真っ最中だ。セラピーの必修コースはすでに終えていたものの、自分の意志で治療をつづけていた。婚約者も密かにふたりで暮らす家に戻ってきて、彼は慈善活動に馬鹿みたいに精を出しているところだ。この慈善活動が僕に止めの一撃を刺した。ある男が精神的にも肉体的にも完全に壊れてしまうのに僕がどんな役割を果たしたようなのかを説明する前に、ここでちょっと自分のことを褒めておかないといけない。そう、自分で言っておかないと、世界じゅうで悲しみに値する出来事がほかにもごまんと起きているなかで、悲嘆にくれるアイシャに僕がどれほど寛容だったか、誰ひとりわかろうともしてくれなかったからね。アイシャ自身は「フュシュトの件」について一刻も早くどうでもいいと思えるようになろうとしていたけど、こういうことは焦っても仕方がない。YouTubeの女性がマティアス・フュシュトの謝罪を疑うことなく堂々と受け入れたのを見てアイシャはげらげら笑ったが、このげらげらはあまりいい反応とは思えなかった。何か言ってくれたほうがまだわかりやすいというものだろう。そういうわけで僕は彼女が感情を爆発させているあいだじっとこらえた。キリストなんて目じゃない我慢強さだったよ！

　マティアス・フュシュトの選んだ慈善団体に自分が寄付したことを最初に知ったのは、患者の満足げな言葉をいくつか引用しようとしていたときに届いた一通のメールだった。そこにはオークションで一万ポンドの入札をしたこと――もちろん落札！――へのお礼とともに、娘のアイシャさんがマティアス・フュシュトのプライベートコンサートを楽しんでくださるよう願っておりますと書かれていた。僕がやっとのことでしこたま貯めた一万ポンド、マティアス・フュシュト、かろうじて理解できたのはそれだけだった。ああ、そのふたつが赤い矢印で結ばれたんだな。一万ポンドがマティアス・フュシュトになった。一瞬、頭が真っ白になって、僕は手をわなわなと震わせて息が詰まりそうになりながら、キーボードの前とそこからいちばん近い壁とのあいだをあたふたと行ったり来たりした。タイキがオフィスに入ってきて、コンピューターの画面をちらっと見るなりグラスの水を僕の顔にバシャッとかけて出て行った。おかげでなんとか椅子に座ることだけはできた。その五分後、アイシャが学校のコンピューター室からスカイプで連絡してきた。通話ボタンを押してカメラをまっすぐ見据え、大声でアイシャの名前をわめきつづける僕に、彼女は文字でこう訴えかけてきた。

ちょっと落ち着いて
落ち着いてよ
引換券を使う
引換券を使うってば！

「引換券って？」とカメラに向かって尋ねた。

アイシャはちょっと待ってと人差し指を立てて学校かばんをがさごそ探り、こないだの誕生日にあげた六枚綴りの引換券の最後の一枚を取り出した。そこには僕の手でこう書いてあった。何があっても怒られず一度話を公平に聞いてもらえる券。

「ああーーー」と言って僕は胸をドンドンと叩き、そこになんとか隙間を作ろうとした。「わかった、わかったよ。話を聞く」

「あんたの緊急用のデビットカードを使った」とアイシャが言った。「ほら父さんがいつもわたしが何でこんなふうになっちゃったか知りたがるけど、わたしには『ごめん』としか言えない。でもさ思うんだけど——いやきっと、彼の目さえ見られたらきっと……大金なのはわかってる。まさか落札できるとは思わなくて。あんな大金持ってるなんて知らなかったよ！　でもわかって、必ず返すから。仕事を見つけるし、何か作っていっぱい売るから」

「もういいよ」と僕は言った。「もういい」。心拍は正常に戻りつつあった。アイシャは僕がまさか、ものすごく価値のある目的のために一万ポンド寄付しておいて、それをあとから撤回して恥をかくようなやつにはなりたくないだろうと決めてかかって行動している。でも僕はもとからそういうやつなんだから、撤回しても何の問題もない。

ノアの前の奥さんが家にコーヒーを飲みに来て、アイシャを精神科医に診せてはどうかと言った。アイシャが自分のノートパソコンで、ほぼ純粋な硫酸――九十六パーセント――を一リットル買ったのをデイが発見したとあってはなおさらだ。僕たち三人は座ったままコーヒーカップを手に黙り込み、アイシャとフュシュトがふたりきりで花輪で飾られたどこかのあずまやにいて、フュシュトが心を籠めて、ひょっとすると最新のヒット曲「針のドレス」まで歌っている姿を想像した……そして曲の最後の一音が止《や》むと、アイシャはワンピースの下に隠し持っていた硫酸のボトルの栓を開けてフュシュトに投げつける。それから一週間ほど、ノアはアイシャの顔を見るたび「きみはさ、何なの？」と大声で問いかけずにはいられなかった。

アイシャは苦笑いするばかりだったので、僕は「彼は許されたんだよ、アイシャ。ほかのみんなは彼を許したよ」と言って何とか彼女をなだめようとしたけれど、それもやめた。苦笑いの代わりにある表情が浮かんできて、その表情が頭から離れなくなったからだ。

チェドが言うには、あれが本当に心からの謝罪だとアイシャにも思えるようなものになっていたらよかったんだけど、今となってはもうマティアス・フュシュトにみずから復讐するか、誰かが手を下すのを目撃するかしないかぎり、この件は終わらないだろうということだった。タイキもおおむね同意見ながら、こんなふうに少し手直しを加えた。自分のしたことに対する心からの謝罪がマティアス・フュシュトにできれば、アイシャはきっと前に進める。「少なくとも……わたしなら進めるんじゃないかなあ」と、タイキは指にはめた結婚指輪をぐるぐる回しながら付け足した。「つまり『針のドレス』がむかつくのは、曲としては別にいいんだけど、謝罪としてはふざけてるってところなんだよ。でも、あの件があったおかげでわたしたちが意味深な曲を聴けたのはたしかだし、彼女のおかげでフュシュトにいい曲が書けたのもたしかなんだよね……」

　手首にある星座はその日は間違いなくタトゥーに見えたし、妙に陽気に話すところが不気味だった。僕は長いこと考え込んだ。長いことかかったと、自分では思った。それからアイシャのために手を貸してもらえるかな、と彼女に尋ねた。

「話をさせて」とタイキは言った。

　僕は聞かせてもらえなかったけど、ふたりは女神を召喚することについて話したようで、タイキはそのための準備をばっちり整えエレガントな黒いスーツに身を包んで家にやって来て、ポートフォリオに挟んだたくさんの画像や図をアイシャと一緒に長々と眺めていた。

「参考までに言っておくと、ヘカテーにすることにしたから」と、タイキは帰りぎわに言った。

「へえ、それ誰？」

「別に、あなたが気にする必要ないよ……」

「いやいや、簡単にでいいから教えてよ」

「そうだな……彼女は内から外へ、あるいはその逆への長い旅を見守っている。あなたがある状態から別の状態になる、その歩みのうちに彼女は存在しているんだよ。喩《たと》えるなら、交差点で見かける人のようなもの。つまり、彼女の姿を見ているようで、じっさいにはもう引き返せないところに来るまで自分が何を見たのかわからない。彼女は三つの鍵を持っている……あの世への鍵だと言う人もいれば、過去、現在、未来に繋がるものだと言う人もいて――あ、今ぼーっとしてたでしょ……」

ドアの前でタイキはこちらに挑みかかるようなポーズをとり、しばらくそのまま静止していた。

「この戸口にわたしがずっといるところを思い浮かべてみて。あなたが通るほかのすべての戸口にも。姿は三次元だったりぼんやりと見えるだけだったり、とにかくあなたが通り過ぎようとする瞬間にわたしがいたいと思う姿でそこにいるところを」と彼女は言った。「想像してみて。わたしが入ってくるのを止めることも、わたしを追い出すこともできないのを。だってあらゆる敷居はわたしのものだから。もうひとつおまけに、わたしに三つの顔があるところを想像して。それが、マティアス・フュシュトと少しおしゃべりをするために遣わそうとしているものの正体だよ」

「なんだ！　親切なふりなんかせずに、最初からその話をしてくれたらよかったのに。でもさ、待ってよタイキ、それってちょっとやりすぎなんじゃ――」

彼女はすでにいなくなっていた。

夏がまた巡ってきた。チェドが兵役から戻るまであと一週間ばかり、僕は「錠前の家」の水飲み場のそばにあるベンチでこれを書いている。ブーディッカに餌をやっていたら、チェドの好きな声をした女性が入ってきたので、僕はその場を離れた。

ともかく、ここ数か月の出来事を僕のコメントを挟まずに紹介しよう。どうせコメントを聞かせる相手なんていないだろ？

・タイキとアイシャが会った翌日、全国紙のひとつに黒い枠で囲った広告が出た。

> マティアス・フュシュトよ安らかに眠れ
> 誕生日おめでとうマティアス・フュシュト　幸運を祈る
> あなたの復活は困難なものになるだろう

・当然、たくさんの疑問が投げかけられた。マティアス・フュシュトは生きているし、その時点では元気だったからだ。誰がこの広告を出したのか突き止めることはできなかった。

・広告が出た翌日、マティアス・フュシュトは全国の人が仕事や学校から帰るときに聴く夕方五時の人気ラジオ番組に電話をかけてきて、自分のした謝罪への謝罪をしたいと申し出た。あれは心を籠めるのではなく頭で考えてやってしまったことだったと。また、被害者の女性に罵詈雑言を浴びせるのをやめるようファンたちに求めた。彼女は「大変な目に遭ってきた」うえに、最初に自分が金を渡したあとは賠償なんて一銭も求めていないという。泣きながらしゃべるせいで何を言っているのかよくわからず、ラジオ番組の司会者は反省の弁を何度も聞き返さなければならなかった。

・その約一週間後、フュシュトはバラエティー番組の生収録中にいきなり歌うのを止め、こんなことを言い出した。自分はずっと誰かに「追い回されて」いて殺されるんじゃないかとびくびくしながら過ごしている。「やつら」はおれを針で刺し、ドアにおれの手を挟むのだ、と。その場にいた観客から怪我なんてしていないじゃないかと指摘されると、彼は混乱した様子ですべては「誰にも見えない内側」で起きていることなんだと釈明した。放送が中断されるまぎわ、彼はこんなことまで言い出した――通りで声をかけたあの女を殴ったのは、子どもの目の前でしょっちゅう母親を殴っていた自分の父親を悪い意味で見習ってしまったからだと思う。両親はふたり一緒にこれを否定する、おおよそ次のような内容の声明を発表した。息子がなぜあんなことを言ったのかはわからないが、わたしたちはとても悲しい。フュシュトの婚約者は「自分のキャリアに専念する」と言って、そのための計画をあれこれ話しながらふたたび彼の家から出て行った……おかしな話だ。それに彼女はずいぶん優しいんだな……生まれつき自分のキャリアに専念している人がこの世にもしいるなら、それこそこのプリマバレリーナだろうに。他人にはそう見えてはいないと本人は思っているような口ぶりだけど。彼女の元婚約者については、近親者が何人か「面倒を見るため」に家に引っ越してきた。しかしその者たちは、彼がラジオ番組に電話をかけたり、朝のテレビ番組に出演したりして、自分がしたばかりの謝罪について謝罪し、さらなる謝罪をするのを止められなかった。最近出たテレビ番組では、たぶん大事なのは量より質なのだから、僕の考えをあらわすのに本当にふさわしい方法を今じっくり時間をかけて見つけようとしているところなんだ、と最後に言っていた。真の謝罪のためには、自分の過ちの真の正体を知ることが鍵だってずっと言われてきたんだよ。早くそれができるようになりたい、と。

・フュシュトの家には近親者に加え、医療関係者たちも呼ばれていたようだが、フュシュトはそこから逃げ出し、半年間行方不明になっていたらしい。

・フュシュトはどうやら冬のあいだじゅう野宿をしていたそうだ——その冬はとても厳しかったので、よく生きていたなと驚きの声がいくつもあがった。彼は超常現象専門の有名な新聞のインタビューを受けた。頭がおかしくなっているという噂を払拭するつもりだったのだろうが、逆効果だった。特に「やつら」の話をしたせいで。「やつら」はおれに謝罪を求め、いざ謝罪するとそんなの口先だけだと言う。「やつら」は三人の女性でありながら「やつら」はひとりの女性でもあり、三人のうちの誰かがおれから痛みを取り除き、そうすることで残りの者たちがおれにその痛みをもう一度味わわせることができるようにする。そんな感じのことをえんえんと繰り返すのだ。おれは本当なら冬のあいだに死ぬはずだったが、どんなことを言ったりしたりすれば「やつら」を寄せ付けないようにできるのかを学ばせるため、「やつら」は喜々としておれを生かしておいた。おれが申し訳ないと思っていることをこの女性に納得してもらうための方法を知っている人がいたら、マティアス・フュシュトはなんとしてもその秘訣《ひけつ》を知りたい。

・アイシャはあれきりしっぽを捨ててしまったのかもしれない。しかし部屋の窓辺ではさまざまな薬草が花を咲かせているし、とあるじつに便利な頭痛薬の唯一の欠点である催淫効果をどうにか弱められないかとあれこれ実験しているし、マティアス・フュシュトがもうすぐ出版する本『追放されし者の謝罪』を楽しみにしている。彼女はこう言っている。フュシュトは自分の過ちの正体に迫りつつあるのだから、この調子でがんばるべきだ、と。

あなたの血ってこのくらい赤い？

I.

(いいえ)

あなたはいつも言っていたよね、マーナ・セミョーノワ。わたしたちはお互いふさわしい相手じゃない、って。そう言われるたびへこんだけど、わたしはいつもこう返した。そんなことない。今に見てて。今に見てて。世の恋人たちがこぞってほしがるものをわたしは持っている。あなたにはじめて会ったときの完璧な記憶だよ。わたしは十五歳で、ハンサムで無駄口を叩《たた》かない十八歳の兄さんが、誰よりもまぶしく燃え盛るヒーローだった。兄さんの行くところならどこへでもついて行った——まあ、まんまと撒《ま》かれることもあったけど、たいていの場合それほど必死に逃げようとしているふうには見えなかった。それがアルジュンの才能なのだ。けっしてがんばりすぎず、いつだってほどほどにしておく。人とうまく付きあうこつがなんとなくわかっていて、どんなときに目をあわせてどんなときに考え込むように遠くを見つめたらいいか、話をきちんと聞いていることを相手に伝えるにはどうすればいいのか心得ていた。人とうまく接することができるようになったのは、ジョティと別れたおかげだった。ジョティは三年にわたって、わたしの話をいつも聞いてないよね、というか誰の話も聞いていないよね、とアルジュンに何度も何度も注意しつづけた。アルジュン、いつか本当に大事なことを聞き逃してしまうかもしれないとは思わないの、と彼女は言った。人が一度きりしか言えないようなことをだよ? 兄さんは耳を傾けようとした。まあ、やろうとしてたんだって本人は言っていたけれど、やっぱりまた注意が逸《そ》れた。

ジョティが何か話しているときは彼女のことを愛《いと》おしそうに見つめながらも、言っていることはちっとも耳に入っておらず、それ以外の人たちの前ではただじっと黙って、ここで話せばいいんだなというところで月並みなコメントを挟むだけ。頭の中でいつも何を考えていたのかは、神のみぞ知る。

　ある日、ジョティは通りにあるカフェで兄さんと待ちあわせ、一か八かの賭けをすることにした。お願いがあるんだけど、と彼女は言った。もしやってみようと思ってさえくれないなら、もうあなたと一緒にいる意味はない。ジョティ、きみの言うことに全神経を集中させてるよ、と兄さんはすかさず答えた。話してごらん――聞いてるから。十五分後、彼女は腕時計に目をやり、兄さんの頬にキスして、晴れやかな顔でカフェを出た。このあと会う友人との待ちあわせには遅れてしまったものの、大事なお願いをアルジュンが聞いてくれることになったからだ。ただ、兄さんには自分が何を頼まれたのかさっぱりわからなかった。ジョティが話しはじめてからたった四語で、もう何も耳に入ってこなくなっていた。

　兄さんは近くに座っていた女性に、僕たちの話が聞こえていませんでしたか、ひょっとして彼女に何を頼まれたか知っていたら教えてもらえませんかと尋ねたが、その年配の女性はこう答えただけだった。「ごめんなさいね、最近ちょっと耳が遠くて」

　反対側にいたカップルも、自分たちは何も聞いていないときっぱり否定した。僕たちの将来がかかっているんですと訴えても無駄だった――結局のところここはイギリスなのだ。他人に干渉しないことが、一種の市民宗教になっている。だから兄さんにできることといえば、ジョティが信じられないとかんかんに怒って電話してくるのを待って、いつかもっとましな男になれたらきみの愛を取り戻してみせるからと誓うことくらいだった。そのころのわたしはアルジュンからたくさんのことを学んでいる最中だった。学ばないといけないことはまだまだたくさんあった。誰かに話しかけられると大慌てで相手に言われた言葉をかき集めては、全速力でそれを相手に投げ返すこだまになるような子だったのだから。それもこれも思春期のストレスのせいだ。あとわたしの部屋に住み着いた、あの幽霊にも責任がある。

マーナ、あなたと出会うまで、わたしは兄さんかあの幽霊としかまともに話せなかった。幽霊のどこか支離滅裂な話し方が、わたしに伝染したんだ。それにわたしが大人になったら、その瞬間に彼女（幽霊）の姿が見えなくなると前から言われていた。「大人になったってどうすればわかるの？」。自分でもどういう意味かよくわかっていない言葉を使いはじめたらそうなるんだよ、と彼女は言った。もう使ってるよとわたしが言うと、うんでもあなたはそのことを気にしてるけど、大人は気にしないんだよ、と彼女は答えた（もちろん今わたしは彼女の言葉をわかりやすく言い換えている。思い返すと、まるで逆再生された曲を聞いているみたいな話し方だった）。だから怖いんだ、いつかあなたがふと気づいたら大人の話し方をしてるんじゃないか、目の前にじっさいにあるものやそこにいる人の姿が見えなくなってしまうような話し方をしてるんじゃないか、って。兄さんは幽霊のことを知っていたけれど、あの子は心配性だ、きみはもっと外に出るべきだよと言って、友だちのティムの十九歳の誕生日パーティーに招待してくれた。マーナ、あなたと出会ったパーティーだよ。

「よかったら今夜、僕とデートする？」とアルジュンは言った。

「みんなにきもいって思われない？」とわたしは尋ねた。

「いや……むしろ口下手な妹に優しくする男って女にもてるんだよ」と彼は言った。「面倒見がいいところもあるんだな、とか思われるみたい」

「よかった！　兄さんと女の人たちとのあいだに割り込むことになるのは嫌だったんだ」

「そんな心配いらないよ、ラダ。そんなことにはなりっこないから」（とかなんとか、こんな感じの話をした）

　みんながこぞって話したがる兄さんを持つのがどういうことなのか、わたしは知っている。だからその晩、アルジュンとはなればなれになってしまったときのために、本を一冊持って行った。でも兄さんはずっとそばにいて、わたしを誕生会の主役に紹介したり、友だちを集めて妹が自分と同じ量のビールを平然と飲み干すところを見せたりしてあれこれ気にかけてくれたおかげで、わたしは自分が壁にへばりついた口ごもってばかりの蠅《はえ》なんかじゃないと思うことができた。そのとき、ひとりの少年がわたしたちに――いや、正確にはアルジュンに――近づいてきた。これといった特徴のない子だった。髪が緑色なのに、びっくりするほど印象に残らない。彼はリハーサルでもしているような表情を浮かべて、用意してきた文章を声に出さずに練習していた。アルジュンはわたしにこっそりささやいた。「この子、何がしたいんだろうね」

　ジョーというその少年は、ティムのいとこだった。

「あやつり人形の学校に通っているジョー？」とアルジュンは尋ねた。

「そうだけど……」

「ああ、はいはい」とアルジュンは言った。「どうかした？」

「あんた女の子にもてるんだろ？」とジョーは尋ねた。

アルジュンは目を細めて肩をすくめた。もしそのとき袖のある服を着ていたら、わたしは吹き出さないよう左右どちらかの袖でとっさに口を押さえていたと思う。ジョーは二十ポンド札を手に、もしアルジュンがとある女の子のところに行って、一緒に踊ったり話したりして二、三時間ほど楽しく過ごすふりをしてくれたら、この金を今ここであんたにやるよと言った。何を頼まれているのかわかったとたん、わたしは思った。今度ばかりはアルジュンも言葉を失うだろう。でも、そういうことを頼まれるのは慣れっこみたいで（十代の男の子たちって本当にそこまで残酷なことできるものなんだろうか？）、兄さんはこう訊ねた。「その子ってまじでそんなにぶさいくなの？　今夜は七点未満の女の子を見かけないから、いい夜だなと思ってたんだけど」

少年は潔く顔を赤らめた。「いや、そんなにぶさいくな子じゃないよ。ただ……僕のタイプじゃないってだけ」

「タイプじゃないなら、どうして連れてきたりした？」とアルジュンは尋ねた。「けしかけられたんだ」とジョーは惨めったらしい声を出した。

「普段はこんなことしないし――嘘だと思ったらティムに訊《き》いてよ――僕の言うこと信じてほしいんだけど、どうしようもなかったんだ。彼女が行くって言うとは思わなくて。でも、行くって言われてさ」

「なあ……金払って一緒にいさせるなんてやめときなよ」

「ほかにどうすればいいのかわからないんだよ。楽しい思いをしてもらわないと。彼女、校長先生の娘なんだ。僕を退学にしろって言ったりはしないだろうし――そもそもお父さんにこの話自体しないかもしれない。でも校長先生の娘だからさ」

「転ばぬ先の杖《つえ》」と兄さんは相槌《あいづち》を打った。マーナ、そのころにはわたしはあなたを探してあたりをきょろきょろ見回していたんだよ（顔を見るのも声をかけるのも嫌で思わず誰かにお金を払ってしまうなんて、いったいどれほど冴《さ》えない子なのかなって）。ジョーが何度も話しかけようとしたけど、座ってひたすら本ばかり読んでいるんだと言うから、なおさらどの子か知りたくて必死に探した。

「パーティーに本を持ってくるなんて、どんな子だよ」とアルジュンはこちらを見ずに無表情で言ったけれど、そのあと小さくうなずいたのを見て探してきたらってわたしに言ってるんだと思った。

「名前は？」とわたしが尋ねると、ジョーが教えてくれた。ビーズクッションに半分埋まったあなたは、お父さんが薦める分厚い教科書、人形劇の楽しさをすっかり台無しにしてしまう、ブランバーニの『親指と残り四本の指との戦争』を読んでいるふりをしていたよね。古臭くてつまらないブランバーニなんてくそくらえだ。意地でも目からこぼれない涙で濾過《ろか》してやれば、あの教えも少しは呑《の》み込みやすくなるのかな。あなたは首にぴかぴか光る色とりどりの豆電球をぐるりと巻いていた。首に豆電球を巻いているとほっとするって気持ち、なんかわかるって思った。ときどきわたしは落下する夢を見る。それは恐ろしいというよりは退屈な夢で、ただただ嫌になるくらいひたすら落ちていったかと思えば、いきなり輪っかになった縄に首がすぽっとはまって止まるんだけど、そこでわたしは、うん、少なくともこれ以上落ちることはなくなったなと思うんだ。どうやらわたしは、あなたの人生に絶妙のタイミングであらわれたみたいだった。あなたはわたしをじっと見た。わたしの目に、はじめて見たあなたはこんなふうに映ったんだ。矢のようにまっすぐこちらを眺める冷酷な瞳、世界じゅうを敵に回すみたいに突き出た顎、唇が描く曲線はあまりに美しくてこの世のものとは思えないほどだった——その目で人を凍りつかせながらも、揺らめく炎のような唇がこっちへ来いと誘っている。

　その夜、ジョーがらしくなくパニックになって馬鹿なことをしてくれてよかった。気づいたらわたしは、ごく自然にきちんとした文であなたに話しかけていた。だって単純に、あなたに話しかけたらキスしてくれるかもしれないと思って。なんとしてでもあなたにキスしてもらいたかった。あの唇を見ておいてキスしていなかったら、わたしきっともうまともじゃいられなかっただろうな……。

　あなたの目に映ったわたしといえば——グレーのワンピースを着た子どもが、まるであなたこそわたしの生きる意味だとでもいうように、まじまじとこちらを見つめていたんじゃないかな。あなたはすぐに、膝の上に乗せた子どもの相手をするみたいにわたしに向かって語りはじめた。それは、物語というものがいかに困ったときにわたしたちを助けてくれるかという話だった。あなたが少し前にプラハからの便に乗っていたとき、飛行機が雲の中にある恐ろしく長い乱気流のトンネルを通ったことがあった。「乗客はみんなパニックだった。わたしの隣に座っていた女の子以外はね」とあなたは言った。「その子はただじっと本を読んでいたんだ——いつもよりちょっと読むスピードが速くなっていたかもしれないけど、それ以外は平然としていた。『飛行機が墜落しちゃいそうなの気づいてた？』とわたしが訊くと、その子は『うん、正直気づいてたよ。

だからこのお話がどんなふうに終わるか余計に知っておくのが大事だと思って』と答えたんだ」

　あなたに一緒にダンスしてもらって、手を柔らかくする運動をいくつか見せてもらって、それからあなたの学校の教室では、なんとかして人形を使いこなせるようになろうと生徒たちがいかに必死になっているか、って話を聞かせてもらった。わたしは人形《パペット》という響きが気に入った。最終学年の話をするとき、あなたの目つきはぐっと険しくなった。学校ではもっとも優秀な生徒ふたりが、新入生をふたり選んで最初の一年のあいだ面倒を見ていいことになっている。若き人形遣いの未来のために一役買いたい――あなたがそう思っているのはたしかだった。あなたは人形劇の可能性を信じていた――その力を自分自身で目の当たりにしていたからだ。お父さんが教鞭《きょうべん》を執るようになる前、まだ公演に出ていたころに、その棒遣い人形が小学生の観客のなかでひとりだけ少し離れたところに座っていた女の子の前でひざまずくのをあなたは見たことがある。女の子の顔にかかった髪のあいだからは痛々しい傷が覗《のぞ》き、彼女は目に憎しみをたぎらせながら舞台を見つめていた。それは、あなたのお父さんや人形やほかの子どもたちへ向けられたものでは必ずしもなく、むしろ作りごとそのものへの憎しみだった。何かを癒せるわけでもない、必要としていない人々にとってだけ価値があるもの。と、人間とひげの長い人形が舞台を降り、女の子のところに歩いて行ってひざまずいた――人形をひざまずかせたのはもちろんお父さんの手であり、観客はみなお父さんの顔を一心に見つめていたものの、そこに浮かぶ戸惑いの表情に、人形が突然みずからの意思で動き出したに違いないと誰もが確信した。「お姫様、わたしはマーリン、あなたのマーリンです」と人形は女の子に語りかけた。「あなたに永遠にお仕えします」

「わたし？」いぶかしげな声で言った女の子は、今にも怒り出しそうだった――わたしをジョークのネタにしようとしてるだけでしょ――「わたしがお姫様？　あなたがわたしに仕える？」「いかにも」。ゆったりと恭しく、人形の手がこちらに伸びてきた。息などしていないのにじっと息を凝らしたその木の手が、愛おしげに頬をなでるのを女の子は許した――その様子を見ながら、生身の人間の手がこんなにも近づくのを女の子に許されたことはこれまで一度もなかったに違いないとあなたは思った。「これは、わたしたちがあなたを見つけるためのしるしです」と人形は言った。「でももしお望みなら、そのまま変装していてくださっても構いません」

　そうしてお父さんと人形はステージに戻っていった。けっして少女に背を向けることなく。それが王族のそばから離れるときのしきたりだったのだ。女の子の先生は泣いていたけれど、女の子自身はただじっと考え込んでいる様子だった。人形劇の第二幕のあいだもそのまま考え込んでいたけれど、第三幕に入るころにはほかの子どもたちと同じように大きな音で拍手をしたり大声で笑ったりしていた。あなたの話が終わったとき、なぜだかよくわからないけどキスするなら今だとわたしは思った。うまくいかなかったけど、それほどびっくりはしなかった。

「お嬢さん、お気持ちは嬉しいし――わたしもしたい――けど――それはそうと今いくつなの？」とあなたは訊いて、まだ子どもだと言った。まだ子どもだね、ふさわしい相手じゃないよ、とかなんとか。いつもこういうことになるんだから。

　ジョーとアルジュンがわたしたちのコートを持ってやってきた。あなたはわたしのコートのポケットに入っていた本を引っ張り出した。「これ何？」

　それはまさに運命だった。そう、運命だったのだ。そのとき持っていたのがひいおじいちゃんの書いた小説だったことも、ひいおじいちゃんは英語とロシア語とフランス語への翻訳を永久に禁止していたから、それがあなたには読めない本だったことも。この三つの言語に翻訳されると、どんな作品でもその骨格からしてめちゃくちゃになってしまうと言ってひいおじいちゃんは譲らなかった。人というのはルールをかいくぐるのが好きなものだから、ひいおじいちゃんの本の非公式な翻訳がいくつもインターネット上に出回っているけど、そのどれを見てもひいおじいちゃんの言ったことがいかに正しかったか、ただただ証明しているだけのように思えてならない。

「じゃあどんなふうにはじまるのかだけ教えて」とあなたが言うので、わたしは本を開いてそこに書いてあることを翻訳して聞かせた。はじめの部分をあなたは気に入った――ある女が玄関のドアを開けると、目の前に死体があった。しかしこちらに倒れ込んでこようとする死体に「あら、だめよ」と言ってそれを玄関の向こうの階段のほうにほうきで押し戻すと、彼女は裏口から急いで逃げ出した。

「待って」兄さんと腕を組んで帰ろうとするわたしを、あなたは引き止めようとしていた。「待ってラダ、続きを――」

「あの子は最低でも八点だろ」と兄さんは驚いた顔で言った（兄さんに女の子の容姿を十点満点で採点したりしなきゃよかったって後悔させてやってもよくてよ）。家に帰ると、幽霊はたちまち何かあったことを察知した。あなたにはいつ出会いがあるのかなあと思っていたよ、と彼女は言った。

「もし――どうかな、もし奇跡が起きて誰かとセックスしたら、あなたのこと見えなくなっちゃうの？」

　幽霊は一瞬ずる賢そうな顔をしてから表情を和らげ、ううん、わたしはずっと一緒だよと答えた。そして次の日にひいおじいちゃんの本をもう一段落訳してほしいとあなたから電話がかかってくると、幽霊は喜んでくれた。話のつづきを聞き終わったとたんあなたは電話を切ったけれど、またかかってくるよと幽霊は言って、じっさいそのとおりになった。毎日本を訳して聞かせたあと少し話をするようになると、あなたはわたしのことやその日起きたこと、それから電話中にたまたまわたしの寝室で流れていた音楽について、どんな曲だろうとそれ何と毎回尋ねてくるようになった。「気に入ってくれて嬉しいな――タイトルはわからないけど、わたしたちが生まれるずっと前の曲だと思う。じつはこのあたりにはノスタルジックな幽霊ＤＪがいるんだ」と言うと、冗談だと思ってあなたは笑った。

　そのうち本をまる一冊訳し終わってしまうんじゃないのと幽霊が言った。

「うん、でもいいでしょ。まだ第二章の半分しか終わっていないんだから。それにこの本が終わっても、同じ人が書いた本がまだ十五冊もあるんだよ」

　あなたのひいおじいちゃん、一生懸命に書いた本をこんなふうに使われて感激するかな、と幽霊が訊いた。

「ねえ幽霊――愛に何か恨みでもあるの？」

　ないよ、と幽霊は傷ついたような声を出した。愛に恨みなんてない。ちょっと言ってみただけだよ。

　あなたが新入生を誰か選んで指導する最上級生ふたりのうちのひとりに選ばれたって教えてく

れたとき、幽霊はわたしにはっきりと味方した。「きっと楽しいよ。わたしたちは防音室の隠しパネルごしに志願者を見られるから、ブーイングしようが相手に聞かれずに済むんだ」

　わたしはこの話を聞いて怖くなった。でも幽霊は窓ガラスにふーっと息を吹きかけて、曇ったところにかんぱれと書いた。

「もう片方は誰？」とわたしは尋ねた。「緑の髪のジョージじゃないよね？」

「あはは、違うよ。あの子がやる『パンチとジュディ』〔鉤鼻（かぎばな）のパンチとその妻ジュディとのどたばたを描いた、イギリスで一六六二年初演のあやつり人形劇〕はなかなかおもしろいけどね。やつはそのうちすごくうまくなるぞってパパが言ってる。もうひとりの生徒は、グスタフ・グリマルディって男の子だよ。わたしはあいつのやり方あんまり好きじゃないけどね。なんかみすぼらしくて。あいつの人形たちには虚無的な心があると思う。この言葉の意味があなたにわかればだけど」

「虚無的、ね……そりゃひどい」と言って、電話を肩で挟んで耳に当てたまま「虚無的」をGoogleで検索した。

「あいつの人形たちはまったく演技しないこともあるんだ。人形たちをただそこに座らせて、こちらをじっと見させる。そのあといったん人形同士を向かいあわせてから、またわたしたちのほうを見させるから、だんだん人形たちがわたしたちのこと何か知ってるんじゃないか、ひとりひとりに関して何かぞっとするようなことを知ってるんじゃないかって気がしてきて、頼むから永遠に口を閉じていてと思うようになる。エンターテイメント性は皆無だし、ほかにいくらでもやりようがあるのにどうしてこんなやり方でショーをすることにしたのか、わたしには理解できない。あいつに新入生の指導なんてさせるべきじゃないよ。わたしたちのグループに何かよからぬものを持ち込む人がいるとしたら、きっとグリマルディだから」

「その点、わたしは健全そのものだから安心して。学校に入るには、人形劇の経験とかがないと駄目なの？」と尋ねると、むしろお父さんはまっさらな状態でこの道に入ってきてほしいと思っているよとあなたが言うから、つい十五歳ってはじめるには遅すぎるかなと訊いてしまった。

「本気なら遅くない。あなたはどうなの？」

「これ以上ないってくらいに本気だよ。自分があやつり人形じゃないって一〇〇パーセント確信しているわけじゃないけど」とわたしは言った。

「どうりであなたのこと好きなわけだ」とあなたは言った。幽霊がわたしにハイタッチした。

「まず人形を用意して」とあなたは話をつづけた。「選抜試験はものすごく熾烈《しれつ》だよ——みんな目立つためなら何でもやる。自作の人形を持ってくる人もいる。わたしは紙とピンで作ったのを持っていったよ。演技してる途中でばらばらになっちゃったけど、それも物語に組み込んだんだ」

　わたしが人形遣いを目指すことにしたって話したところで、母さんと父さんはとても喜びそうにない。マジーおじさんのこと忘れたの……道化師のマジーよ……自分自身の胸に訊いてみて、ああいう人を家族のなかに本気でもうひとり増やしたいかって。母さんも父さんも仕事で忙しいのだ——うまくいくかもわからない話をして悩ませることはない。大事なのはまず合格することで、説得はあとからでいい。わたしは褐色の肌をした手遣い人形を買った。小さな黒いブリーフケースに入っていて、髪はきっちり真ん中分けになっている。あまりにきちんと分かれすぎていて見ていて不安になった。なんだか人間っぽすぎて、それでいてけっして人間なんかじゃないことをさらしているみたいでもあって。わたしは人形にシルクハットをかぶせ、布でできた頭皮の真ん中から布でできた髪が垂れ下がっていることを考えなくて済むようにした。あなたは腹話術の基本をいくらか手ほどきしてくれた。力を貸したりしちゃいけないはずなのに――わたしのことを、あなたにふさわしい相手じゃないと言うのをやめてほしいと思うようになったのはそのころだ――わたしは人形に、自分でもひどいとはっきりわかっているジョークを絶望的な顔で苦しげにひねり出すことを教えた。あなたが笑うこともあって、そういうとき人形は哀れっぽくすすり泣いた。あなたの手にはめられると人形はでれでれしたかと思えば、今すぐ死んでやると窓からはるか地上めがけ身を投げようと躍起になった。あなたは人形の声やその経歴を作り出すのではなく、人形の声や経歴そのものになっているのだ、とわたしは気がついた。すごいと褒めたかったけど、ある種の窃盗行為を目のあたりにしているようで痛ましくもあった。人形はただ牡蠣《かき》のように、なすすべもなくこじ開けられるしかなかったからだ。

わたしの人形のためにも日々の翻訳はそのままつづけたほうがいいだろうということになった――ひいおじいちゃんの本を一行ずつ、あなたが夢中で聞き入るなか、最初はヒンディー語で、次に英語で、それから同じ行を今度はロシア語とフランス語で繰り返す。こうして本の骨格はめちゃくちゃになった。そのことに気づいたのはオーディションの一週間ほど前、まだ訳していない最終章を読み返していたときのことで、言葉たちは彗星《すいせい》のように明るく輝きながらわたしの頭の中から飛び去っていった。ほかの章も読んでみたもののそういう感覚すらもう残っていなかった――いつのまにかじわじわとどこかへ漏れ出してしまっていたのだ。わたしは人形に、本の最後の部分を語るのは中止にすると伝えた。

　幽霊もこれに賛成したものの、あなたとわたしのふたりで言わせようと決めた言葉をわたしの人形が口にしなかったら、あなたは間違いなくわたしのことを選ばないだろうねとも言った。もう行くのやめたらとまで言った。もちろんわたしはこれを無視した。数日後、あなたの通う古めかしく立派な学校の待合室で、わたしは大理石模様の霧に包まれながらほかの志願者たちが人形を動かす練習をしているのを眺めていた。人形遣いというより俳優のように見える人もなかにはいたものの、たいていはわたしとわたしの人形とのあいだには存在しないような愛情を注ぎながら、マロットやくすぐり人形や文楽人形をやすやすと操っていた。マーナ、魂ってきっと重みがあって滑らかなものなんだろうね。魂の籠もっていない人形がひょこひょことぎこちなく動くのを見て思ったよ。そのときわたしのそばに、すごくかわいい女の子がいた――くしゃくしゃのドレッドヘア、えくぼ、そして夜空のような肌――ほら、輝きが暗闇に溶け込んでいるみたいな。でもわたしにはもう恋人ができたつもりでいたから、その子にはあなたの人形はどこにいるのと尋ねるだけにした。「これだよ」と彼女は上着のポケットから小さな箱を取り出し、その箱から磁器製のチェスの駒をひとつ取り出した。プラム色のクイーンで、特徴といえば王冠をかぶっていること、そしてみずからに腰や胸があるのを認める曲線をわずかに描いていることくらいだった。

「自分で作ったの？」

「ううん、わたしが見つけたんだ。そうは見えないだろうけど、この子、人形なの。はじめてこの子をつまみ上げたとき、それまで一度も言ったことのない言葉が自分の口から出てきて、それでわかったんだ。いったん下ろしてもう一度つまみ上げたら、言うつもりはなかったのにまた同じことを口にしてた。言葉はさっきと同じでも、やっぱりそれまで一度も言った覚えのないことだった」

「どんな出し物をするの？」

「今のところ質問をひとつするだけだけど、いずれは別の質問もしてもらえるようになりたいと思ってる」

「どんな質問をするの？」

女の子は気まずそうな様子だった。自分の名札を指差すと「そうそう、これわたしの名前」と言った。タイキ・ショー。わたしの名札は髪で隠れていたので、握手してこう言った。「ラダ・チョードリーだよ。それで、どんな質問するの？」

タイキは何かぼそっと言ったけど、声が小さすぎて聞き取れなかった。もしかしたらオーディション用に取ってあるのかもしれない、もう訊くのはやめようと思ったちょうどそのとき、彼女はさっきと同じことをもう一度繰り返した。「あなたの血ってこのくらい赤い？」

チェスの駒がプライベートな質問をしている。たぶんこれ以上ないくらいプライベートな質問だ。どう答えたらいいのかわからなくて、わたしは自分の人形に首を振らせた。ううん、きみの血のほうがきっと赤いよ。タイキはプラム色のクイーンを手のひらの上でくるっと回して、もう一度同じことを訊いた。このときは声から食ってかかるようなトーンが消え、おどけた調子になった。次に質問したときは心配そうな声色で、何かと比べることで自分が普通かどうかたしかめようとしているみたいだった。そのあとはいらいらした様子になった（そもそもこのチェスの駒は赤い色をしてすらいないのだ……いったい何と同じくらい赤いかを尋ねているのだろうか）。グスタフ・グリマルディの人形についてあんなふうに言っていたところを見ると、あなたは絶対にタイキ・ショーの人形がする質問をよしとはしないだろうな。というか、嫌うだろうな。でも、このクイーンは身体は小さくてもなんとも大きな問いを投げかけている。ひとたび話しかけられたら最後、彼女に訊かれたことで頭がいっぱいになって、どう答えようかということしか考えられなくなる。そのときわたしが身につけていたなかでもっとも鋭いものはブローチだった——そこについているピンで自分の指を突き刺そうかとも思った。そうすれば答えがわかるだろうから。

「あなた上手だね、タイキ」とわたしは言った。新鮮な空気を求めて部屋の外に出たのはわたしだけではなかった。ほかにも意気消沈した入学希望者が何人かあとにつづいて外に出てきて、それぞれ人形と本番前の最後の話しあいをした。

「どうやらこの任務、果たしてやれそうにないな」と人形がわたしに言った。

「しーっ、あなたのせいでこうなったってことになんてさせないからね」とわたしはたしなめた。

「マーナにアピールするための方法を何かほかに考えないと」

目の前の壁に額縁に入った写真がかけてあって、あなたの名前を口にしたとたん写真の中にあなたがいるのが見えた。そう、あなたの背中と、明るい色の長いポニーテールがなびいているところがね。写真はモノクロで、あなたは走っていて、いくつもの影が花束のようにその身を取り巻いている。少し前を走る人影がある。最初は影のひとつのように見えるものの、後ろをちらりと振り返るまなざしに、ほかの影たちとはまるきり違う人格がうかがえる。顔は木でできているのに、表情は豊かだ——妖精か何かがひくひくと痙攣《けいれん》するようにその中でせわしなくうごめいている。見ていると不安になって泣き出したくなるような美しさ。それがわたしとローワン・ウェイランドとの出会いだった。あなたと人形は——わたしはそれが人形だと判断した——縦に長いひとつの長方形から別の長方形へと飛び移っているところだった。開いたドアごしにまた別の開いたドアが見え、その向こうにある部屋のすみには横倒しになった戸棚がある。戸棚の扉には札がついている（首を傾《かし》げて読んでみると、札には「おもちゃ」と書いてあった）。

　写真の中では、輪郭という輪郭がお互いさっとあとずさりし、天井と床はてんでばらばらの方向にぐるぐる回っているものの、世界が今まさに終わりを迎えようとしているというわけではなさそうだった。その場で駆け足をしているのは同じでも、あなたは輪郭のあたりがぼやけているのに、人形はほとんどぼやけておらず、振り返ってあなたではなく、わたしを見ている。ふたりとも、わたしに捕まらないよう、命からがら逃げ出そうとしているみたいだった。あるいは戸棚の扉のところまで、つまりふたりにとっての家までどちらが先に着くのか競争しているのかもしれない。札には「おもちゃ」と書いてあるけど、札が絶対というわけじゃない。どちらにしてもわたしはふたりと一緒に行きたくて、こちらに手を差し出すとか手招きするとか、とにかくその妙に懐の広そうなまなざしで見つめ返す以上のことを人形がしてくれたらいいのにと思った。

　名前が呼ばれてオーディション会場に入ると、わたしの人形はテーブルの上のボウルに山と積まれた角砂糖をひとつ食べようか食べまいか迷ったすえ、もうどうにでもなれとふてくされて寝てしまった。一分経《た》ったところで部屋のすみからパチパチと雑音がして、マーナ、あなたがわたしにチャンスをくれようとしている声がスピーカーから聞こえた。「チョードリーさん、何か用意してきたんじゃないんですか？　あと十分しかありません。待合室でご覧になったとおり、今日は入学希望者が大勢来ているんですよ」

　そう促されたところで、わたしには何の効果もなかった。そのまま立ち尽くしていると、誰かがオーディション部屋のドアをノックして中に入ってきて、まず時計に目をやり、それから鏡張りの壁の向こうであなたが座っているとおぼしきあたりをちらっと見た。入ってきたのは男の子だった――片手を背中の後ろに隠していて、もしくぼんだ大きな目に辛抱強そうな表情が浮かんでいなかったら、わたしは自分が脅されているように感じたと思う。

「僕はグスタフ」と彼は言った。「きみの人形を渡して。別の人形をあげるから」

「わたしの人形をどうするつもり？」

「それは彼次第だね。好きなだけ寝て、好きなだけ砂糖を食べて、新しい友だちを作って、その気になれば髪の分け目だって変えられる。ほら急いで、彼女を使うんだ」

　わたしは自分の人形を彼に差し出し、それと引き換えに真鍮《しんちゅう》の糸あやつり人形《マリオネット》を受け取った。

「店の戸棚の中から連れてきたよ。しばらく外に出ていない子でね……大勢試してみたんだけど誰にもうまく扱えなくて。この子、何かに取り憑《つ》かれてるんだよ」。グスタフはこちらをちらっと振り返ってそう言うと、部屋から出て行った。最高。

ただ、この新しい人形はどう考えてもわたしに扱えるようなしろものではなかった。わたしの手の中には木の棒があって、それを使えば人形につけられている糸をひとつ残らず正確に制御できるし、糸もいっさい絡まっていなかったけれど、それはグスタフがさっと手際よく整えてくれたからで、自分でやったわけではなかった。じっとしているだけなのにマリオネットがこちらににじり寄ってくるような気がして、わたしは尻込みして指一本動かせなかった。

「あと五分」。スピーカーごしに聞こえたあなたの声には、信じられないという響きがありありと浮かんでいた。わたしは友だちの幽霊が使う逆さま言葉の英語で、人形に話しかけた。あなたは取り憑かれてるの、それとも何かもっと悪いものなの。彼女はものすごい勢いでそれに答えた。まるで外国で厄介ごとに巻き込まれている最中にたまたま自分と同じ言葉を話す人を見つけたときのように。「もの悪いもっと」それが答えだった。「もの悪いもっと」。今助けてあげる代わりに、あとでわたしのこと助けてね。

誰かを傷つけろとか言わないよね？　とわたしは訊いた。

言わない。

じゃあいいよ。

よし。わたしの言うことをただ翻訳して。わたしがしゃべるから。操作のことは心配しないで。わたしがあなたの姿勢にあわせる。そのほうがましだろうから。

彼女はわたしの幽霊の友だちと同じ話し方で話した——幽霊がみんな同じ話し方をするわけじゃないってことを、わたしはそのときすでに知っていた——その言葉を、わたしは翻訳した。時間はそれほどかからなかった。わたしたちはこんなふうに話しはじめた。

　わたしは取り憑かれた人形なんかじゃない。わたしは生きている。名前はゼペッタ。昔、この学校でもその名が讃えられているふたりの人形遣いに弟子入りしていたの。工房では人形たちの世話係だった――看護師みたいに傷の手当てをして、人形たちが長持ちするようにしてた。人形遣いたちが年老いて死んでも、わたしは人形たちのもとに残った。人形たちは命を持っていないけど、命を持つ一歩手前、いつもほんの一歩手前だった。命ある者がそばにいるとそれがわかるし、命ある者にそばにいてほしがった。面倒を見てくれるからね……壊れたりしないように。

　わたしは人形の世話の仕方をほかの人に教えるようになった。そういう知識がまさに失われようとしているような時代だったの……学びたいという少年少女を何人か訓練したけれど、そのとき疫病がやってきた。皮膚に症状があらわれるたぐいのものじゃなくて、空気を伝って忍び寄ってくる疫病よ。弟子たちは死に、わたしも死ぬところだったけど、人形の世話があったから死ぬことは許されなかった。

　人形たちはみな、何かを犠牲として差し出した――脚一本、腕一本、胴体、頭などなど……あなたの準備ができたらこれと交換するからね。

　そう言って人形たちはひとりぶんの身体を集めたものの、それぞれのパーツを繋ぎあわせることはしなかった。

　ごらん、あなたの新しい身体だよ。この中に入るんだよ、と人形たちは言った。

　入らない、とわたしは言ったのに、それは刻刻と進んでいった。ちょっとうとうとして目覚めると、また身体のどこかが入れ替わっている。左手からはじまって、最後は右足だった。考えてもみて。真鍮製の瞳で人間の足を見下ろしているところを。それからわたしはだんだん縮んでいって、身体のすみずみまですっかり今のこの姿になったの。わたしの名前はゼペッタ。長いことこの話をしたかったんだけど、誰も話すのを手伝ってくれなかったんだ……。

　こうしてわたしは新しい友だちのゼペッタに出会った。そしてマーナ・セミョーノワ、あなたも知ってのとおりその三日後、わたしはあなたの学校、わたしたちの学校に呼び戻され、タイキ・ショーがそこでわたしを待っていた。あなたも、グスタフ・グリマルディもいた。わたしはようやく自分が受かったんだと気づいて、あなたに駆け寄った。あなたは笑顔で「よくやったね」と言ってくれたけど、わたしの手を取ってこう言ったのはグスタフだった。「ようこそ、ラダ。ああいうことをまた一緒にやろうね！」

　幽霊の友だちの言うとおりだった。わたしが言うとおりにしなかったから、あなたはわたしを選ばなかった。でもなんでタイキを選んだの？　彼女が持っているものをあなたがなんとしてでもめちゃくちゃにしてやろうと思っているのはそのときからすでにわかっていた。

　なぜまたこんな話をするの、とあなたは痺《しび》れを切らして言うけれど、人というのはそう簡単に悲しみから立ち直れるものじゃない。人と人とが仲よくなるのは必ずしも相手に好感を抱いたからではなくて（必ずしもそうとはかぎらないし、理由はそれだけじゃない）、場合によっては誰かほかの人がすることを台無しにするために自分がその場に招かれることもあるとわかったときの悲しみからはね。あなたはほんと余計なことばかりわたしにしてくれたよね――思い出すだけでぞっとするよ――でもね、はじめはあなたも純粋な目的を持ってたんだってことを思い出すと、わたしは力が湧いてくるんだ。

II.（はい）

ラダとグスタフの滑り出しは危なっかしいったらなかった。わたしはラダに顔あわせの場に連れて行かれ、三人でバークレー・スクエアのあたりを歩いた。「こんにちは、ゼペッタ」とグスタフがわたしに声をかけた。返事をしないのに、いつも挨拶してくる。彼の行儀のよさに、わたしがあれこれ口を出しても仕方がない。ラダは鳩《はと》にパンくずを投げていた。グスタフはサングラスをかけたまま、ラダの聞いたこともない二十世紀なかばの映画監督たちの作品についてえんえんと話をしていた。この先グスタフから何か学ぶことがもしあったとしても、それはたまたまそうなったってだけの話だろうな、とラダが覚悟したのがわかった。でもグスタフに人形たちを紹介されると、気が変わったようだった――「きみが自分の子を連れてきたから」と彼はわたしのほうを見てうなずいてから「僕も自分のを連れてきたよ」と言った。このときは四体連れてきていて、うち二体は左右のポケットからそれぞれ顔を覗かせていた。いずれも気のいい宿命論者たちで、けっして焦らず余計な手出しもせず、仲間の誰ひとり指一本動かすことなく問題が自然に解決するのをじっと待っていた。リーダーはハムレットという名のよれよれの格好をしたインテリ。ラダの課外授業においていちばんの案内役になり、講師になり、ときに野次を飛ばしては、チアリーダーになり、共謀者になったのは、このハムレットだった。そのころわたしたちは、ハムレットらが誰の声と手を使っているのかすっかり忘れていて、次の日になってからラダが声をコントロールするためのちょっとしたこつやら何やらをマスターしたと、まるでそのとき同じ部屋にいなかったかのようにグスタフに報告することもあった。はじめのうちはそうやって自分のことを忘れられるのをグスタフはひどく嫌がっているように見えたけれど、打ち解けていくにつれ、ハムレットやほかの人形たちが何か変なことやおもしろいことを言ったりしたりしたとラダから報告を受けているとき、グスタフが本当は興味があるのにそれをこちらに悟られないようにしているのがわかってきた。わたしたちのまだ知らない、ある過程を彼は密《ひそ》かに観察していたのだ。

　わたしはラダ本人よりもずっと前に気づいていた。彼女がグスタフと直接話すときには絶対にしないようなやり方で、グスタフの人形たちと話していることに。そうしてお互いを信頼するようになるにつれて、ラダとグスタフの人形たちはどんどん気持ちを通わせるようになっていった。人形たちは彼女を笑わせることに全力を注ぎ、授業が終わると教室のドアの前に大挙してあらわれては「姐《あね》さんのお通りだよ、どいたどいた！」と声を張り上げながらバス停まで見送る。彼女がとりわけ気に入った人形たちを、グスタフはその周りに控えさせた。マッシュルームカットのハムレット、暗殺者であり人魚でもあるチャガタイ（彼はセクシーなファルセットで水夫を殺すのだ！）、船大工のブリュンヒルト、どんな質問にもとことん丁寧に答える宇宙飛行士のペトルーシュカ。また、ロコ・デンプシーと呼ばれる幼児サイズのメキシコトビマメ〔メキシコ原産の植物で種子の中に蛾（が）の幼虫が寄生しているためぴょこぴょこと動く。おもちゃとして人気があった」もいた。彼らの主人はラダの後ろをついて歩き、腕を高く上げて彼女の頭上で人形たちを操作した。グスタフが指揮すると、あらゆる糸が絡まることなく動くのだ。すごいなあと感心したラダは、きちんと垂れ下がった糸を自分の身体でもつれさせてしまわないよう、グスタフにもたれかかった。操作棒をいくつかラダの手に預けたグスタフは、両腕を下ろし彼女の身を支えた——ぎゅっと抱きしめたというわけではない。肘でできることなんてたかが知れているのだから。グスタフが口笛で陽気なポロネーズを吹くと、ラダが先導してふたりでブリュンヒルトとロコを行進させた。ラダはすごく幸せそうだったので、ちかぢか告白か何かするんだろうなと思っていたら、代わりにわたしに向かってこんなことを言ってきた。「マーナから聞いてたのと同じやつらとは思えないね」

ある晩、ケンタッキーフライドチキンの前にいた占い師に両手を摑まれ、あんた見えない男をじわじわ好きになりかけてるよと言われたラダは困惑して、いったい誰のことなんだろうとわたしを問い詰めて明け方まで眠らせてくれなかった……。

わたしはグリマルディを哀れんだらいいのか、祝福したらいいのか、それとも叱ったらいいのか決めかねていた。たしかにこういう密かな愛の育み方だってあるのだろうけど、彼自身がどう思っているのかわからなかったし、こんなふうにちょっかいをかけるのが彼のいつものやり口というだけなのかもしれなかった。彼の立場に立って考えてみよう。自分は代々もっぱら人形を通して話すことを生業《なりわい》としてきた人々の子孫だ……だから心理的にどっちつかずの状態なんてお手のもの。そしてたまたま好みのタイプが、隠されたものを見つける素晴らしい目を持った女の子で、その黒髪の中にメモを挟んでおいたのをすっかり忘れてあとから自分で回収するはめになることがときどきあるような子なのだ。で、また新しい子が目の前にあらわれた。本人に気づかれずにどれだけ近づけるか、試してみたくなるんじゃない？

ラダはこれといって目的もないのに携帯電話をしょっちゅうチェックするようになった――ほとんどのメッセージはタイキ・ショーからだった。嫉妬しつつもどこか守ってあげたくなる子なので、そもそも関わりあいにならずに済めばよかったのだけれど。タイキはマーナやその父親と一緒にオークニー諸島にいて、人形学校で今どんな課題が出ているか逐一教えてもらうだけでは飽き足らず、ラダに友だちとして個人的なニュースを送ってこいと言ってきかなかった。自分にニュースなんてあるはずがないと思っていたラダは、お兄さんと一緒に家の前にある縁石に座って自家製のスムージーを飲んでいる写真をしぶしぶ送った。そこにはアルジュンの肩に腰かけたわたしの姿もある。彼の前では話さないので、わたしはラダのアクセサリーか何かだと思われていた。ふたりきりになったときに、彼がまばたきするたび気まぐれに口を開けたり閉じたりするのが、そのころ何よりの楽しみだった。

わたしとゼペッタとA．J．とで、一日じゅう縁石に座ってもったりしたジュースを飲んでた。
あなたとうちの奥さんとはどう？

たったこれだけで、苦悩するタイキからラダの受信ボックスに溢れんばかりのメールが届くようになった。ラダがうっかり顔文字だけで返信したせいで、その苦悩はますます深まることになる。

何から話そう……えっと、わたしのやることなすこと「あなたの奥さん」をいらつかせてる
わたしは答える必要のない修辞疑問にばかり答えて、修辞疑問じゃないただの疑問にはわざと答えない

あ、それとあの人いきなりとんでもなくひどいことを言い出すのが特技みたい

忘れてしまわないと生きていけなくなるようなことを、だよ？

自分の手のことをこんなふうに言われて、いっそ腕から切り落として捨ててしまいたくなった。
誰かにこんな言い方されたことある？

いいんだ、今は自分の手が目に入らないようにしてるから、あはは（泣）

仕返しは苦手だから、石を拾ってあの人がこっち見てないときにやっつけるふりだけしてる。

で、グスタフとはどんな感じ

ラダ、いったいこの地味子のどこがいいの？

あの人のお父さん、本気で自分の娘が人間だと思ってるよ……

タイキからのメッセージ十通に対して、マーナから届くのは三つか四つ（どれもタイキを褒めるもの）、グスタフからはひとつ届くくらいだった。ある晩、ラダがちょうどベッドに横になっていたときに、彼は人形のチョン・ソンイが口紅の筒を剣のように振りかざしている写真を送ってきた。こんな文章を添えて――誰か彼女を止めてよ。グスタフはというと、ソンイの口紅攻撃を受けてオーキッドピンクに染まった、形のよいふっくらとした下唇だけが写っていた。人形が前にいて後ろに彼がいたのだが、それは後景にあったものがじわじわと前景になっていくタイプの写真だった。最初に見たとき、ラダはふんと鼻を鳴らして呆《あき》れ顔になった。それから首を傾げもう一度写真を見ると、ゆっくりと足を組んだりほどいたりしだした。写真から目を逸らさずに、うわの空で自分の口の形をなぞっては人差し指の先をしゃぶる。わたしと寝室の幽霊は顔を見あわせ、黙って部屋を空けることにした。

わたしは欲望というものが懐かしくなった。そしてマーナ・セミョーノワのことで心を痛めていたわたしの友だちに、しばらく夢中になれるパズルが与えられたことを嬉しく思った。たとえそのせいでグスタフの指導を受けられなくなったとしても、ラダの周りには手取り足取り教えてくれそうな人がほかに何人もいる。クラスメイトは親切な人ばかりで、教師たちが望むような競争心など誰も持ちあわせていなかった。お互いのアイデアを試すこともあれば、人形たちの衣装や小道具、キャッチフレーズ、そしてときにはキャラクターまで交換しあうこともあった。そういう仲間意識があったからこそ、ローワン・ウェイランドが爪弾きにされていることはよりいっそう目についた。

週の時間割のうち「人形劇の歴史」では紙を使った芝居をすることになっていて、ラダたちは関節がピンで固定され手足が風見鶏のようにくるくる回る人形を作った。今はちょうど、鉤鼻がトレードマークのパンチネロという何の取り柄もないキャラクターにまつわる歴史を学んでいるところだ。彼がいつどこで生まれたかはツイードのジャケットを着た学者たちに議論してもらうとして、数世紀にわたってカスペルルとしてオーストリアに存在していたころは、ずる賢さを表に出さず残忍な行いに躊躇《ちゅうちょ》なくのめり込み、周りにいる人形たちが死に絶えたあとも観客にまで襲いかからないよう主人が目を光らせておかなければならなかった。ハンガリーではぶっきらぼうで皮肉屋のヴィテーズ・ラースローになり、フランスではふたたび目を輝かせてとびきり陽気な悪魔ポリシネルになる。イギリスでのパンチは繊細なやつで、ちょっと目つきが気に入らなかったというだけで、すぐ通行人の首をソーセージの紐《ひも》でぎゅうぎゅう絞めてしまう。トルコに居を定めてカラギョズと呼ばれるようになると、ひたすらぐうたらになって殺人そのものに手を染めることはそれほどなくなったが、何か食べようとしているときに邪魔するやつには罵詈雑言をえんえんと浴びせる。どこにいようと昔のことは話題にしないよう用心していて、何を訊かれたところで、自分はそんなことやっていないし誰のしわざかもさっぱりわからないと答える。彼は本当に何も知らないのだ。「そこ」にいなかったのだから。なにしろ彼はずっと「ここ」にいたのだから……そう考えると、次のような疑問が湧いてくる。あなたはどこにいたのか？

ラダとわたしが「人形劇の歴史」の教室に入って最初に気がついたのは、ローワン・ウェイランドの周りにだだっ広いスペースがあることで、わたしたちは念のため、そのひとりきりの空間の邪魔にならない席を選んだ。しばらく観察してみたけれど、距離を置くのが浅はかなのか賢明なのか、なかなか判断がつかなかった。誰も彼の話をしようとしなかったからだ。ウェイランド自身は、まるでのけ者扱いされるのがごく当たり前のことであるかのように振る舞い、襟を耳に届くほどにぴんと立て、前をまっすぐ見ながら校内を歩いた。その様子を目の当たりにすると、自分がまるで映画のセットにいるエキストラのひとりになったみたいな変な気分になるとラダは言っていた。わたしたちが好奇心に負けて座る席を変えるまでに二週間かかった。「もしかしたら誤解されているだけなのかも」とわたしは言った。一か八かやってみようとラダも乗り気になった。

　彼は両手に赤い編み針を持ち、毛糸の山をいくつも本の上に載せて、編み物をしながら先生が来るのを待っていた。編み物をする人というのは、模様をきっちり編み込んでいきながら穏やかな自信を醸し出しているものだ。でもローワンの編み物はそんなふうではない。いかなる妥協も許さないかたくなな態度で、編みかけの靴下をじっと見つめているのだ。まるで一針一針が自分の編んだとおりになっているかたしかめるには、この方法しか知らないとでもいうように。わたしたちは彼の隣の席に座った。ラダはこんにちはと言って、彼が横目でちらっとこちらを見るまで声をかけつづけた。

「わたし、ラダ」と、目を逸らされないようラダがすかさず言った。

「そう」と彼は言った。「何で——ていうか、何のつもり？」

「別に」とラダは、わたしがすごくかわいいなと思っているあの無邪気な明るさで答えた。「ただ挨拶してるだけ。こっちはゼペッタ」

　彼はわたしに微笑みかけると、また編み物に戻った。一度や二度、あるいは三度見てもなお、どうして彼がこんなにのけ者にされているのか突き止めるのは難しかった。ローワンの姿は——神々しい顎のライン、長いまつ毛に縁取られた目、琥珀《こはく》色の肌、しゃれたクイッフ〔前髪をなで上げてトップにボリュームを持たせ、サイドを刈り上げたリーゼントに似た髪型〕——見る者に雷に打たれたような衝撃をもたらす。さんさんと降り注ぐ太陽のもとでは、本当の髪色がネイビーブルーなのがわかるし、考えごとをしているときなどに頭をかくと、髪が分かれて前頭部に小さな螺旋《らせん》状の骨がふたつ突き出ているのが見える。そう、角《つの》だ。恐ろしいたぐいのものではない。たぶん遊び心でつけられたんだと思う。ウェイランドの問題は、彼が人間サイズで作られた人形だということだ。主人はおらず、どう見ても生きている。その肌がどれほど柔らかそうでも、彼は全身が木でできていて、どうやって動いているのかはっきりとはわからない——胸の中で時計がチクタクと音を立てているわけでもない。わたしにとってローワンは男性だ。若いころ暮らしていたヴェネツィアにいた子どもから大人までさまざまな歳ごろの男性を思い出させる、優雅な身のこなしや話し方をするからだ。マーナにとってローワンは女性で、ラダとグスタフにとっては男性でも女性でもある。たぶんわたしたちは彼のことを、自分の感じた魅力に基づいて解釈している。たぶんすごく恣意《しい》的に。彼は肩をすくめてこう言うだけだ。「好きなほうを選べばいいよ。まあ僕の大半は木なんだけどね」。同級生たちは、ただでさえホルモンの急増という厄介な事態に手を焼いていた。だから自分から近寄ろうとする人はほぼいなかったものの、全員が彼、彼女、この子、この人のことを、欲望をかき立てる曲線をふんだんに宿すその身体を、大半が木でできていることを除けばすべてを持っているローワンのことを夢見ていたに違いない。ローワン・ウェイランドがひっきりなしにみんなに夢見られていたことは、間違いない。

　彼はこれまでわたしが出会ったどのパンチネロよりも捉えどころがない。彼に何か尋ねてみても、いつのまにか自分でその質問に答えてしまうのだ。ローワンとラダは、彼女が「目の保養と、目の保養の価値がわかってる人」と呼ぶ関係の先に進むことはなかった。目の保養の友だちになったのは、わたしだ。これには自分でもびっくりした。知りあいなんじゃないかと、ラダに寝室の幽霊に紹介されたときのことを思い出す。もし違っても同じ言葉を話す者同士、知りあいになっておきたいんじゃないかと思われたのだ。でもあの幽霊、ちょっとお高くとまりすぎだと思う。

　それにひきかえローワン・ウェイランドは、わたしのことを「月の女帝ゼペッタ」と呼んでくれる。ふたりとも眠る必要がないので、深夜バスに乗り、イヤホンを片耳ずつつけて編み物のポッドキャストを一緒に聴く。もしほかの乗客に気づかれても、酔っぱらって変なものが見えたと思われるだけだ。わたしは彼がどうやって生まれたのか、何とかして突き止めたいと思っている。

頭の中でそれぞれの状態を比べて、彼の身体のほうがましだと判断していたからだ。彼は息をしているけど、わたしはしていない。何ももとの身体を取り戻せると思っているわけじゃない。つまり、以前使っていた身体を。わたしをこの姿にした者たちは、自分たちにできることをしただけだ。わたしは死にそうになっていたのだし、人形たちはわたしを助けているつもりだった。だがそのせいで、人間扱いしてもらうために動くことや相手にわかるよう話すことを対価として差し出さなくてはならなくなってしまった。

そうして見返りを強く求めるようになったことが、若いころのわたしと、今日のすっかり年老いたゼペッタとの唯一のはっきりした違いだ。わたしを作った人形たちは、わたしに売られて愕然としていた。人形はお金など必要としないからだ。わたしが人形たちを細心の注意を払ってばらばらに引き離したことにいたっては、とうてい理解できなかった。同じ家に二体どころか、二体が隣りあった街にあることすら許さない。地図で調べて、それぞれの人形が森や砂漠や長い川で隔たれているよう念を入れた。いかなる形であれ、わたしを含め人形たちがふたたび会うことはほぼ不可能だった。これで人形たちの絆は壊れただろうか。この問いに答えが出るとしたら、それはわたしの計画が失敗したことを意味する。もう二度と言葉を話せるようになどなりえない徹底的な破壊、それがわたしにとっての成功なのだから。

タイキとマーナが学校を休むようになって二週目の終わりに、自分をテーマにしたエッセイの提出期限があった。タイトルは「人形に何ができるか」だったかな。生徒たちはその中で目下の抱負を述べなければならず、成績はつくものの内容が公開されることはない。みずからの上達ぶりを人前で示すことがものすごく重視される環境にあって、肩肘張ることなく本音を打ち明けられる貴重な機会だった。それもあって収拾がつかなくならないよう、課題には先生たちによって字数制限が設けられていた。ローワンはタイトルを見ただけで頭が真っ白になると言うので、わたしが代わりにしゃべって、その内容を一語一語書き取らせた。人形に何ができるか？　自分たちで考えると皮肉っぽい答えにしかならないので、ブランバーニがまだ『親指と残り四本の指との戦争』を執筆中だったころにわたしが聴いた講義で言っていたことをまとめ直すだけにした。人形遣いの役割は、生涯を通じて子どものように驚く心を持ちつづけることである、とかなんとか。ラダのエッセイは短すぎて、規定の文字数の半分しかなかった。すでに書いた段落をコピー＆ペーストして、強調するために繰り返しのテクニックを使っているのだと冒頭に断りを入れていた。印刷したものを提出しないといけなかったので、タイキは自分のエッセイをラダにメールで送り、ラダはそれを読まずに提出するとグリマルディと手を繋いでさっさと帰って行った。ローワン・ウェイランドは、タイキの作文がアルファルシ先生の机に届く前にそれを掠《かす》め取り、わたしが「何してるの」と訊こうとすると、しーっと唇に指を当てた。ローワンが二回読んだあとわたしも読んでみた。彼が何を探しているのかたしかめたかったのだ。

　昨日は月のない夜で、わたしたちはボートに乗ってスカパ・フローに向かった。空一面に粉々になった光が散らばり、その欠片《かけら》のあいだを縫うように雲の柱が何本もうねうねと立ち上っていた。塵《ちり》と龍の火。セミョーノワ教授が言った。「あれが天の川だ。われわれに見えるのはまあこのくらいだな」

あまりに美しくて、いきなり消えたり、とてつもなく大きなまぼろしか何かに変わってしまったりしないよう、わたしはじっと目を離さなかった。甲板の揺れのせいかもしれないし、長く見つめすぎたせいかもしれない。とにかくしばらくすると、あらゆるものが自分のもとから遠ざかっていくように感じられた。光と雲と闇、無数の星や惑星が、わたしのはるか後方に姿をひそめていた弓から放たれた何本もの矢のように、ものすごい速さで飛び去っていく。ボート上のわたしたち三人が的だったのではない。それはスケールの違いによって起こった事故だったのだ。わたしたちが公園を通るだけでもしじゅう蟻《あり》を踏み潰《つぶ》しているようなものだ。空が襲いかかってくる前にここを離れなければ。海に飛び込んでそのまま溺死するのがいちばんいいだろうとわたしは考えた。その次にいいのは目を閉じることだったけど、マーナに上を見たままにさせられた。あのピンで刺したようないくつもの穴から漏れる光がどんどん大きくなっていって、反対にわたしのほうはどんどん縮んでいきそうで怖いと彼女は言った。パニックが治まるまで、彼女はわたしに上を見つづけさせた。これまでわたしが人形を使ってできたこと、やりたかったことといえば、せいぜい人を不安にさせることぐらいだった。それだけではもう足りない。わたしはささやかでも揺るぎないショーがしたい。あちこち出かけて行って、もし本当に何かをコントロールできたら、わたしたちはどうなってしまうのか、この目でたしかめたいのだ。それは残酷な空想かもしれない。でも銀河系を垣間見ることほどの苦痛ではないだろう。

タイキ・ショー

「やれやれ、最近の人形遣いときたら」とわたしが呆れた声を出すのと同時に、タイキはマーナのことをどれくらい嫌っていると思うか、十段階で答えてとローワンが言ってきた。

「八」とわたしは答えた。「いや八・五かな。エッセイを読むと気が変わったみたいだけど」

「ゼペッタ、このエッセイを読むかぎり嫌いな気持ちはいまや十を超えてるよ。マーナがいくら人を思いどおりに動かす術《すべ》を知っているといっても、考えていることそのものを変えられるわけじゃない。それなのに、タイキはここでいきなりマーナが目指していることを自分の目標だと言い出した。なんだかきな臭くなってきたと思わない？　あのマーナにも操りきれないものがあるんだなって黙って見ているのも、まあおもしろいかもしれない。僕にはそんなことできないけど」

「何で？　わたしならそうするよ」


　ローワンはある少女について語り出した。その少女は普段、外からの刺激をきちんと感知できるのに、人に触れられたときにだけいっさい反応を示さない。何も感じないからだ。そのせいで幼いころから他人が怖く、しかもその怖さが日に日に増していくので、しまいには人付きあいそのものが耐えられないほどになってしまった。周りにいる人の姿は見えるし声も聞こえるのに、その身体に触れるのは虚空を摑むに等しかった。まるで消えることもなく、触れられるようになることもないまぼろしたちとともに暮らしているようなものだ。最悪なのは、この悪霊の群れに対して何でもないふりをしつづけなければならないことだった。動揺するのは逆効果だと、彼女はいち早く学んだ。なだめようとハグやら何やらをされるからだ。余計な身体的接触を避けるために、言わなければならないことは何でも言い、やらなければならないことは何でもやったが、彼女が誰かに触れたときに及ぼす効果のせいで、事態はさらにややこしくなった。彼女は歩く痛み止めだったのだ。痛みのもとを治療したり吸収したりするのではない――そうではなくて数時間、あるいは肌に触れる長さによっては半日ほど、痛みの感覚そのものを取り去ってしまう。どんな苦しみであれ、彼女が手を握れば痛みは消え、そのぽっかり空いた隙間を埋めるようにほかのあらゆる感触がじわじわと広がっていく。

　人に触れられても感じないこと以上に、この効果のせいで彼女を取り巻く人間関係は想像を絶するほど歪《ゆが》んでしまった。近くにいる人は何をしてもらえるかをなんとなく察知し、深く考えずに彼女に手を伸ばす。そして彼女やその友人たちや家族や見知らぬ人々にしがみついて、自分が何をしているかよくわからないまま彼女のことを利用するのだ。あまりに必死にしがみつくせいで彼女の肋骨《ろっこつ》は砕けそうになった。誰もがありとあらゆる種類の痛みを四六時中感じているのだろう。ぼさぼさ頭の青年たちがギターケースを手に玄関前の階段に居座るため、少女の父親は毎晩何時間か居間で腕組みをしながら仁王立ちするという手段に出た。木こりのように逞《たくま》しい上腕二頭筋が逆光に照らされて、玄関先に居座る男たちにもよく見えるように。白髪と白いひげに力強い腕という組みあわせがあまりに不釣りあいなので、サンタクロースを怒らせたんだと思い込んだ青年たちが蜘蛛《くも》の子を散らすように逃げ出すのが常だった。

他人に意図せず何かを与えてしまうのが嫌になった少女は、誰よりも苦しんでいる人たちをみずから突き止め、地元の病院に毎晩通ってそういう人たちのそばにただじっと座って手を握り、できるかぎり長いあいだ一緒に過ごすようにした。精神科の病棟でも同じことをしようとしたが、そこは警備がもっと厳重だった。家に帰るとなるべく母親のそばにいた。鎮痛剤中毒で、そのころには強い薬を処方してもらおうと自分で自分を傷つけるようになっていたのだ。神経過敏に苦しむあまりうなり声をあげるので、世間はもとより家庭内でのいざこざを避けるには薬を飲むよりほかなかった。やっとのことで口にしたわずかな言葉から、母親がほかの誰にも言えないような奇妙なことを考えているのが少女にはわかった。ごく小さなＸ線写真を掲げるように、まぶたの内側に何かの構造をあらわす図形が次々と浮かぶのだ。母と娘のあいだには愛情があったが、それを相手に伝えようとするのをふたりともはや諦めていた。無理にあらわす代わりに、お互いの誠意だけを求めることにしたのだ。少女が何度手を差し伸べても、母親はその手を取ろうとしなかった。愛ゆえに重荷を引き受ける者と、愛ゆえに重荷になるのを拒む者とのあいだの、よくある葛藤だ。母親が薬をほしがったのはじっさいには痛みから逃れるためではなく、何も感じるまいと心に固く決めていたからだった。そのためには子どもの手を取るより、薬のほうが都合がよかった。

　少女の父親は人形遣いで、ある日プラハでの公演に呼ばれた。それは無視できないほど名誉なことだった。かの街で活躍する人形遣いたちから注目されるとは、ましてや仲間のひとりと認められるとは夢にも思っていなかったからだ。教授の妻は今こそ自分が折れるか曲がるかしなければいけないときだと察知した。娘を旅に連れて行くことを勧め、おまえをひとりにするのが心配だと言われるとみずからクリニックに入院した。こうして少女はプラハに住むことになったのだ。ローワン自身はプラハに特に思い入れはなかったものの、わたしには少しばかりなじみのある街だ。セピア色のフィルターごしに見る虹と、悪夢のような精密さで作られたものが通りに入り混じるあの街は、マーナ・セミョーノワのような人が羽を伸ばすのにうってつけだったと思う。ローワンが言っていたのがわたしの記憶のなかの通りで間違いないなら、マーナとその父親は、まるで鉄で溶接されたコンクリートの絞首台がいくつも並んでいるような建物に住んでいたことになる。学校には必ず行くようにと言いつけた以外は、父親は娘を自由にさせた。父親のリハーサルや公演を見るのもよし、落書きの腕を磨くのもよし、ヴルタヴァ川のほとりで白鳥をからかうのもよし、おもしろそうと思ったことはなんでもやってみることができた。マーナは父親が人形を操る姿を見るのが好きだった——少し離れるだけで人形というものはこんなにも観客に影響を与えられるのかと教えてくれたのだ——それゆえ父の第二の家になった劇場に彼女も入り浸るようになった。そのいっぽうで母親と文通をはじめたことで両親を喜ばせ、手紙と一緒にシュトルーデルや干し葡萄入りのロールパンを宅配便で送ったところ、四十八時間かけて届いたあとでもどちらもまだ食べられる状態らしいと発見することになる。もし症状がよくなったらという話がときどきちらっと出るようになった。マーナは母親が自分の痛みを形容するときに使う言葉が以前とは変わってきたことに気がついた——それは折れるというより曲がることをあらわすのに用いられる言葉になっていた。

マーナはアパートの上の階に住むトポル兄弟、ジンドリックとキリルを従えるようになった。ふたりはマーナを崇拝していた——彼女のことを「ロンドン」と呼んで、何か危ない目に遭うようなことがあれば自分たちが助けるぞと勢い込んでいた。ときには片方がわざと脅して、もう片方がマーナを守れるようにすることもあった。もしそんなことをしてもらわなければいけないときが来たら、わたしのためにふたりとも死んでくれればそれでいいよと最初から言ってあったというのに。兄弟からチェコ語を教わっている最中だったので、マーナの指示はほとんどが身振り手振りで伝えられたが、ふたりはすぐに言いたいことを理解した。兄弟の頭にはしょっちゅう死がよぎった。無理もない。日曜日の午後にオルシャニ墓地でやっていたレスリングに、マーナも加わるようになったのだ。キリルは凶暴でジンドリックは足が速かったが、マーナのすばしっこさのほうが一枚上手で、彼女はずるをしたくないと思うあまりどんどん残忍さに拍車がかかっていった。相手の身体に両手をかける代わりに、向こうが疲れ果てるまでちょこまかと八の字を描いて動き回り、手近な木の枝を摑んで安全な高さまで飛び上がるとジンドリックやキリルを両足で挟んで地面に叩きつけ、仕上げにその倒れた身体の上に着地するのだ。

　プラハのオルシャニ墓地には数万もの墓があり、それ自体がひとつの大きな村、あるいは小さな町のようになっている。わたしも訪れたことがあるので、その場を漂うものがいること、木々のあいだを行き交うものがいることを知っている。その正体が何なのかはじっさいに出くわしたことがないからわからないが、この目でしかと見たのは、墓地にあるいくつかの空き地で葉っぱが絡みあって枝から枝へと影のような橋を何本も渡しているところで、その橋の架かった木々の樹皮がめくれあがってさらされた色は、生《なま》であるがゆえ、また腐敗しているがゆえにぎらぎら輝き、古い骨のように乾燥した幹に樹液がねっとりと絡みついていた。トポル兄弟とマーナはこの道を辿って、だいたいひと月ごとにリングを変えながら、下草の列をかきわけ、ときおり不意打ちの飛び蹴りをお見舞いしたりしているうちに（何度経験しても茂みに襲いかかられるのはびっくりするものだ）、あるとき木でできた小さな悪魔を見つけた。木でできた悪魔は、数週間前から彼らの存在に気づいていた。ナナカマド《ローワン》の木から彫り出された彼女は、現在の姿になっても木としての考え方を変わらず持ちつづけていた。そのひとつは、人間たちとは関わりを持たないのがいちばんだということだった。「第一に、あの者らはわれわれを伐り倒す」とローワンは言う。「第二に、あの者らはみな頭がおかしい。それは仕方のないことかもしれない。大地にではなく水などに根ざして生きているのだから」

　とは言いながらも、木でできた悪魔は目の前を通りかかる人間たちを見て大笑いせずにはいられなかった。あまりに滑稽で、気の毒にすら思えなかった。人間たちは必死になって時間を把握しようとする。人が集まると、お互いに今何時か確認せずには、彼らの言うところの六十分だってじっとしていられない。まるで時間というものが、自分たちの手元にあったかと思えばどこかに行ってしまう儚《はかな》い通貨でもあるかのように。だがじっさいには、時間はむしろあらゆる言動の上に容赦なく立ち込める霧のようなものであるため、人間たちに忘れられたり間違って記憶されたりするのだ。木でできた悪魔の表向きの任務は、ローワン・ウェイランドという錬金術師の墓を守ることだ。墓は空《から》だった。じつのところそれは大陸じゅうに散らばっている七つの墓のうちのひとつだったのだが、ほかの六つもまた空だった。ウェイランドは死んだあとも自分がどれほど優れた錬金術師だったかほのめかしておきたいと思っていた――そのためには自分が死んだという証拠をいっさい残さないようにするしかない。この計画はうまくいった。六世紀経ってもなお、墓地を囲む通りの住人たちは錬金術師がまだどこかで生きているのではないかという思いを捨てきれずにいる。七月十四日になると、町議会は毎年欠かさず袋いっぱいの年代物の金《きん》を匿名の寄贈者から受け取る。ウェイランドの墓地の代金を支払うかのように。ただ、この支払いがウェイランド自身によるものだとはいささか考えにくかった。ルドルフ王がこの錬金術師の処刑を命じたのは、約束どおりに卑金属から金を作り出せなかったのが何よりの理由だったからだ。ウェイランドにはよき友がいて、その者らが遺体の代わりに木の人形を埋葬するよう手配したのだ。本人はチェコ国外に逃れ、生き永らえてほかの王宮で重用された。

　木でできた悪魔は自分がこの墓の唯一の住人だと悟って以来、ありとあらゆる経験をした――ワックスやラッカーを塗られ、地面に釘で打ちつけられ、凍りつき、水浸しになったかと思えば、また乾かされた。彼女は木々のあいだを動くものを見たことすらある。それは「車輪のようにぐるぐる回っていた」という。木でできた悪魔に宿る命はごくささやかで頼りなく、命なき人形に比べればまだましという程度だったが、第一印象が人間っぽいおかげで今までなんとか生きてこられた。墓地を訪れる人たちは、木でできた悪魔に背後から近づいてきて当時のマーナ・セミョーノワと同じくらいの年ごろの女の子だと思い込み、自信たっぷりに話しかけたはいいものの、自分の間違いに気づくときまりが悪そうにするか、妙に冷たく突き放すかのどちらかだった。いずれにせよ、何度もしつこく話しかけられたせいで口には出さないが心の中で反応する癖がついた。木でできた悪魔は見晴らしのよい場所にいたので、トポル兄弟VSセミョーノワのレスリングの試合を何度かこっそり見学することになった。マーナや少年たちに見つかったら厄介なことになるのではないかという心配がなかったわけではない。ただ、木でできた悪魔には自分の母親だと思っている木があった。まだ若木として成長中だったころは、その木が彼女を安心させようとざわめいていたし、今も彼女を見守りながらオルシャニの年長の木たちがいつもやっているようにこんなふうにささやくのだった。

「それは過ぎ去った《ト・ポミヌロ》。これもまた然り《スティニェ・ムージェ・イ・トフレ》」

その木の言うとおりだ。今回ばかりは特別ということにはならない。いつもどおり、彼女を見るやいなや子どもたちはきっと命からがら逃げ出すのだ。

トポル兄弟より先に悪魔を見つけたマーナは、声をかけずに近づいた。墓石に書かれた名前を読み、悪魔の髪についていた小さな苔を手で払う。その優しさに悪魔は面食らった。どんな手触りなのか気になったからと、誰かがみずから触れてくるなんてきわめて異例のことだった。彼女を見つけてこれほど喜んだ人も今までいなかった。

少年たちは必要以上に無関心を装おうとして、悪魔の肩をコート掛けにした。ポケットに入れた家の鍵がいつも外にすべり落ちるので、マーナは悪魔の膝の上に鍵を置いて、彼女の顎の下をそっとなでてこう言った。「ありがと、ローワン」。それから入念にストレッチをしたジンドリックとキリルが向かいあい、マーナがレフェリーをつとめた。それは木でできた悪魔にとってめったにないような午後だった。まるで一緒に観戦に来た友だちにするように、マーナがさりげなく肩に回してきた腕を意識せずにはいられなかった。

夕食の時間が近づいて、少年たちが上着を取りにきた。しかしマーナは鍵をそこに置いていってしまい、玄関の前に立ってジーンズのポケットに手を突っ込んだとき、はじめて鍵がないことに気づいた。

父親はまだ劇場から帰っておらず、夜になったのでトポル兄弟が部屋に入れてくれた。夕食後、キリルがランプを調節して影絵をするのにちょうどいい明るさにし、マーナがその場で作った影絵用の人形でささやかなショーをはじめた。人形たちは内輪《うちわ》揉《も》めしていて、お手上げだ、どうしよう、どうしよう……と騒いでいると、そこにスプーン頭の生きものが突然あらわれていちばん小さな男の子と友だちになった。一緒に暮らそうって約束したんだ……でも影絵の母親は許してくれなかった。絶対に駄目！　帰ってもらいなさい。男の子は庭にテントを張り、ここを家だと思ってゆっくりくつろいでね、とスプーン頭の生きものをうやうやしく招き入れた。スプーン頭の生きものは誰にも迷惑をかけたくなかったので出て行くと言ったのだが、男の子がどうしてもと言って引き留めたのだ。影絵の父親がテントにフォークを振り下ろしたその瞬間、トポル家の呼び鈴がけたたましく鳴り出した。それからドアを何度もしつこくノックする音がして、ものすごく重そうな木靴がカツカツ音を立てながら全速力で走り去っていった。マーナとトポル兄弟の父親が慌てて通りに飛び出したが、そこには普通の柔らかい靴を履いた人たちしかいなかった。自分のアパートの明かりがついていたので、マーナはドアをノックしてトポル兄弟の父親におやすみなさいと手を振った。しかし玄関のドアはどうもひとりでにガチャリと開いたようで、中を覗くとマーナの父親はまだ帰ってきていなかった。ドアを自分で開けておいてその後ろに隠れ、娘を驚かせたりするような父親ではなかった。

それでも彼女は「パパ？」と呼びかけてみたが、返事はなかった。廊下のテーブルの上に自分のキーホルダーが置いてあるのが目に入ると、マーナはようやく本気で震え出した。上の階まで走っていってジンドリックかキリル、あるいはその両方を連れてこようかとも思ったけれど、開いているドアに背を向けたくなかったし、夜になるとひどい頭痛が止まらなくなると前々からこぼしているトポル夫人がこっそり触れてこようとするのをあと何度、気まずい状況にならずに行儀よくかわせるかわからなかった。そこで彼女は、すぐ上の階にいるジンドリック・トポルに電話をかけた。たわいない話題を振って、アパートの部屋から部屋へと歩き回りながらそのままずっと話しつづけた。どの部屋にも変わったところはなかった——自分の寝室以外は。ホラー小説で探しものをするときの手順を熟知しているマーナが最後にベッドの下を覗くと、そこにローワン・ウェイランドが仰向けに寝そべっていて、鍵というものがいかに憎らしいかえんえんとぼやいていた。キーホルダーを預けられて、わたしの知ったことかと思ったのにそれでも捨てるに捨てられない。誰かにやってしまうこともできない——鍵みたいなものを他人にあげるなんて良心が咎《とが》めるでしょう？　鍵ってものはいつも何かを企《たくら》んでいて、ただじっとしているだけでもいろんな道や出入り口をひとつに繋ぎあわせている。まったくどれほど邪魔な存在になるかわかったもんじゃない。鍵ってものは問題を解決するよりも、問題を引き起こすことのほうが多いんじゃないか——そう思った木でできた悪魔は、今こそ前々から考えていたことを実行するときだとマーナのあとを追った。自分が一肌脱いで、秩序を取り戻すのだ。マーナのアパートは隠れ家にぴったりなところに思えた――もちろん一時的に隠れるなら、だが。ところが例によってずる賢い鍵は、ローワンを中に入れておいて、いざ外に出ようとすると何の役にも立たないのだった。

友だちや家族、恋人たちが交わすあのスキンシップなるものをこれまで目にするたび、そんな慰めをほっする人たちをマーナは得意げに見下してきた。でもいざ自分でやってみると少しだけスキンシップが好きになった――マーナはふたたびローワンにおずおずと手を伸ばすと、木でできた手首に触れ、その中でぴくぴくと動く脈のようなものを感じた――もうスキンシップなしではやっていけなくなるんじゃないかと心配になった。ローワンとマーナが相手の言葉を理解するのには、少し時間がかかる。お互いをぎゅっと握りしめ、伝えたいことを頭の中ではっきり考える。そうすることで相手の言いたいことが理解できるのだ。拾いものはもらいもの《ザバヴェノ・ナーレスツェム》……人間の寿命なんてたかが知れてる。いずれローワンはまた墓地に戻って、何も求めない声たちに囲まれ微睡《まどろ》んでいられるようになるだろう。セミョーノワ夫妻には時間をかけてふたりの事情を説明することにした。一家がロンドンで再会するまで待つことにしたのだ。ふたりが何より心配したのは、セミョーノワ夫人が悪魔祓い師《エクソシスト》を呼ぶかもしれないということ、それから教授がローワンを分解して生ける人形をもっと作るための方法を探ろうとするかもしれないということだった。しかしセミョーノワ夫妻はそんなことしなかった。夫妻が好きなネルーダにこんな言葉がある。

わたしは光のことを何も知らない、どこから

来て、どこへ行くのか
光に望むのは、ただ照らすことだけだ……

ローワンはすべてを語り終えたしるしに、小さくお辞儀をした。

「これからどうするの？」とわたしは尋ねた。

彼はため息をついた。「残念だけど、マーナは立派に育ってるとは言えそうにないね。彼女が学んだのは、誰にも触れずに痛みを取り除く方法だけみたいだ」

「それってまずいこと？」

「それがそもそも痛みを引き起こす方法ならばね。でも心配しないで、彼女もタイキも僕がなんとかするから。まあきみにとって大事なのは、その身体を何とかしたいという願いがもし叶《かな》うとしても、叶えるのは僕じゃなさそうってことのほうだよね」

わたしは何も答えなかった。話を聞いたおかげで考えなくてはいけないことがたくさんできたからだ。

（この話、ラダにどこまで伝えよう？

心変わりするまで？

いや、それなら何も話さないほうがいい）

ローワンはわたしをリュックサックに入れ、マーナの家ではなく、ラダの家に連れて行った。出てきたのはグスタフだった。その後ろでは、ラダがペトルーシュカとロコ・デンプシーと一緒にダンスの振り付けを練習中で、いくつも並べた靴から靴へと飛び移っていた。

ローワンは玄関前の階段にわたしを降ろしながら「ごめんね」と言った。

「何で謝ってんの？」とグスタフが笑いながら尋ねたけれど、ローワンはただイヤホンを両耳に差し込むと、ゆっくりその場から立ち去った。

スコットランドから戻ったタイキとマーナの身体には、ひりひりする星座が新たに刻まれていた。タイキの左腕にひとつ、マーナの右腕にもひとつ、タトゥーが入っていたのだ。ふたりが選んだのは、カメレオン座と呼ばれる四つの輝く星々だった。マーナがタイキのロッカーに、あとで読んでもらおうとメモを挟むところをローワンは無表情で眺めていた。その返事としてタイキが耳元で何かささやくとマーナはにっこり微笑み、その様子を傍《はた》で見ていた人たちのほとんどが、ふたりには肉体関係があるに違いないと確信したものの、わたしはマーナがいかに肉体を嫌っているか知っているからそうは思わなかった。ラダはというと、まだ負けだとは思っていなかった——ふたりのタトゥーを褒め、マーナのことを面と向かって「奥さん」と陽気な声で呼んで彼女をうろたえさせ、人形のものを一緒に買いに行こうとタイキとマーナに声をかけては手ぶらで帰ってきた。自分をさらけ出せるのは音楽に対してだけだった。聴いていると泣けてきて仕方がないからとプレイリストにある曲を次々とスキップするので、堪忍袋の緒が切れたわたしが音楽をぴたりと止めると、ほっとした様子でその静寂のなか机に向かっているのでそっとしておいた。両手で頭を抱え、悲しげにふっと笑っている姿も何度か見かけた。ある夜、携帯電話にグスタフからの不在着信があったことに気づいたときは、自分からかけ直そうとはしなかったものの、またかかってくるかもしれないからとものすごく遅くまで起きていた（結局かかってこなかった）。

ああほんと、この人たちは一緒にいるときはあんなに大胆なのに、離れるとたんに臆病になって、鬱陶しいったらありゃしない。全員の頭をぽかぽか叩いて「相手のことをいったいどうしたいわけ？」と大声で尋ねて回りたいくらいだけど、その役目はできればローワンにつとめてもらいたかった。でもローワンは雪の結晶模様のショールを編むことのほうに夢中だったので、ラダは誰にも邪魔されずにグスタフの人形たちのために筆を走らせつづけた。学期末のショーで上演するための台本を書いていたのだ。仮タイトルは『密告者ポリュクセネー』で、話のほとんどがギャングたちのカラオケバーを舞台にしているということくらいしかわたしは教えてもらえなかった。

『密告者ポリュクセネー』の次はタイキとマーナの担当パートで、ふたりはタイキの考えた『ものすごい衝撃、あるいはチーズの欠片』という演目に取り組んでいるところだった。わたしたち観客には、事前にカードが配られる。いっぽうのカードには「衝撃」と書いてあって、その下に名前をひとつ書くように指示される（自分の名前以外）。もう一方のカードには「チーズの欠片」と書かれていて、やはり自分以外の名前を書く欄がある。こうしてもたらされた、恐ろしいのにどこかわくわくもするような身震いは、その日、そのときが近づくにつれてどんどん増していくばかり。このカードは演じることを生業にしている人の多くがいつまで経っても頭の中から追い出せない、ある疑念に訴えかけるのだ――罰が下るその日まで、自分は自分のつまらなさをただただひけらかすことしかできないのではないか。審判の日は決まった。その日、おおいなる淘汰《とうた》が行われるだろう……。

わたしたちは緊張のあまり歯をガチガチ鳴らしながら、一列になって学校の劇場の中に入って行った。入り口でペンを渡され、鉛筆で書いた答えは受け付けないと言われると、その音はいっそう大きくなった。席に着いても、誰ひとりコートを脱いだりかばんを置いたりしなかった。何かあればすぐに逃げ出せるようにしていたのだ。かわいそうなラダとグスタフ……ふたりの演目は、自分に与えられるのは衝撃だろうかそれともチーズの欠片だろうかとみんなが身構えながらやりすごす前座でしかなかった。

グスタフの人形たちはすでに舞台上にいて、わたしたちに背を向けて椅子に座っていた。いちばんの長身であるはずの船大工ブリュンヒルトの頭のてっぺんがこちらに見えた。頭の向きがなんだかおかしい。人形の姿勢についてとやかく言ってもあまり意味がないのはわかっている。もともとおかしいところだらけなのだから。しかしそれにしても、だ。このことをラダに伝えようとしたとき、タイキとローワンがわたしたちの隣に座ったので、とっさに言葉を呑み込んだ。タイキがラダに、どちらのカードを引いたか尋ねた。衝撃？　それともチーズの欠片？　ラダはものすごく優しく微笑んで「そのうちわかるよ」と言い、それからグスタフがＴＬＣの「ダメ男お《ノー・スク》断り《ラブズ》」にあわせて歩いてステージに上がった。彼が人形たちの座っている椅子をくるりとこちらに回したそのとき、あらゆるものが動きを止めてその瞬間のまま固まってしまった。わたしたちの目に飛び込んできたのは、一体残らず首をかき切られた人形たちの姿だった。ぱっくりと開いた喉からは何本もの糸が噴き出している。あまりに残忍に切りつけられて、内側の糸さえもずたずたになっている。その姿を見てグスタフは気を失った。倒れたというより、高いところから落っこちたようだったと言うほうが正確だろう。ただまっすぐに、音もなく落下したのだ。その落ち方は、みずからの腸《はらわた》をじっと眺める舞台上の人形たちのうつろな目と同様、とても現実のものとは思えなかった。人形を物理的にばらばらにでもしないかぎり変えられないはずのその表情から、笑いが、しかめっ面が、すがりつくような様子がひとつひとつ消えていく。まず起こった反応は笑いだった。これほど度を越したものを見せられると、人はもはや笑うしかないようだ。そうやってみんなを笑わせるのが狙いのようにも感じられた。人形と人形遣いが、誰のものとも知れぬ手によって殺される。三十秒ほどのあいだ、その光景はあまりにも完璧でそれを乱そうとする者はひとりもあらわれなかった。と、友人たちが大声でグスタフに呼びかけはじめた。おまえは真面目すぎてコメディーには向いてないってわかってたよ。早く次のシーンやれよ。そろそろ起きろよ。おい大丈夫って言えよ――。わたしたちが座っているところからはグスタフはただ気持ちよさそうに眠っているだけのように見え、そのあいだも「ノー・スクラブズ」はえんえんと流れつづけ、痺れを切らしたラダがステージに駆け上がってグスタフを抱き起こし顔をこちらに向けると、その目が開いているのがわたしたちにもわかった。こうしてグスタフが眠っているわけではないことが白日のもとにさらされたのだ。最前列にいたわたしたちにはその瞳までもがはっきりと見えた。まるで空虚さがそのまま形になったかのようだった。セミョーノワ教授がみずからステージに上がってバイタルサインを確認し、救急車を呼んでと大声で指示した。自分の娘も呼び寄せると、「息してる？　息してる？」と水のボトルやタイガーバームやスカーフを差し出しながら代わる代わる問いかけるほかの大勢の生徒たちに取り囲まれながら、彼女はステージに上がった。

タイキとローワンとわたしだけが、席についたままだった。そのせいでみんなには何かやましいことがあるのかと思われたかもしれないけれど、もしあのときステージに近づいていたら、集中力が途切れてしまっていただろう。マーナに何か言われたラダはグスタフの身体を下ろし、大怪我を負った人形たちに目を向けては、一体一体その身体をかき集め、ハムレットの髪を指で整え、ペトルーシュカのヘルメットをこつんと叩き、それぞれの目をひとつひとつ順番に閉じていった。そのあいだマーナはグスタフをぎゅっと抱きしめ（「あの子グスタフのことあんなに好きだっけ？」と、ひとりの男の子が別の子に尋ねるのが聞こえた）、頭のてっぺんから爪先までお互いの身体をぴったりと重ねあわせた。われに返ったのかグスタフは頭を動かすと、マーナを押しのけ、その手でひたすらラダの手だけを求めた。マーナはひどくびっくりした顔であとずさりし、ステージに詰めかけた人たちの中に戻って行った。どうしてこんなことになったのか？　マーナがこれまで飲ませてきた薬がとうとう効いたのか？　それともみずからの悲しげな瞳を、オーディションで彼女を選んだあの日よりもいっそう悲しげになったその瞳を覆いかぶさるようにして覗き込む、ラダの姿をその目で捉えたせいだろうか？　わたしの考えはこうだ。何よりの驚きは、そんなふうに見つめあうふたりを目の当たりにして、マーナが傷ついていたことだった。それは、ささやかな痛みだ——ちょうど彼女の呼吸がいつもよりほんの少し速くなるくらいの。タイキは席から腰を浮かせたまま、マーナのもとに駆け寄ろうかどうか決めかねている様子だった。ローワンはハイタッチしようと近付いてきたけれど、わたしはそれを無視した。「やっぱりね」と言いながら満足げな表情をしているのを見るにつけ、その言葉がわたしに冷たくあしらわれたことだけを指しているわけではないのはあきらかだった。

溺れる者たち

こんなことが起こった。そんなことは起こらなかった。

ある男が鍵を火の中に投げ入れた。そうだ、世の中にはそういうことをする人がいる。男は熱がありそれを冷まそうとしたのだ。正気だったらそんなことしたりしなかっただろうが、家賃を払わなければならないのに金が足りず、こちらを頼ってくれている男が栄養失調で病気になったのに部屋に残したまま自分は仕事を探してあちこち歩き回らなければならないというときに、落ち着いて考えている余裕などなかった。その後、仕事は見つかったものの手に入る金では食べるものにも住むところにも足りず、やはり心が安まることはひとときもない。もし家に帰ってきたときその頼ってくれている人が怒っていたら、あるいはがっかりした顔でもしていたなら、もう少し気が楽だったかもしれない。でも、留守のあいだに少しでも居心地よい部屋にしておこうとけなげにも手をかけてくれて、そのことに気づくと「ああ、気にしないで」とだけ言って信頼の籠もった目でこちらを見ながら明日の話をはじめる人のもとに帰るのは……正直しんどい。明日というものを自分が、あるいは誰かがどうにかできるとでも思っているかのような口ぶりなのだから……。

熱にうかされるというのもまた厄介なものだ。誰かの目の中でそれが荒れ狂っているのが見えたかと思えば、ふっと揺らいで消える。その瞬間がいちばん危険だ。いきなり襲いかかってきてあっというまに自分をまる呑《の》みするものの姿をおのれの目で捉えることなどできないのだから。アーケディの借金は膨れに膨れ、見知らぬ人にいきなり殴りかかられても、もはや相手が誰でなぜ自分を殴るのか尋ねる気にもならない。たぶん返済に関することなんだろうなと思うだけだ。

ろくに抵抗もせず、なるべく内臓にダメージを受けないようにすることだけに集中した。友だちの友だちの知りあいに、死ぬ前に臓器を買い取ってくれる女性がいる。臓器を買い取ったあとは、比較的ましな死をもたらしてくれるという――思いもよらぬ事故が起きて人生からいきなり解放されるのだ。すべてが片づけば、約束していた金額が現金一括で事前に指定した相手に支払われる。アーケディは一日じゅう自分の心臓と肺のことを意識しながら過ごした――どちらもまだまだ頑丈そうだから、いざとなればプランZがあるということだ。でも、なんでいきなりZになるのだろう？

　鍵を火の中に投げ入れるのは、熱から生じた計画の第一段階だった。第二段階は、ある少女を誘拐することだ。前に見たことがあるというだけで、その少女自身には何の悪意も持っていない。このこと自体が普通ではなかった。彼は絶望のあまり、目の前にいる人全員の不幸を願いながら通りをうろつくようになっていたからだ。宝石店から侍女が慌てて飛び出してきたら、女主人の高価な持ち物を落としますようにと願った。自分が拾って売れるかもしれないからだ。本気でそう思った。不注意を咎《とが》められ侍女がどんな罰を受けようとも、知ったことではない。大通りに面した立派なカフェを通りかかったときは、朝食のトレイをきびきびと運ぶウェイターが滑って転びますようにと願った。踏みつけられたロールパンを手に入れられるからだ。もしそのとき滑って転んだのが止《とど》めの一撃になって、ウェイターがクビになったとしたら？　なおよし――そうしたら次はおれがウェイターになれるのだから。

　彼が誘拐しようとした少女は、たまたま暴君の娘だった。彼女は誰からも嫌われることはまずない。背が高くて摑《つか》みどころがなく……おそろしく摑みどころがないからだ。いつもあまりにそっけないため、誰かと言葉を交わしても「うーん、あんまり話が弾まなかったな」と思いながらお互い別れることになる。もし誰かに、今日はあんまりいい日じゃなかったよと言われたら、彼女は地中の水分が足りなくなると雲から水分を摂《と》るある種の木の話をするような人なのだ。彼女はアイリニ二世、あるいは公平なアイリニと呼ばれていた。ケーキ、賞賛や非難、その他の争いのもとになるものを賢く分配する才能があったためだ。顔立ちは一族の誰ともあまり似ていなかった。じつは彼女の顔は、母親が何年も密《ひそ》かに愛している男の顔にそっくりだった。暴君が妻のアイリニ一世を姦通《かんつう》罪で石打ちの刑に処することにしたその日まで、母親はその男と口を利いたことさえなかった。一度だけ、暴君が妻にチャンスを与えたことがある。なぜおれのこの目は、お前の娘は別の男とのあいだに生まれた子だぞと訴えつづけるのか説明してくれと妻に言ったのだ。しかし彼女はただ、わたしには説明しようがありませんとだけ答えた。

　自分に似た子どもがいるという話を聞きつけて、アイリニ一世が愛した男は処刑を止めようと宮殿にやって来た。そして自分とアイリニ一世は他人同然だと暴君に誓ったが、暴君は彼を払いのけると処刑人に準備するよう合図した。これを見て公平なアイリニに似た男は、円形競技場の中心に駆け込んでいった。そこではアイリニ一世がたったひとり、両腕をみずからの顔と胸を覆う形ばかりの盾にしながら立っていた。公平なアイリニに似た男は、処刑人と暴君とに背を向けてアイリニ一世の前に立つと、おれを見ろ、おれだけを見つづけていろ、大丈夫だからと告げた。

自分が倒れるまで、彼女を石から守るつもりらしい。暴君にとってこれは耐え難いことだった。ふたりを一緒に死なせるわけにはいかない。ふたりがはじめて言葉を交わした場面に今まさに立ち会ってしまったような気もした。なんの躊躇《ちゅうちょ》もなくこんなことに首を突っ込む男のことが怖くなり、暴君は処刑をやめて妃《きさき》を宮殿に戻らせた。

公平なアイリニに似た男は、一目でいいからその子に会わせてくれと頼んだ——人生でこれほど誰かに興味を持ったことはないと言って——しかしその要求は却下され、暴君は彼を溺れさせた。これまで自分の国に仇《あだ》なす者たちにしてきたのと同じように。国民がただ「前の王のほうがよかった」と言っただけで、それがどういうわけかアイリニの父の耳に入り、僻遠《へきえん》の地の奥深く、もっとも人里離れた農家からなお遠いところにある灰色の沼地で溺れさせられることになる。溺れる者たちのいるあたりの空気には毒がある。骨と筋肉組織は水にさらわれるものの、皮膚は泡となって水底から次々と湧き上がってくる。すぐに弾《はじ》けたりせず、なかには真鍮《しんちゅう》色の皮でできた風船のように今にもふわりと飛び上がりそうなものもあった。暴君が住人たちを追い出したので、国じゅうの家は空っぽだった。骨と重りと血漿《けつしょう》の沼には、家の鍵がいくつも交じっていた。多くの人が服を着たまま、ポケットの中身ごと溺れさせられたからだ。公平なアイリニはそこに鍵が沈んでいることを知っていた。ランタンを手に狭い石橋をいくつも渡り、幾度となく沼地を訪れた。自分とよく似た顔の男がしてくれたことに感謝するために。しかし、彼をほかの溺れる者たちから切り離すことはできなかった。公平なアイリニがランタンをぐるりと身体の周りで振ると、瞳から水面にこぼれた涙は、みずからの意味を語りながら水中に沈むいくつもの眼窩《がんか》から眼窩へと伝っていった。

まだ溺れさせられていない者たちは何としてでも暴君を追い出したいと心の底から願っていたので、娘を誘拐する計画がうまくいけば味方になってくれる人もきっとあらわれるだろうとアーケディは思っていた。暴君は当初こそほかの王と何ら変わりない普通の王だったが、あるとき自分の力がどこまで及ぶのか試してみようと思い立った。そして自分の力がどれほどのものかを知ると、それを維持するためにさまざまな策を講じるようになった。配給制度が導入されたのは、資源が不足していたからでも、資源を節約する必要があったからでもなく、暴君が闇市場を密かに観察し、人々がどんな交換を望み、どんな交換がじっさいに行われるのかを見てみたいと思ったからだ。交換されるのは物資だけではない。時間もだ……バターを買うために国民たちはどのくらいの時間並んでいられるのか？　薬ならどうだろうか？　この国の人々の生活が近隣諸国の人たちより苦しかったのは、こうしたことのせいだった。

公平なアイリニは、自分の父が嫌われていることをよくわかっていた。父が笑うのは、大勢の人を巻き込むパニックを起こすような命令を下すときだけだった。娘に危害を加えればあの父親を困らせられそうだぞと誰かがもし思いついたなら、それを実行してもおかしくないと思っていた。ただ国王の娘として厳重な護衛がついていたし、まさか鍵を溶かしてしまうような人に自分がじっと様子をうかがわれているなんて、彼女には思いも寄らないことだった。

アーケディが孤児になったのは暴君のせいだった。両親は真夜中に溺れさせられ、子どもだったアーケディが目を覚ますと家の中は空っぽで、どうして誰も朝ごはんを食べさせてくれないのだろうと思った。その日は自分で朝食を作り、何日かはそうして作りつづけていたものの、食べるものがなくなると通りに出てそこで過ごすようになった。ほかの人が家を使うかもしれないから、玄関のドアは開けたままにしておいた。

ふたりの仲間と出会った——最初に出会ったジャコモからはいろいろと頼りにされるようになる。彼がある八百屋から石鹸《せっけん》を相場の三倍の値段で買わされそうになっているところを、アーケディがたまたま立ち聞きしたのだ。「ありきたりの石鹸に見えるだろ。でもこれ普通のより三倍もきれいになる石鹸なんだよ……」。ジャコモがいそいそと小銭をかき集めているところにアーケディが割って入り、ゴミとして生きるのは楽しいか、そういう生き方してて他人に胸を張れるのかと八百屋に詰め寄った。ジャコモには嘘がどんなものなのかも、なぜ人が嘘をつくのかもわからなかった。頭の働くスピードが周りの人とは違っていたのだ。遅いというわけではないのだが、いくつかのこと、とりわけ人に関するじっさいの事柄を学ぶのにいつも時間がかかった。ジャコモは光に照らされると宙に浮かんでいるように感じ、闇の中にいると天罰を受けているように感じた。そのどちらかに引き裂かれることなく、よく今まで生きてこられたものだ。世話の焼ける男で、何かもらってきてはあとから代金を払わされ、無料のはずのものに金を支払う。彼はアーケディに忍耐を教え、びっくりした顔をしてこちらを見ながら「アーケディはいいやつだ」と言った。いいやつなのはジャコモのほうだった。疑わしきは罰せずで、その姿勢が揺らぐことはなかった。ジャコモにかかると詐欺師はわざと騙《だま》してるわけじゃないし、馬鹿にするやつもわざとそうしてるわけじゃない。子どもの手を踏んづけて受け取ったばかりの紙幣を落っことさせるようなやつも、けっしてわざとやってるわけじゃないのだった。

もういっぽうの仲間はヴィズラ犬で、今では濃い黄金色の立派な成犬に育ったものの、もとはと言えばある日アーケディとジャコモのあとをついてくるようになった子犬で、アーケディがどんなにものすごい形相で追い払おうとしてもついてきたのだ。ジャコモはアルファベットと数字の感覚がほかの人とは違っていて、金をもらえる仕事にはめったに就けなかった。だからアーケディにとって犬がそばにいても、食べさせてやらなければいけないやつがもう一匹増えるだけだった。しかしそのヴィズラはしっぽを振りながらしつこくついてきたのが功を奏した。わたしはもとは紳士でしたからいずれまた返り咲くかもしれませんとでも言いたげな振る舞いをしたのだ。手に入ったのがどんな食べものであれ、ジャコモとアーケディが食べるのを待ってから、ヴィズラは自分のぶんを取る。ジャコモに先に食べろよとせかされたときは、いちばん小さいのを取ったきり、それ以上はけっして口にしない。ジャコモは犬にレポレロという名前をつけた。レポレロは気が向いたときにだけ後方宙返りをしてみせて通行人から小銭をもらう。こちらの求めに応じてやることはない。どんなに頼んでも、できません、芸術家はただの芸人とは違うということをご理解くださいという顔でアーケディを見つめるのだった。

三人は街はずれにあるアパートで暮らしはじめた。窓からの眺めは思いのほかよく、眼下には沼地が何マイルにもわたって広がっていて、そこに漂う無数の溺れる肉体はまるで水のように、ただの濁った水のように見えた。今はまだすっかり透明とはいかないものの、少しずつ澄んでいきやがて海に注ぐのだ。

ある日、アーケディが三つかけもちしている仕事のうちのひとつに行っているあいだに、長い散歩から帰ってきたジャコモがいつもと違う階で足を止め、アーケディとレポレロと一緒に暮らしているのとは別のアパートの部屋のドアをうっかり開けてしまった。住人は留守だったので、ジャコモはその気になればあちこち見て回れたしほしければ何だって持って帰れた。だが彼が求めたのは、新しい窓からの眺めだけだった。海を眺めること十分。ほどなくして彼は、自分の持っている鍵で建物の中にあるあらゆるドアが開けられることに気がついた。賃借人たちが手元にある鍵で自分の部屋以外のドアが開くかどうか試してみることなんてないだろうと、大家は高を括《くく》っていたのだ。ジャコモが自分の発見したことを話すと、アーケディは何が何でも鍵を交換してもらうべきだと言った。寝ているあいだに殺されるかもしれない！　いつ何時《なんどき》、泥棒に入られるかわからない！　国民ひとりひとりからゆっくりと、だが確実に命を搾り取っていく暴君の支配下で暮らしているだけでも最悪なのに、今度は近所の人たちにまで狙われるかもしれないなんて……。

ジャコモはただ笑って、自分たちの部屋のひとつ上の階にぽっかりある空き部屋の中にアーケディを引き入れた。レポレロもついてきて、一同の顔を明るく照らす月光に向かって吠《ほ》えた。それからも周りの住人たちは、自分の部屋かどうかしっかりたしかめてからドアに鍵を差し込み、あまりに忙しくあまりに疲れきっていて自分の部屋以外を訪れている余裕など誰も持ちあわせていなかった。

ほかの部屋に勝手に入るときには細心の注意を払うとジャコモに約束させ、その約束をきちんと守れるようレポレロも協力するというので、アーケディの心配はひとまず和らいだ。彼の仕事のひとつは暴君お抱えの医師の助手で、その医師は本名を明かそうとしなかったので——自分でもこれという名をまだ見つけられていなかったのかもしれない——ロクムというあだ名でとおっていた。その名の付いた菓子〔砂糖をゼラチンで固めて香りをつけた求肥に似たトルコ菓子。ターキッシュ・ディライトとも〕を頬ばったあとのように、彼女は誰と接しても相手に自分の痕跡を残していく。「ああ、彼女と一緒だったんだね……」とすぐにわかるほど、その痕跡は甘やかに香り立つ。

　ロクムのおかげで暴君はいつも健康そのものだったが、彼女のせいで恋の病にすっかり侵されてもいた。暴君の妃と同じように、ロクムにも恋人はいなかった。少しでも彼女に気に入られそうな者は、みなただちに溺れさせられたからだ。アーケディはロクムの部屋をほうきで掃いてモップをかけ、蓋《ふた》のついたかごを取ってきては運び、ときには彼女の実験の被験者にもなった——とりわけこの最後の仕事が好きだったのは、さまざまな調合で作られた色とりどりのロクムをスツールに座って食べるだけでよかったからだ。それぞれのキューブを食べて数分後に、身体の中でどんなことが起きている感じがするかを詳しく説明するのも仕事のうちだった。一口かじるなり細胞がこじ開けられて言葉でなんてとても言いあらわせない状態に陥ることもあったものの、ほとんどの場合は難なく正確に描写できたし、その報酬はほかのふたつのごくありきたりな仕事よりもずっとよかった。「口を開けて」と言って、彼女は香りのついたキューブを舌の上に載せる。彼女の十歩以内に近づいてくるやつらの振る舞いをさんざん見てきたアーケディは、ああはなるまいと自分に言い聞かせていたものの、あるとき舌の上でロクムが溶けていくなか思わずこんなことを口走っていた。おれの心があなたの髪にしかと結ばれた／夜明けのことを覚えている。いつもはにべもなく拒絶する彼女が――ドアを指差して「感情はあちらで処理してください」と言うだけだ――このときばかりは身に着けていたスカーフを片方の端から引き抜いて彼の首に巻きつけ、顔がぼやけて見えなくなるほど近くにその頭をぐいと引き寄せた。「ねえ聞いて」と彼女は言った。「もっとたわいもないことを言っただけでもみんな溺れさせられたのよ」

　アーケディは何も言い返せなかった。彼女は本当のことを言っているだけだったからだ。話はそれで終わったと思ったが、帰りがけにもう来なくていいと言われた。嫉妬に燃える人ってなぜだか勘が鋭いの。命が惜しいならあの人の目が届くところにはいないほうがいい、と。彼はこれに抗った――彼女に支払ってもらう賃金がなければおれとジャコモとレポレロはとてもやっていけない――しかし彼女は首を振って口をつぐむよう身振りで示すと、あなた自身のためよと声に出さずに言ってトレイいっぱいのロクムを床に撒き散らし「あなたの不器用さにはもううんざり」とドアのすぐ外で控えている衛兵たちに聞こえるよう大声で叫んで彼を帰らせ、その背中めがけトレイを投げつけて助手を首にするシーンの幕引きとした。

　これはあなた自身のためになるのよとロクムに勝手に決められて、アーケディはもちろん納得できなかった。自分が溺れたいと思えばいつだって溺れられるのだ。どのみちそれから数週間のうちに、減った収入が補えず彼は未払いの請求書の海で溺れることになる――ロクムに相談せず彼を雇おうとする者はおらず、そのロクムは彼にいっさいの力添えを拒んだからだ。ジャコモとレポレロは口数が減り、窓の外をじっと見つめることが多くなった。満足な食事がとれていないのはアーケディもわかっていたが、ジャコモは文句を言うようなやつではなかったし、レポレロもそんなことおくびにも出さなかった。ジャコモが熱を出すようになったのは、アーケディが家賃を立てつづけに三度滞納して、ジャコモの大好きな景色が見える建物から三人が追い出されてからだった。アーケディが次になんとか見つけてきたのは、調理用の小さな暖炉がある小さな部屋だった。地下室で、ジャコモはまるで頭上にそびえるいくつもの階に押し潰《つぶ》されてしまったような顔をしていた。彼は外に出ようとしなくなった。その代わり、ドアはどこと尋ねながら両手で壁をまさぐるのだ。レポレロがドアのところまで連れて行っても「これじゃない」と言って部屋のすみでじっと、思い出の品である前のアパートの鍵をさも大事そうに両手で捧げ持っていた。「僕たちの本当の住処《すみか》の鍵だよ、アーケディ……」。そんなふうに言われるのが、アーケディはどれほど嫌だったことか。

その鍵はジャコモとレポレロがふたりで盗んできたものだった。レポレロが完璧なアクロバット技を決めてから後ろ足だけで立って大家にうやうやしくお手をしている隙に、ジャコモが鍵を奪って逃げたのだ。ジャコモは自分の見たいくつもの同じサイズの景色を、頭の中でひとつに繋ぎあわせた。そうして自分が見たものの全体像をアーケディに何度か説明しようとしたものの、熱のせいでちっともうまくいかなかった。とりとめのない話をやめさせようと、アーケディはジャコモから鍵を取り上げると火の中に投げ入れ、身体じゅうで暴れ回ってはいらいらして何も考えられなくさせるばかりの渇望を葬り去った。「ここが僕たちの本当の住処だよ、ジャコモ。きみが見つけられないというドアのある、この地下室がね」

こうしてアーケディは、うなり声をあげるレポレロと、暖炉の中からなんとか鍵を救い出そうと泣きじゃくるジャコモに背を向けた。そして朝になったら公平なアイリニを誘拐しようと思いながら、眠りについた。宮殿に入るための合言葉が変わっていないことは確認済みだった。果敢にも彼は、公平なアイリニを言葉巧みに誘い出し、他人はおろか本人すら何が起きているのか気づかぬうちに彼女をあっというまに手中に収めるだろう。そうして暴君には国民を縛り付けて好き放題するのをやめさせ、誰もがまともに生きられるようにする。金もたくさん要求するつもりだった。薬と身体にいい肉のスープときちんとしたベッド、それから仲間たちが思うぞんぶん海風を浴びられるくらいの金を。

彼は火の中でもだえ苦しむ鍵の夢を見た。それから炎の中でげほげほと咳込《せきこ》んでは口から煙を吐き出すいくつもの顔の夢も——幾重にもなったひまわりの花びらのように、ひとつ顔が開くと別の顔があらわれるのだ。彼を目覚めさせたのは警官たちだった。ライトで目を照らし、拳で何発も殴っては、おれたちが親切にしてるうちに一刻も早く自白しろと命じた。何を自白しろって？　戸惑う彼を見て警官たちは大声で笑った。立ち退《の》かせられたアパートが一夜にして全焼したのに、その放火犯のくせに、何を自白しろって、などと尋ねたからだ。住民の半数近くは夜勤の仕事のため留守にしていたが、ほかのみんなは部屋にいて、九人が逃げ遅れた。つまり彼のせいで九人死んだのだ。火なんかつけていないし、誰も殺していないとアーケディは言い張ったが、恨みが爆発しそうになっていたのは事実だし、今だって爆発しそうだし、燃えさかる鍵のことを思い返すと自信が持てなかった——街はずれまで出かけたのなら覚えているはずだと思ったが、自信が持てなかった——おれが火をつけるところを見てたのはどいつだと尋ねたものの、誰も教えてくれそうになかった。ジャコモとレポレロがあまりにも静かなので、アーケディは最悪の事態になったのではないかと恐れたが、隙を見て彼らのほうに目をやると、ひとりの警官がどうやったのかレポレロに口輪と紐《ひも》をつけ、ジャコモにおとなしくしていれば大丈夫だと身振り手振りで示していた。アーケディがなおも否定をつづけていると、仲間たちは部屋の外に出された。ジャコモがどうして外に出なきゃいけないのと尋ねると、きみの友人は人を殺したのにそれを認めようとしないから、認めるまで話をしなければならないんだよと警官は答えた。これを聞いてジャコモはアーケディに向かってこう尋ねた。「でもアーケディはすごくいいやつなのに、どうしてそんなことしたの?」。アーケディは何か話せば自白と受け取られることも忘れ、友だちにわかってほしいあまりそんなつもりじゃなかったんだと口走ってしまった。そんなつもりじゃなかったんだ。知らなかったんだ——その言葉にジャコモはうなずき「そっか、わかった」と言った。アーケディの自白に満足した警官は、抱えていたレポレロを後ろ足から床に下ろして立たせ、アーケディの頬を手のひらで軽くぽんぽんと叩《たた》いてから、自分の顔もぽんぽんと叩いた。これを何度か繰り返すことで、真相があきらかになるまでジャコモの側《そば》には自分がいることをアーケディに思い知らせた。レポレロは真相なんてすぐにあきらかになると自信たっぷりの顔をしていた。子犬だったレポレロを追い払おうとしたときのことを思い出し、あのとき追い払えなくてよかったとアーケディは思った。

火事で死んだ男五人、女四人の写真を見せられたアーケディはすっかり参ってとうとう自白してしまったものの、その説明はとても納得のいくものではなかった。火をつけたタイミングも正確な場所もろくに言えず、前の部屋の大家から提供された情報でその供述を補わなければならなかった。警察に逮捕された朝どんな服を着ていたか陪審の前で説明するアーケディを指差して、こいつが犯人だと大家は証言したのだ。アーケディの矛盾だらけの供述に頭を悩ませた当局は、彼を「とんでもなくいかれたやつら」用の独房に収監した。そこはまさかそんなことできるなんて本人ですら想像しなかったようなことを、ある日いきなりしでかすような者たちを閉じ込めておくための場所だった。

食事は勝手に運ばれてくるし、独房の隣には洗面所までついていたのでアーケディはいつも身ぎれいにしていられた。もう食費を切り詰めながら頭の中であれこれやりくりする必要もない——何日か経《た》つと気分がすっきりしてきて、ジャコモとレポレロが隣の房からこちらを悲しげにじっと見つめているところを思い浮かべるのはやめにした。彼は幸せすら感じていたかもしれない——おれはやってないと自信を持って言えたらどんなにいいかと本気で思っている殺人の罪で収監されているのでなければ。独房は難攻不落で、いくつもの制御装置や警報を組みあわせた複雑なシステムが周りをぐるりと取り囲んでいる。専用の鍵で主錠を開けないかぎり、独房から生きて出ることは不可能だった。

暴君は独房の鍵を持っていて、よく訪ねてきては天気予報を聞かせてアーケディをからかった。これまで独房に入ったいかれたやつらの犯した罪はどれも退屈なものばかりだったので、みな溺れさせた。しかし本人も認めているとおり、人をたくさん殺しておいてそのまま眠り込んでしまうアーケディは、暴君のそばにいるなかで自分以外でただひとり有意義な関係が持てそうだと感じられる相手だった。何を訊《き》いてもアーケディはほとんど口を開かなかったものの、暴君が帰ろうとするたび「おまえもおれと一緒にこの独房にいるべきじゃないのか？　このクソ野郎」とかなんとか問いただすものだから、看守たちから知らず知らずのうちに好意を持たれるようになった。暴君の命令に従って、看守たちはアーケディが無礼なことを言った罰として食事を抜きにしたが、なるべく飢え死にしないようにはからいもした。ある夜アーケディは、あいつは本当に罪を犯したのかと疑う看守の声すら耳にした。その看守はつづけて、ひとつの鍵であらゆるドアが開けられる建物の話をしはじめた。なんでもそういう鍵があるらしいんだよと話す彼を、もうひとりの看守が遮った。「無駄話もたいがいにしろよ。いずれにしても、そんないい加減なやり方してる大家なんていないさ」

　これ以上誰も溺れさせないことと引き換えにロクムは暴君との結婚を受け入れ、暴君はアイリニ一世と公平なアイリニを国境の向こうにある隣国へ追いやって、気まずい思いをすることなく新しい生活をはじめられるようにした。このことを知らせるため暴君は久しぶりにアーケディの前にあらわれ、独房の鍵は失くしてしまったと言った。作り直すことももうできない。必要な技術を持ったただひとりの者を、数年前に溺れさせてしまったからだ。ロクムの言うとおり、誰かを溺れさせるのは非生産的だと暴君は気がついた。「悪いな」と暴君は言った。「そのうちまたひょっこり出てくるかもしれん。でも考えてみれば、おまえはどうせ一生ここにいるつもりだっただろう」
「構わない」とアーケディが言った。そして暴君が訪ねてくるのはこれで最後になりそうだったので、さりげなくこう付け加えた。「ロクムによろしく」
　暴君は看守たちのほうを向いて、たった今見聞きしたことを自分以外にも見たり聞いたりしていた者がいないかたしかめようとした。「今こいつ舌舐《したな》めずりしたか？」と暴君はショックを受けた様子で尋ねた。自分たちは警備のため周囲に目を光らせていたので、よくわかりませんと看守たちは答えた。

「そうか……鍵を下ろして死ぬまでやつを独房の中に閉じ込めておけ」暴君は去り際にそう命じた。看守は全員一致でこの命令を翌朝まで先延ばしにすることにした。一度決めたことを暴君があとから覆すことが、これまでもなかったわけではない。次の日になっても暴君からは何も言ってこなかったので、看守たちはもう一晩、もう一晩と先延ばしにしつづけ、とうとうこの命令には従わないぞとお互いに覚悟を決めた。それは叛乱《はんらん》への第一歩だった。そうして命令に従わなくてもただちに世界が終わるわけではないことがわかった。看守たちは、宮殿や国境周辺にいる仲間らと細心の注意を払って話しあいをするようになり、こうして静かに、しかし着々と人々の脱出がはじまった。

　近隣の国々は逃げてきた人たちを歓迎し、領土をもぬけの殻にすることで、暴君をからかいながらその権力を奪えるこのまたとない機会に喜んで乗じた。もし通りがいつもより静かなことに暴君が気づいたとしても、せいぜいこんなひとりごとを言うくらいだろう。「ふむ、ここの民たちをずいぶん大勢溺れさせたようだな……」。気づいたところでどのみち暴君にとっては何の役にも立たなかっただろう——生きている人たちが去って行くにつれて沼地がどんどん広がっていき、家や映画館や八百屋やレストランやコンサートホールがひとつまたひとつとゆっくり水中に呑み込まれていったことに。沼を覗《のぞ》き込みさえすれば（暴君は覗いたことがなかった）人々が絡みあった手足や髪をほどき、それぞれの身体の一部や鍵を行儀よくお互いに返すと、自分たちの家に戻って行って、これからどんな作物を育てどんな形のエネルギーを利用して暮らしていこうかと、あれこれ計画を立てている姿を見ることだってできたというのに。

そのころ暴君はアーケディを始末できて内心ほくほくしていた。アーケディの命乞いをするロクムの様子が気に入らなかったし、今さら何を言ってももう手遅れだと伝えたときその顔に浮かんだ表情を見ても何の感情も湧いてこなかった。ふたりの関係を疑っていたわけではない（あのひょろひょろした放火魔がロクムの気を惹《ひ》くなど夢のまた夢だろう）。ただ、ロクムの振る舞いは、アイリニ一世が愛した男のそれとあまりにもよく似ていた。どいつもこいつも、どうかしてるんじゃないか？

結婚式の日、暴君はロクムに火をつけて燃やした。アーケディのおかげで、いくつかある抹殺方法の中でも火しかないと迷わず決められた。沼地にかかるいちばん長い橋の端から端まで彼女を歩かせると、ガソリンを浴びせて火を放った。自分に引火しないようにすることまで気が回らなかったせいで、この一件はのちに無理心中未遂と言われるようになる。「未遂」なのは、逃げようとする彼を「今すごくおもしろいことがわかったの」と叫びながら燃えさかるロクムが追いかけてきたからだ。暴君はロクムを殺せなかった。彼に殺せる相手ではなかったのだ……彼女は暴君を抱き寄せてその身に火を燃え移らせた——彼自身がつけた火だ。沼に飛び込んだときはまだかなりの部分が燃え残っていたが、恨みを抱く溺れる人々によってその身体は持ち上げられ陸に戻され、暴君は地面に横たわったまま焼け死んだ。いっぽう花嫁は黒焦げになったウェディングドレスの切れ端をぺりぺりと身体から剝がしながらのんびり歩いて街に戻った。服を着替え、食べものを届けに牢屋に向かうと、アーケディはたったひとり地面に座り、看守たちが去るときに残していった大量のいかがわしい本や雑誌をしげしげと眺めているところだった。食べものを持ってきてくれたことに（それから、もしかして自分のそばにいてくれるんじゃないかと淡い期待を抱きながら）アーケディが感謝しようとすると、彼女は「ちょっと待ってて」と言い残してまた走り去り、一時間後にアーケディの仲間たちを連れて戻ってきた。レポレロがアーケディと握手し、ジャコモはアーケディの顔をぺろぺろ舐めた。今度アーケディに会ったらやってやろうと決めていたいたずらで、なかなかいいアイデアだとどちらも思っていた。アーケディは大声でロクムに礼を言ったものの、彼女はやはりこの場に留まるつもりはなく「あなたをここから出さないと」と言ってまたどこかへ行ってしまった。

「今、秋なんだろ？」とアーケディはジャコモに尋ねた。ジャコモの靴もレポレロの足もびしょ濡れなことには少し前から気づいていたものの、まずは食べてから詳しく聞こうと思っていたのだ。

「うん！　どうしてわかったの？」

「何となく。葉っぱを持って来てくれる？　ほんの一握りでいいから……」

ジャコモが腕いっぱいに抱えてきた色とりどりの葉っぱの中を、レポレロが猛吹雪のように勢いよく駆け抜けると、ひときわ鮮やかな赤や茶色の葉っぱがいくつも鉄格子の隙間から牢屋のこちら側に舞い込んだ。

「なあ、ジャコモ」

「何？　アーケディ」

「おれはここから逃げ出してもいいんだろうか？　おれたちが住んでいたアパートの住人たちは――」

「火事があって逃げられなかった。逃げられるなら逃げたかったけど、無理だったから、そのせいで死んだ。だから、逃げられるなら逃げないと」

「でもおれのせいなんじゃないのか？」

ジャコモはそうだとも違うとも答えず、ただレポレロの鼻先に葉っぱをうまいこと載せようとあれこれ試していた。

公平なアイリニはどうなったのか？　この数か月、彼女は大都市でごく幸せに暮らしていた。周りにいるのは、自分ほどではないにせよ同じくらい得体の知れない人たちばかりだった。彼女は居心地のいいこぢんまりとした飲み屋を営み、細かいところにまで気を配って店を切り盛りする合間に、知る人ぞ知る話を客と語りあう日々を過ごしていた。母親が溺れたのは、新しい街に来たばかりのことだった。事故だったのかもしれない。ただ、アイリニ自身はそうは思ってはいなかった。ふたりが暮らしはじめた街にはドナウ川が流れていて、母はいつも溺れる川を世界じゅうから選べるのならドナウ川がいいと言っていたからだ。流れる道は、母の身体をカルパチア山脈へ、そしてイスカル川へと注ぎながらバルカン山脈を横断し、これまで生きてきた人生のにおいがすっかり消えてなくなるまでその身を洗いつづけることだろう。そしてイスカル川は彼女を山の斜面高くに運び、ぽっかりと開けた古い古い草地にある白い小花でできたベッドにその身体を横たわらせる。もしドナウ川に留まるなら、何マイルにもわたって運河を流れながら黒い《シュヴァルツ》森《ヴァルト》の松葉を集めつづけることだろう。膝の上に載せられるかぎりの松葉を……。

　母の言葉を思い出しながら、公平なアイリニは川のさらに上流へと旅路を進め、亡骸《なきがら》をその流れに委ねることにした。飲み屋には父の領土からやってきた人々がたびたび訪れ、暴君の名を好き放題に罵《ののし》りながら、気になることを話していった。もしその話が本当なら、暴君が誰かを溺れさせることはもうないということになる。父の領土は今やそのほとんどが水没し、王も旗も兵士もなく、ただ溺れる者たちが楽しそうに暮らす街があるだけだというのだから。わずかに残るまだ水没していない区画のひとつには、有名な牢獄がそびえ立っているという。このことをアイリニに教えた男は一瞬の間《ま》を置いてから一杯奢《おご》らせてくれないかと頼んできたので、彼女はそれより長い間を置いてからいいよと言った。ハンサムな男だったが、どう考えても高利貸しとしか思えないコロンの香りをぷんぷんさせていた。たとえそうだったとしても、高利貸しが思いやりのある彼氏にならないともかぎらない。少なくともベッドでは最高かもしれないし。

「こんにちは。あ、お邪魔してごめんね」と言って、見慣れない顔の艶《あで》やかな女性が、高利貸しと思われる男性の隣のカウンター席に座った。「ふたりだけで話せる？」
　宮殿を離れるときに何を持ってきたか、それだけ教えてほしいのとロクムは公平なアイリニに尋ねた。父の慰みものにどんなものがあったか、いちいち教える気になれないしそんな暇もない。だが、宮殿を離れるときにお父さんのものを何か持ってこなかった、とロクムが尋ね方を少し変えると、アイリニは鍵のことを思い出した。何の変哲もない金属製の鍵が父の鏡台の上に置いてあるのがふと目に入ったのだ。少し大きめだったが、ポケットに入るくらいのサイズではあった。だから父にさよならを告げながら、そっと持ち去ったのだ。最後にもう一度だけ、あの人のことを困らせたくて。

　ロクムとともに牢獄の門をくぐる直前、ボートから脇に目をやった公平なアイリニは、今や牢獄をぐるりと取り囲んでいる溺れる都市に、母が流れ着いたのを知った。彼女はひとりではなかった。男と一緒だった。公平なアイリニが会ったことのない、ずっと会いたかった男だ。ふたり揃って手を振ると、アイリニ一世はこちらに向かって人差し指を立ててから、ものほしげな顔で目に見えない赤ん坊を抱えてゆらゆらと揺らした。孫が見たいというアピールなのは一目でわかった。「まあかわいい」とつぶやくと、公平なアイリニは天を仰いでそのままずるずるとボートに身体を沈め、最後のところは見なかったことにした。

気配

　ジル・アッカーマンはもう何週間も前から夫が自分と話したがっているのに気づいていたものの、嫌な話になりそうなのは二〇〇パーセント確実だった。その兆候はごくさりげないものだった。しかし、なにしろ彼女は心理学者なのだ。夫も同業者だったので、これまででいちばんしんどい結婚生活になるかもしれないよと、周りからはさんざん忠告されていた。夏休みに入る前の月、夫はとても忙しくてほとんど家にいなかったし、在宅しているときも、話を切り出されないよう彼女は家庭内の暗黙のゾーニングを利用した。ベッドやキッチンできついことは言いっこなし。そうしようとはっきり決めたわけでもないのに、このルールはなんとなくジルとジェイコブの行動規範の一部になっていて、自分たちの食事や睡眠を楽しい時間のままにしておけるようふたりとも力を尽くした。寝室やキッチンで小難しい話をすることはほとんどなかったので、彼女は仕事のない日なるべくそのどちらかにいるようにした。ジェイコブは彼女の希望どおりに家のリフォームをした。それほど大掛かりなものではない。出入り口をいくつか追加しただけだ。彼女は部屋の出入り口を最低でもふたつほしがった。ふたつの中から選べるように。入ってきたときと同じところから出て行かないでいいように。寝室にいるとき、彼女は何冊もの本やさまざまなデバイスを抱えてベッドから床へ、そしてまたベッドの上へと移動した。セックスなんて論外だった。ジェイコブはその件を持ち出すことすらせず、ただ目を輝かせては楽しくて仕方ないという顔で彼女のことを見つめるのみ。いっぽうキッチンでの彼女は、掃除を徹底的に行い、包丁をせっせと研いでは次から次へと駄目にした。そのたびにジェイコブが新しいものを買ってきて気の利いたことを言いながら差し出してくれたのだけれど、彼女は今何の話をされているのかよくわかっていないなかった——夫がそのついでにこんなことを言い出すんじゃないかという不安で頭がいっぱいだったからだ。「ちょっとリビングに来てくれる？」

一度だけ、リビングにいるところを摑《つか》まったことがあった。しかし彼女はものすごい速さで壁沿いを駆け抜け最寄りのドアから出て行ったので、その拍子に新婚旅行のときふたりで選んだ絵柄の入った水差しを倒して割ってしまった。

誰かに相談してもよかったのだが、結局はこの事態についてジルは夫婦以外の人には話さないことにした。自分のセラピストにも、もちろんリーナやサムにも。ジェイコブが自分のもとを去ろうとしている。そうじゃなければいいと思ったけれど、何しろ彼女にとっては三度目、彼にとっては二度目の結婚だったので、この手のことがどういう流れで起こるか嫌でも知っていたのだ。このあいだ、ディナーを食べながらジェイコブの新しい同僚ヴィヴィアンに紹介された。服装は上品で、声がハスキーで、一緒にいて総じて楽しい人だった。さまざまな話題に精通しているし、自分の知らないことでも興味を持って話に加わる。気がついたらジェイコブと同じように彼女のことを「ヴィー」と呼んでいた。ヴィーが電話に出るためしばらく席を外しているあいだに、ジルは夫にこんなことをささやいた。「彼女、あなたに夢中なの気づいてる？」

ジェイコブはあははと笑って、キスしようと唇を突き出しながらこちらに寄りかかってきたので、その顔を彼女はグリッシーニで払いのけた。「今言ったこと聞いてた？」

彼はなおも寄りかかってきた。今度は唇が届くほどではなかったものの、その瞳に彼女の姿がどアップで映るくらいには近寄っていた。四十二歳の怒れる女の姿だ。おや、よく見るとなかなかいいおっぱいをしているじゃないか。「聞いてたよ。ヴィーが僕に夢中だって言ったんだろ」

「二〇〇パーセント確実だと思う」

「二〇〇パーセント？　へえ。だとしても今だけだよ、ジェイ」

ジェイ。ヴィー。最初の妻のことも彼はいまだにディーと呼んでいた。

「せっかくだから彼女と駆け落ちして、前々からなりたがってた麗しの黒人インテリカップルってのにふたりでなれば？」

　夫その一とその二、マックスとサムはどちらも白人だった——サムはジルより歳下だったのに、隣に並ぶとサムもマックスもどうも老けて見えた。いや、老けているというか、ただちょっとジルより歳上に見えたのだ。いっぽうジェイコブと並ぶと、ふたりとも同じ歳くらいに見えた。とはいえそれが何歳かと訊《き》かれても、ふたりのことを知らなければおおよその見当すらつかなかっただろう。ジェイコブは自分のグリッシーニを手に取って半分かじり、残りの半分で彼女の腕をぷすっと突き刺してからこう尋ねた。「ここでこんなことしていいって本気で思う？」

　ジェイコブが彼女の怒りや不安をなだめようとすることはめったになかった。ほかの友だちや家族や患者の機嫌はいつもあんなに気にしているのに、自分にだけなぜこんな態度を取るのかよくわからなかった。一緒にいると、この人はわたしをめちゃくちゃにするためにどこかから送り込まれたんじゃないかと思えてくるほどだった。たとえば、彼女が共同経営している温室ではじめて採れた茶葉を試飲してもらおうと声をかけたときのこと。春の甘い草の香りがする、チュンミー茶だ。ジーンズの上になぜかデニムシャツをはおって階段をぶらぶら降りてきた彼は、ティーカップを受け取るとお茶をぐいっと一気飲みしてこう言った。「で、スーパーで売ってるテトリーの紅茶とどう違うの？」

その味音痴ぶりとデニム・オン・デニムの格好があいまってジルの神経を逆撫でし、彼女はしばらく呆《あき》れてものが言えなかった。その隙にジェイコブはこちらを好きなだけじろじろ見つめると、ジルが一言の文句も言えないうちに部屋から出て行った。自分が何をしているのかわかってやっているのだ！　それでも彼女は彼の魅力に抗うのをとうの昔にやめてしまった——お互い十代後半だったころ、ジェイコブ・ウォレスが何かの香りをことさらまとおうとしたわけでもないのに、吹き消したばかりの蠟燭《ろうそく》そのもののにおいをさせていることに気づいた時点で。とはいえ、もし気持ちがもう冷めてしまったのならさっさと出て行ってもらったほうが彼のためだ。夫婦の共同口座への預金額は向こうのほうが三倍多かったが、この先もう家に手織りのラグを置けなくても、海外でブティックホテルに泊まれなくても、別にどうってことはない。ただこの先、自分がジェイコブなしでやっていくのかと思うと、いらいらが当分ちょっとおさまりそうにない。だから自分の言いたいことだけ言って出て行くなんてこと、やすやす認めるわけにはいかなかった。

夏休みまであと一週間というときに、地下鉄の駅でジルはジェイコブにほとんど待ち伏せのようなことをされた。オイスターカードに一か月分の交通費をチャージしていたとき、首にするりと彼の腕が巻きついてきてこうつぶやいたのだ。「ジル、ジル……無駄な抵抗はもうやめて。訊きたいことがあるんだ……」

もうしばらく警戒しているふりをして股間に肘鉄をくらわせてやることもできたけれど、思い直してくるりと振り向くと、声に怒りをにじませながら彼女は夫の耳元にこうささやいた。「そもそも結婚したいって言い出したの誰だっけ？　答える前に周りの人に訊いてみれば？」

彼のことをあっさり手放すつもりはなかったけれど、だからといって自分にすがりついてくるなんて思うなよ！　ひとりが嫌なら、新しい夫なんていくらでも見つかるのだから。

（このあいだ友だちのメアリーがやっているパン屋の前でマックスとばったり会ったとき、彼はちょっと身体を後ろに反らせてから感心した様子でこちらをまじまじと眺めて言った。「やれやれ、きみは急速に劣化してるね。まだましなうちに別れられてよかったよ」――言っていることとは正反対の、惚れ惚れとした目つきをしていた。だからと言ってマックスのもとに戻るつもりはない。彼との結婚生活のどこにも幸せなどなかった。新しくできた親戚がほぼ全員スイス人の銀行家だったのも落ち着かなかったが、何より彼女の神経をすり減らしたのはマックスとの夜通しつづくひどいけんかだった。いっこうに悪びれることなく言っていることをころころ変えるので、昨日こう言ったばかりじゃないのと抗議すると、おまえって後ろ向きだよなと「心配」するふりをし、かと思えば今度はそういう態度みんなにどう思われてるか知ってるかと、誰かに言われたとおぼしき辛辣《しんらつ》なコメントをぶつけてくる――自分ででっちあげたのか、いざというときのために取っておいただけなのかはわからない。好きな気持ちは変わらなかったけれど、マックスのことを考えるだけでだんだんうんざりするようになってきたのだ）。

　ジルが青いスタンドに積まれた『イヴニング・スタンダード』を取ろうとすると、ジェイコブが手に持っていた自分のものを差し出した。

「結婚しようって言い出したのが誰なのか知ってるよ」と彼は言った。「周りの人に訊いてみる必要なんてない――自分がそこにいたんだから。きみもいたよね。ロンドンに掃いて捨てるほどいるすごい美人のひとりにすぎないきみが、親友とふたりソファーで酔っ払っていたとき――」

「待ってよ……親友のほうは酔っぱらってたかもしれないけど、こっちはアルコール王国の英雄、せいぜいほろ酔い程度だったんですけど。あと、その親友はまああ魅力的なやつだったけど、知りあって二十八年にもなるのにわたしを口説こうとするそぶりなんて一度も見せなかったってことも言っておいてよね……」

「たぶん言わなくてもわかると思ってたんだろ、そのジャックとジルはさ？　ともかくふたりは三十九歳、人生の盛りで、おまけに稼ぎもそこそこあったから、男は勇気を振りしぼってこう言ったんだ……待てよ、あのとき何て言ったんだっけ？」

　誰かをもっとも深く愛せるのは、その人に自分の気持ちがバレてないときなんじゃないかって、思わない？　あのときジェイコブはそう言ったのだ。そのあとジルは彼の顔をじっと見つめて、今わたしに何か変なことを言おうとしてない、と尋ねた。そうじゃなければいいのにと思いながら。日中さんざん仕事で変なことばかり言われているのだから、たまには休みたくもなる。ジェイコブの答えはこうだった。たしかに変なこと言おうとしてたけどちょっとだけだし、口に出してみたら案外おかしな話でもないかもよ。どこも変じゃないって感じるかも。

　僕と結婚してアフリカ系とアジア系があわさった《ブレイジャンの》最高の赤ちゃんを作ろう、手遅れになる前に、さ。じゃあ言ってみればとうなずいた彼女に、ジェイコブはいきなりそんなことを口走った。ジルは手を伸ばすと、ふたりのショットグラスに酒のおかわりを注いだ。子どもを授かるにはもう手遅れだった。元夫たちとは、子どもを作るのは「この戦争が終わったら」だね、というお決まりの冗談を大真面目な顔をして何度も言いあったものだ。でも今やっている戦争はどれも終わりそうになかったし、この先、子どもを身籠もるところなんてもはや想像がつかなかった。身体的にも、精神的にも。もしかしたら昔からずっとそんなふうに感じていたのかもしれない。

「あなたと結婚するつもりないから」

「え、それって……うん、ていうか、なんで？　ブレイジャンとか言ったから？　まだ知りあったばかりだから？」

彼女は心の中でこう答えた。わたしも結婚ばかりしているわけにはいかないの。あと、わたしに結婚式を二度やらせて、あなたのにも一度付きあわせておいて、最初からこのふたりで結婚しておけばよかったのかもなんて今さら思い当たるあなたにも腹が立つから。

わたしたちもういい歳だし、と声に出して彼女は言った。わざわざ結婚なんてすることないよ。どうしてもっていうなら、付きあうだけにしましょう。一晩眠ってから考えたほうがいいよ。目が覚めたら、焼酎《ソジュ》を飲みすぎたせいで結婚したくなっただけだって気づくかもしれないし。

「でも結婚を断られた側はそれじゃ済まなかった」と、ジェイコブは地下鉄に乗り込んで彼女の隣の席に座ると話をつづけた。「ずっと前からその人と結婚したいと思っていたからね。大人になって結婚なんて別にしなくても構わないって気づいたりするずっと前から……だから次の日の夜にもう一度プロポーズしたんだ。赤ちゃんなんて要らないからと言って、ものすごくダサくてお涙頂戴の韓国演歌を歌って……」

ジェイコブは今ここで「おれの歳がなんだ」を歌い出すつもりなのだろうか？　地下鉄に乗りあわせた老若男女が見ている目の前で。ふたりはすでに注目を集めていた。彼が周りを気にせず大声でしゃべりつづけていたからだ。

それでも彼女は「おれの歳がなんだ」の肩を持った。「あの曲はダサくない！　あなたの歌い方がダサいだけ。曲自体は好きだもの」

「僕も。でも悪いけど安っぽいのはもとからだよ、ジェイ」

ジェイコブはジルのほうに向き直って両手を広げると、鏡を見つめながら歳月よ止まれと、と韓国語で歌い出した。聴いているうちにいつのまにか彼女も一緒に口ずさんでいて、恋するのにぴったりな年ごろなのに、というところまでくるころには、違うと言えるなら言ってみろとばかりに迫る彼に、気づけばにっこり笑って同じフレーズを歌いかけていた。

歌を聴いているうちに、彼女はふと気づいた。ジェイコブは何も別れ話を切り出そうとしていたわけではなかったのだ。何を訊こうとしていたかはわからないけど、まるっきり別のことだったのだ。彼女は人差し指を彼の唇に当てた。「そして結婚式では、ふたりの両親と友だち全員が教会の座席からいっせいに立ち上がって「アット・ラスト」〔映画『オーケストラの妻たち』で流れさまざまな歌手がカバーした結婚式の定番ソング。タイトルは「とうとう」「ついに」の意味〕を歌った……」しかしジェイコブはその指にがぶりと噛《か》みつくふりを中途半端にしてから、こう言った。「なあ！　なあジル。僕と別れるつもり？」

ジルは何も答えなかった。彼にほぼ完璧な精度の嘘発見器が備わっていることはずっと前から気づいていたし、何よりその瞬間、ふとわからなくなってしまったのだ――自分はこの数週間、独身に戻りたいというみずからの願望をただ彼の願望へと巧妙にすり替えようとしていただけではないのか。誰かのもとから出て行ったり、誰かに出て行かれたり、そんなことをさんざん繰り返してきたせいでもう誰かと一緒に暮らすのが無理になってしまったのかもしれない。

これまでの人生の大部分、ジルとジェイコブは同じ不安を抱えながら生きてきた――ひとつ屋根の下に暮らす家族としてふさわしくないと思われたらどうしよう。ふたりとも里子として育った。おまえはうちにふさわしくないと誰かに面と向かって言われたわけではないが、大人と子どもとの「相性」が悪いという話になることはあった。それを判断するのはいつも大人側だったので、じっさいには「相性」が持ち出されるのは大人たちがその子どもについて語るときだった。おかげでジェイコブとジル、そしてリーナ（せわしない日々の中でほんのつかのま穏やかに過ごせたときジルの里子姉妹だった女性）は、いついかなるときでも自分が家を出て行かなくてはいけなくなったり、誰かに家から出て行かれたりする覚悟ができているようになったのだ。ジェイコブは物事をとどこおりなく進めることにおいてずば抜けた能力を身につけた。行く手を阻む障害を取り除いてくれるので、いつもそばにいてほしくなるような人になったのだ――それは何か国語も話せるおかげか、だいたいいつも「なんとかなる」というオーラをかもし出しているおかげかはわからない。リーナはとにかく自由奔放で、サングラスを後頭部にかけて「地獄《HELL》」と書かれたバッジをつけ、誰かに「どこ出身」か訊かれるたびそのバッジをとんとんと叩《たた》いた。間違いなく自分の命だって託せる相手だし、本人さえその気になれば更生だっていつでもできそうだった。ジルは従順で護《まも》ってあげなくてはならない人という、実際とはまるで違う印象を相手に与えた。ああ、わたしはただのかよわい小雀。あなたの翼にくるまれて護ってもらわないと、寒い冬を生き延びることができないのです。使い古されたイメージだが、一定の効果はあった。

ふたりはお気に入りのレストランでディナーを食べることにした――二重の意味でそうするのがいいと思ったからだ。おいしい炭火焼きのブロッコリーが食べられるし、ジェイコブが訊きたかった件について家に持ち帰ることなく話しあえる。その話というのは、彼が死別カウンセラーの仕事の一環として考案したあるプロジェクトに夏休みを使って協力してほしいということだった。何週間にもわたって切り出そうとしていたのは、つまりこのことだったのだ。休暇を返上して、僕のプロジェクトの被験者になってくれない？　勇気を振りしぼらないとたったそれだけのことも言い出しづらいと思われて、彼女はきまりが悪かった。普通だったらそのくらいのこと気軽に訊いて、気軽に解決できるだろう――相手がわがままでさえなければ。彼のことはとにかく無条件で支えたいし、本人にもこれまできちんとそう伝えてきたつもりだった。ジェイコブの話に耳を傾けながら、彼女はふつふつと込みあげてくるやるせなさと闘っていた。彼のプロジェクトが焦点を当てるのは、多くの患者が経験したと語る、ある特定の経験だ。「患者たちの説明をものすごく単純化すると、この経験はいわば……記憶の内破としてあらわれるんだ。その残骸の中を漂ううちに、患者はだんだんと自分は今ひとりではないのだと心穏やかに確信するようになる。そこで感じる気配は幽霊のものではなく、生身の人間のものなんだ……数分、場合によっては数時間にわたって、故人がまだ生きていたころに戻ったような、あるいは故人もまた自分とともに今このときに辿り着いたかのような感じが持続する……遺された人々が経験する、こういうふとした錯覚の興味深いところは、そのほとんどがかなりよく似た物理的条件のもとで起こるという点なんだ」

「つまりその……気配の感覚を呼び起こす何らかのプログラムみたいなものを組んだということ？」

「まあ、そこを目指して今あれこれやっているところだね。もちろんこのプログラムは、遺された人のためだけに使われる予定だよ。そういう人たちはこの感覚がときに必要になるのに、自分の力で引き起こすことはできないからね。僕たちは「気配」って呼んでる。で、そのプログラムの資金が調達できたんだ……」

「やったね」

「じっさいに金を集めたのはヴィーだよ。彼女その手のことのちょっとした達人でね。世界じゅうにコネがごまんとあるんだ」

「わたしはまだヴィーという氷山の一角しか知らないみたいね」。ヴィーとジェイコブとの関係にこれまで知らなかった面があるとわかって、自分はいったいどのくらい動揺するだろうかとジルはとっさに見当をつけようとした。サムと結婚していたとき、彼はいくつかのことについて他人に口出しされるのを嫌がった。それはある種、一線を引く行為であり、誰かひとりが自分の「すべて」を知りうる、あるいはじっさいに知っているという状態の恐ろしさに対抗するための措置なのだとジルは受け止めるようになっていった。あのころと同じようになんとか事態を受け止めようとするうちに、ジルのいらいらは頂点に達していた。ただ、ジルがそうやってもっともらしい理屈をつけて何かを理解しようとするのをとやかく言う必要は、今回ばかりはそれほどないのかもしれない。ジェイコブとヴィーとのあいだにふたりだけの甘い秘密があれこれあると想像することで、一種の機械的効果がもたらされていることに自分でもだんだん気づきだしたからだ。身体から空気がじわじわ抜けていって、それきりほとんど戻ってこなかった——まるで首でも絞められているかのようにぜいぜいとあえぎながら、ジルは両手を太腿の下に滑り込ませてしっかり押さえつけ、その手を触手のようにのたくらせてジェイコブにすがりつきたくなるのをなんとかこらえた。プログラムをどうやって試すのかというジェイコブの話を聞けば聞くほど、自分が最初に抱いた疑念はやっぱり正しかったんじゃないかという思いが強まっていった。ジェイコブが本気で試作プログラムの実験台にみずからなろうとしていることは、彼女にもわかった。でも、そのプログラムにはもしかするとこんな側面もあるのではないか――「ジルと別れる」第一段階、実践。

「わかった、手伝うよ。でも相手がもうこの世にいないふりをしながら二週間過ごしてくれなんて誰かに頼まれることとこの先もないだろうから、念のため訊いておきたいんだけどさ。あなた本当にわたしと別れる気はないんだよね？」と彼女は尋ねた。

ジェイコブの目がまた例の楽しくて仕方ないという感じの輝きを放った。「よく覚えといて、ジル・アッカーマン。僕はきみのもとを去ったりしない。で、きみは――僕と別れるつもり？」

「あなたと別れるつもりはないよ、ジェイコブ・ウォレス」

自分の表情、姿勢、そして言い回しがそれぞれ嘘発見器にかけられていくところを、彼女はじっと眺めていた。合格。彼の目から輝きが消えた。

「きみたちの共依存関係は健全じゃない、って僕らに言った心理学者のこと覚えてる？」ジルや、彼女をのちに養子に迎えた夫婦と一緒に韓国語を学んだ、かつての少年は尋ねた。家族で話すための新しい言葉を持とうとした夫婦とともにジェイコブがその言葉を覚えたのは、自分も家族の一員になろうと思ったからだ。彼はもう人生の半分以上を名目上はアッカーマン家の一員として過ごしている。

「うん……彼のおかげでわたしたち今の仕事に就いたよね。あの仕事をちゃんとした人がやればどうなるのか知りたくなって」

「言ってたことは正しかったのかもしれないけどね」とジェイコブが言った。

「そう？」

「つまり……もし僕たちの関係が健全だったら、もっと簡単に諦められたのかも」

ジルがジェイコブのグラスにワインを注ぎ足し、ふたりは不健全な共依存に乾杯した。それから彼は「気配」の実験手順を詳しく説明した。拠点がふたつ必要だ。ジェイコブはジルの気配を思い浮かべながら夫婦のホランドパークの家で暮らし、そのあいだジルはキャットフォードにあるアパートで過ごすことになる。別れるときにマックスから餞別《せんべつ》として贈られた部屋で、これ以上けんかしたくなくて彼女はしぶしぶ受け取ったのだ。今の借り手たちは秋までプラハに行っているため、二週間ほど自分がアパートに住んでもいいか電話で尋ねると別に構わないとのことだった。「物だけは壊さないでよ……」とラダは言い残した。作業員が何人かアパートに来て、配線を調整したり、ガスボンベのようなものの中身を壁の中に注ぎ入れたりした。これから彼女が吸い込むことになる物質の全リストをジェイコブが渡してくれた。どれも野生動物にそのまま含まれている物質ばかりだったが、混ぜるとなると話はまた違ってくるのだろう。

「これってつまり薬を使って二週間ぶっとおしで幻覚状態になる《トリップする》ようなものでしょ？」

ジェイコブはただ「そうじゃない。すぐにわかるよ」とだけ答えた。

必要なリフォームが両方の部屋で終わると、ジルとジェイコブは会話を三つ録音した——これは、誰もが友人や家族といつもしているようなおなじみのやりとりの真っただ中に、遺された人を引き入れるためのものだ。お互いについて知っていることを思い返しては、そのことをいまだに覚えているし、これからも忘れない、忘れようがないと確認しあうために何度も何度も繰り返すような会話。ジェイコブのオフィスにカメラが設置され、結婚しようと言い出したのは誰だったのかという地下鉄での会話をジルとふたりでもう一度繰り返しているあいだ、ジェイコブの顔をヴィーが撮影した。お互いの第一印象についても話した。三回目の撮影をするころには、話したいことがもう何も思い浮かばなくなったので手短に会話を済ませた。アッカーマンとウォレスの寝室にセックスが戻ってきた——じっさいには家じゅうの部屋に。真夏のうだるような暑さのなか、ふたりの汗がじっとりと混じりあった。

　次の日ヴィーから、ジェイコブのオフィスで撮影した会話をそれぞれ文字に起こしたものを渡され、ジルは思わずむっとしたが（これを読んで自分が口に出していることと思っていることとが一致しているか確認しろとでも言いたいわけ?）、すぐに三つの会話をもう一度、今度はジルの顔に焦点を当てつつ彼女のオフィスで撮影する予定なのを思い出した。なるべくこのあいだ録音した会話とぴったりシンクロするようふたりで力をあわせないといけないのだ。別々の家で過ごしているあいだに、もしそれぞれがお互いを「摑まえる」ことができなかったら、そのときはヘッドフォンをつけて相手の言葉に応えて自分のパートを覚えているとおり口に出すことで、同じ会話をもう一度やってみることになっていた。

　ヴィーを連れてジルの働いている刑務所にやって来たジェイコブから、電話がかかってきた。タイミングが悪かった。ジルは刑務所長とうっかり目があってしまって、おなじみの行動をとっているところだったからだ——とにかく目についた角を曲がって身を隠す。刑務所長に役立たずだと思われているのはひしひしと感じていた。それはジル個人に対する評価というわけでは必ずしもなく、刑務所という枠組みの中での彼女の役割がそう捉えられていただけだった。「週に三十分、彩色《クロマティック》タイプライターのキーを叩いてフューシャピンク色の風景を描かせたところで何になる？　少年犯罪者を善き市民にたちまち変身させられるってわけでもあるまいし」。わたしのやっていることを全然わかってないと思ったが、言い返す代わりに彼女はただひたすら自分の仕事に打ち込んだ。あくまで愛想よく——お役所仕事にそれをふいに妨害されないかぎりは。そして、行く手を阻むものさえ取り除かれれば、彼女はまたいい人に戻る。以前よりもっといい人になってすらいるかもしれない。ジェイコブと一緒にカメラの前で三つの会話を繰り返すと、彼女は仕事に戻った。

　少年たちがここに来る前それぞれどんなことをしでかしたのか、少なくとも本人が認めている範囲のことはジルも知っていた。みな治療を受けていて、自分が本当だと思うことをできるかぎり語るようにするという条件で彼女との会話が許されている。発言はすべて記録され、少年が一緒のときはオフィスのドアがつねに開けっぱなしにされた。万が一に備えてドアのそばに警備員が立っていたものの、彼女と少年たちとのあいだに問題が起こることはめったになかった。多くの少年は彼女をごく優しい声で「先生《ミス》」と呼ぶ——ミス、失礼なやつがいたら言えよ。名前さえ教えてくれればいいんだからな？——まるでお気に入りの学校の先生と話しているときみたいに。どの子にも更生の見込みがあるとジルは思っていた。オフィスにひとりでいるときにふと思い出すと、くらげのようにぷるぷる震えてしまうような話ばかり聞かされてはいたのだが。

これから先いったいどうなることかと彼女が誰より気にかけていたのがベンとソロモンで、その日の午後ふたりは相次いで訪ねてきた。ベンはかなり引っ込み思案な性格で、刑務所での暮らしに比較的うまくなじみ、おおむね面倒も起こさなかった――何でもいいからせめてもう少し彼女の前で感情を表に出してくれたら、うまくやっているとか面倒を起こさないとかいうその印象が正しいかどうかたしかめられるし、もし間違っていれば修正だってできるのに。彼は自分の言葉というものを持っているし、人に言われたことは漏れなく理解できたが、あまりに引っ込み思案すぎて、自分が今声に出してしゃべっているのかどうかもはやわからなくなっているようなことがままあった。質問に答えるよう急かされると、うんざりした顔でこう言うのだ。その質問にはもう答えたよ、ミス……。

少し前にベンの部屋で携帯電話が見つかった。誰かから電話を受けたり誰かにかけたりした形跡はなく、留守番電話も残っていなかった。ベンがどうやってその携帯を手に入れたのか誰にもわからなかったが、いつから持っていたかはすぐにわかった。アルバムが自撮り写真でいっぱいだったからだ。どの写真もまったく同じポーズで、手はピース。違うのは背景だけだった。誰もいない部屋で撮るのが好きだったようで、後ろで複数の受刑者たちがお互いの頭を思いきりぼこぼこにしようとしている写真もいくつかあった。

それに比べるとソロモンは彼女の前ではるかにおしゃべりだったが、だからといって彼のことをよくわかっていたかと言うとそうではない。その経歴には謎めいたところがあって、犯罪に手を染めるようになったのは比較的最近のことだった。生まれてから十五年間は非の打ちどころのない人生を歩んでいたのに、あるとき、これまで何度かひどい目に遭わされてきたギャングにみずから声をかけ、その一員になり、のちにリーダーになった。彼が変わった理由は、本人いわく「機が熟したから」。

ソロモンの弟が長年病気と闘っていたこと、そして弟の脳腫瘍はソロモンが十三歳のときに寛解したことをジルは知っていた。ソロモンが暴力による犯罪を引き起こすようになったのは、弟の脳に癌《がん》が再発したのを医師が見つけた時期とたまたま重なる――それをたまたまと呼ぶのが本当に正しいのならば。ソロモンのことをジルが気にかけ、また同時に恐れてもいたのはこのためだ。彼は弟を助けたいと思っていることは認めたものの、それ以上は何も話そうとしなかった。まるでおとぎ話に出てくる少年のようだった。自分のしていることが他人にどう思われようとも、けっして怯《ひる》むことなくある手順に従って行動しなければならない。すべてをやりきったとき、ほうびが得られるというわけだ。ソロモンはついこのあいだ家族から知らせを受けた――弟の癌がまた寛解した。しかし彼は安堵の表情を浮かべることなどなく、まなざしがいっそう思い詰めた様子になるばかりだった。ジルはソロモンの人生を彼の目を通して眺めてみようとした。きみの弟は無作為に選び出され傷つけられた。だから、他人を無作為に選んで傷つけることで、きみは弟を救えるのだ。もしそういうことならば、ソロモンはいずれ弟を生かすために、無作為に選んだ人をひとり殺さねばならなくなるだろう。ジルがソロモンに話していることの大半はただ彼の注意を逸《そ》らすのがその目的であり、少しずつ積み上がっていく論理の塔をなんとか叩き壊そうとしているにすぎない。その作戦はうまくいっているように思えることもあるし、今自分がしているのがどういうことなのかうすうす悟った彼が涙を流すこともあった。洟《はな》をすすったりはしなかったので、その後悔を記録に残すことはできなかったけれど。ただ、今から一年後ソロモンの早期釈放をはたして自分は勧めるかというと、どう考えてもそんなことできそうにないと思った。しばらくのあいだ彼は偽りの友人であるアッカーマン博士を憎み、執着し、じっと見つめ、もしかすると弟のために命を奪う相手に選ぶかもしれない。そういう展開になることを、彼女はたかだか一〇〇パーセント確実だと思っているにすぎないし、少年が職員たちによって拘束されるまでにどれだけのことをやってのけるのか、そのあいだに自分がどんな怪我を負うことになりそうか、はっきりと見当がついているわけではなかった。いやいや、ないない。そんなこと、起こりっこない……。

それでも、こうしたことが起こりうる可能性に言及しておくのがジルのつとめである以上、そのときが近づいたら報告書にきちんと書くつもりだった。

「よい休日を、アッカーマン博士」とソロモンは面談の終わりに言った。この先二週間、会えなくなることに気づいたのは彼だけだった。

ジルはスーツケースを持ってキャットフォードのアパートに行き、「気配」の実験がはじまる前の晩そこで眠った。ジェイコブはまだ死んだわけではなかったので、ふたりは電話で遠距離恋愛をしているふりをすることにした。ジェイコブの気配を感じ取る邪魔になりそうな写真はすべて外していいとラダとマーナから許可をもらっていたので、ジルは夫と話しながらアパートの中を歩き回っては、おそろしく写真映えするカップルや、その人形や人間の友だち（誰が人形で誰が人間か見分けがつかなかった）をおさめた写真をジュエリーボックスの中に放り込んでいった。

マックスのわめき声や自分自身の逆上した金切り声の残響が聞こえてくることはなかった。かつて夜中にマックスのことを今すぐ傷つけたいという衝動を必死でこらえながら眠っていた寝室に行くと、そこには小さなステージが所狭しと並んでいた。段ボールでできたもの、木と布でできたもの、それから影を映すための絹のようなスクリーンもいくつかある。「ここではもうプロレスごっこくらいしかできなさそうだよ」とジルはジェイコブに言った。そして冷蔵庫を開けて「コフォラ」なる飲みものの瓶がぎっしり詰まっているのに目をやりながらこうつづけた。「思うんだけど――わたしがここであなたの気配を捉えるより、あなたがそこでわたしの気配を捉えるほうが簡単なんじゃない？　あなたはここに来たことがないんだから」

「じつはそれも気になってるところでね」とジェイコブは言った。「「気配」を使うことになる人は、「気配」と一緒に旅したり、新しい家で「気配」を使ったりできるようにしてほしいと思うかもしれないからさ……」

真夜中まであと二分。ジルは淡いブルーの壁をぐるりと見回して、それから窓の外にある共同庭園を眺めた。吹きすさぶ夜風に、花々はすっかり目を覚ましている。

「起動ボタンか何か押したほうがいい？」

「ヴィーが遠隔操作で起動させることになってる」

「ふたりぶん？」

「そうだよ……おやすみ、ジェイ」

「おやすみなさい」

カーテンを引いて電気を消すと、何も見えなくなるほどの真っ暗闇が襲ってきて、彼女はベッドに倒れ込んだ。まるで気絶でもするように……こんなふうにまぶたが安らかな闇に包まれるのが、気絶のいいところだ。一時間（あるいは二時間？）ほどして携帯電話をかざし時間を確認しようとしてみたものの、やっぱりまだ何も見えなかったので、このまま眠っているのがよさそうだと思った。

寒くて目が覚めると、足がどちらとも布団から飛び出していた。二つ並んだうち隣の枕には誰かの頭が載っていた形跡があった——くぼみがそのまま残っていたのだ。彼女はメモ帳を取り出してこのことを書き留めた。たとえ自分でつけた跡だったとしても、ひとりで眠っていたわけではないような気にさせくれた。十二時半、ここしばらくで一番遅い目覚めだ。部屋の中は七月の昼下がりとはとても思えない温度だった。温度計をチェックし、数値を書き留める。気温は低く、その温度以上に寒く感じられた。セーターを二枚重ねて着て、お茶を淹《い》れ、ヘッドフォンを繋ぎ、最初に録音した会話をコンピューター画面に呼び出す。ジェイコブが微笑《ほほえ》みながら彼女に向かって話をしている。応じる自分の声は、それよりずっと低い。「あなたの歌い方がダサいだけ。曲自体は好きだもの……」覚えていたとおりの言葉が覚えていたとおりの順で流れてきたので、録音された自分の声が聞こえてくる前にそれを口に出そうとしたものの、寒さで気が動転していたせいで会話に参加しそびれ、ただじっと画面を見つめて話を聞いているしかなかった。メモ帳にこのことも書き加えた。

セヴノークスの温室を訪ねてみてわかったことがあった。さっき目が覚めたのは十二時半ではなかった。十二時半まではまだ二時間あったのだ。電車に乗って携帯電話を確認すると時間が変わっていたので、ほかの乗客五人、いや六人に訊いてみた――ええ、ええ、たしかに今は十時半ですよ。サムとリーナは温室にいて、回転式の照明がいくつも灯る下で茶畑の世話をしていた。ふたりはお揃いの花柄のゴム長靴を履いていて、そのことをジルに笑われる前にサムが先手を打った。「うん、わかってるよ。僕たちお似あいだろ」

　ジルは「気配」の実験をしていることをふたりに話すかどうか迷った。もしこう言われたらどうすればいいのか――ジェイコブ？　ジェイコブって誰？　あるいは、ジェイコブはもう何か月も前に「亡くなった」だろ、と心底同情した声で言われたら？　冷凍庫みたいなところから晴れわたった七月の真っ昼間に飛び出してきたばかりの今、自分がいったい何を言い出すかわかったものではなかった。時間の流れすらここはアパートの中と同じではないのに。もちろん、ふたりは友だちだ。わたしが完全におかしくなってしまったのなら、友だちにはそのことをできるかぎり知っておく権利がある。でも自分はまだ正気であるように思えた。リーナとサムはいろんなことを訊きたがった。リーナはジルの瞳孔が正常かどうか何度も調べた。本当にそんな経験をしたのかたしかめるためにアパートに行きたいとふたりは言った。リーナがとりわけ興味を持ったのは掛け時計のことだった。

（「どの時計も十二時半を指してたの？　ちゃんとチクタク鳴ってた？」

「そういえば、ううん――鳴ってなかった」）

　いっぽうサムはどうしてそんなに寒いのかと不思議がった。

「ジェイコブに相談してみなよ……そうしたらきみたちの実験を次の段階に進めてくれるかもし

れない……」。それがいいとふたりは言った。「気配」の実験がおもしろそうだと思えるようなことは何ひとつ話していないので、ふたりはきっとわたしのことをただ支えようとしてくれているだけなのだろう。サムはアッサムの茶葉を一袋くれた。「飲んでみて感想を聞かせてよ……」。帰りにスーパーマーケットに寄って冬用の買い物をした。風邪薬《レムシップ》、ホットチョコレート、スープやホットトディの材料。夏風邪について店員とあれこれ世間話をするのは面倒だから、セルフレジを使った。そのあと、ジェイコブはどうしているかと共同口座を確認したところ、一時間ほど前にウェイトローズで、さっき自分が払ったのとだいたい同じくらいの金額をカード決済していることがわかった。このことはノートには書かないつもりだ。ルール違反だから。ジェイコブも寒い思いをしているかどうか察しがついてしまってはいけないのだ。

玄関のドアに鍵をかけるのを忘れていた。十二時半に起きたのもそうだが、こんなこともう何年ぶりだろうか。キャットフォードにまつわる恐ろしい話はしょっちゅう聞くが、鍵をかけ忘れたのがもしホランドパークのほうの玄関だったら中に入るのがもっと怖かっただろう。向こうのほうがずっと危険なのだから。台所に買い物袋をどさっと置くと、玄関に戻っておおげさなくらい慎重に鍵をかけた。ジェイコブが人形の舞台が所狭しと並べられている部屋から出てきて、うんうんとうなずきながらあたりを見回すと「悪くないね」と言った。その頭のすぐ上にある時計によると、まだ十二時半だった。ジェイコブが一歩こちらに近づいてきたので、ジルは一歩後ろに下がった。

「ここで何してるの？」

「どうして震えているの？」と彼は訊き返してきた。

「えーと、ここがすごく寒いから？」

ジェイコブは手を差し出し、ジルに触れさせた。温かい。彼女は両手でその手のひらを包み込んだ。彼はびくっとして手を離すと、セーターをもう二枚持って来て着せようとした。セーターがどこにあるのか、言われなくても知っているのだ。彼女は台所に戻ってメモ帳を見つけると、このことを書き留めた。それからやかんを火にかけた。セントラルヒーティングもつけようかとジェイコブが尋ねた。

「うん、お願い」。彼女は二杯分の茶葉をティーポットに入れ、買ってきたものを食器棚にしまった。お茶を淹れると、ふたりはリビングに座った。ジェイコブは二口ほど飲んで、こう言った。

「スーパーで売ってるテトリーの紅茶とどう違うんだっけ？」

お茶の味などもはやよくわからなかった。汗が噴き出してきたが、ジェイコブは平気そうだ。じつに心地よさそうにくつろいでいる。彼女はセーターを一枚脱ぎ、そうすることで寒さが和らぐかどうかたしかめた。セーターを何枚着込もうとも暖房をつけようとも、ただただ余計に寒くなるだけらしい。横から眺めてみたことで、目の前にいるのが自分の知っているジェイコブではないことに彼女は気がついた。影がないし、夫のにおいもしない――その人は何のにおいもしなかった――温かいし、お茶を飲めるし、お茶について皮肉も言える。たとえ影がなくても、もしにおいがあっていれば、もう少しここにいてくれてもいいと思ったかもしれない。だが今はただ、本物のジェイコブではないということが気になるばかりだ。

「悪いけど、帰ったほうがいいんじゃない」と彼女は言って、なぜかわからないが腕時計を見た。

十二時半だよ、もう帰らないと。

彼はコーヒーテーブルの上にカップを置いた。「わかった。でも出て行けと言ったら、僕はもう戻ってこないよ」

その膝を彼女はぽんぽん叩いた。「いいよ。わかってくれてありがとう」

彼は立ち上がり、彼女も立ち上がった。「僕は出て行くけど、僕たちのあいだにあるものは全部残るからね」

ジルは思わず吹き出してしまった。「いやに感傷的だね、ジェイコブ」

彼もいったんは笑ったものの、急にぴたりと笑うのをやめた。「感傷的なことを言ったつもりはないよ」

「えーと……わかった……じゃあね……」

「会えてよかったよ」と言い残して、彼は部屋から出て行った。心臓がどきどきと何百回となく鳴り、身体ががたがたと何千回となく震えるのを感じながらジルはそのままじっとしていたが、玄関のドアは開く音も閉まる音もしなかった。十二時半に目覚め、彼がいなくなっているのをたしかめると、一部始終をノートに記録してから実験のルールを破ってジェイコブに電話をかけた。出て行けと言ったら、僕はもう戻ってこないよ。今思い返すと、なんとも嫌な言葉の響きだ。ジェイコブはなかなか電話に出なかった。ほとんど諦めかけたところで、ようやく声がした。「ジェイ？」

「ジェイコブ！　大丈夫？」

「ああ……きみは？」

「大丈夫。ただ……そっちの家でもうわたしに会った？」

「いや、まだだよ」と彼は答えた。向こうではまた別のことが起こったのだ。ジェイコブがつかのまの外出から帰ってくると玄関のドアが開いていて（とっさに口を挟みそうになって彼女は唇を噛んだ）、室内の廊下のところに侵入者がいた。年老いた黒人で、ポルトガル語でこちらに何か許しを乞うている。

「警察は呼んだ？」

ジェイコブは何も答えなかった。

「ジェイコブ、警察は呼ばなかったの？」

自分の父親かもしれないと彼は思ったのだ。「ほら、僕の血の繋がった父さんだよ。僕はその人をなだめて落ち着かせた。僕のことをどれほど負い目に感じているか話しているみたいだった」

「なるほどね。その人はまだそこにいるの？」

「いや……やつが誰なのか、絶対にそうだってわけじゃないけど、とにかく気づいたとたん出て行けと言ったんだ。そしたらなんて言ったと思う――」

「『わかった。でも出て行けと言ったら、僕はもう戻ってこないよ』って？」

「だから『ああ、それがいいね！』と言ってやった」

「そしたらこう言ったんでしょ？『僕は出て行くけど、僕たちのあいだにあるものは全部残るからね』」

「いや、そんなこと言わなかった。ちょっと待って、きみはなんで……」

ジェイコブの声はぷつぷつと途切れ、うねるように高くなったり低くなったりしたかと思えばぴたっと止まり、より楽しそうにすらすら話すバージョンに置き換わった。二回目に撮影した会話の音声だ。

「正直言ってね、ジル。僕はきみがどこかの養子になれるなんて思っていなかった。きみは自分を引き取ろうとする人たちとのあいだで心理戦を繰り広げてばかりいたからね……人前で一緒にいるとき、すっかり怯えきった様子で言われたことはなんでも慌ててそのとおりにしてた。まるで家で殴られてるみたいに。それに家ではいっさい食べ物を口にしなかったんだろ？」

「違う！　食べさせてもらっていないみたいに見えるよう、学校でがつがつ食べていただけ。今思えば、恐ろしい子どもだった」と、ジルは録音された自分の声にぴったりあわせて言った。

「それでもアッカーマンさんたちは、あなたのこと大好きよと言いつづけたし、きみにそういう悪さをされても、サビーヌは『だめよ。まいったな、悪いけどそれでもやっぱりわたしたちあなたのこと大好きなの』と言って、きみが食べるまでカレルとふたりで何も口にしようとしなかった……」

「それで、わたしはふたりを倒れる寸前まで追い込んでしまうんじゃないかと気が気じゃなくなって、スプーンでお粥《かゆ》を食べさせるはめになった。ふたりにスプーン二口ずつ、自分にも一口……親を養うには、体力をつけておかなきゃいけないからね……」

　何があったのかもはや訊けそうになかった。最初は電話の向こうにジェイコブがいたのに、いつのまにかいなくなって、それからまた一週間が過ぎていった。目の前にある壁の青は空よりもずっと見ていて心が鎮まる、穏やかな色をしている。氷柱《つらら》がいくつも鼻の穴からぶら下がっている。長く、細く、真珠のように光沢のある灰色で……まるで魔法のかかった紡錘みたいとジルはふと思ったが、冷静に考えるとただの粘液でしかなかったので、手を伸ばしてティッシュを取った。ジルとジェイコブが今話しているのは、ウォレス家のことだ。ジェイコブはいつかきっと養子に迎えられるだろうと、ジルはずっと思っていた。問題は、彼の目をごまかそうとしない大人たちに出会えるかどうかだけだった。どんなにたわいがなくとも嘘をつかれると彼はすぐふてくされるので、その結果「相性が悪い」と悟られてしまう。でもそこにグレッグ・ウォレスとペトラ・ウォレスがあらわれた。絵に描いたような白人の保守派政治家ペアがジェイコブにこれほど惚れ込むなんて、誰も想像していなかった、じつに心温まる出来事だった。この人たちは自分に対して何か下心を持っているのではないかとジェイコブが心配せずにいられるようになるまでには、長い時間がかかった。いつか両親とともに人前に引っ張り出されるんじゃないかと警戒していたのだ。いかにも父親といった感じの手が肩に置かれ、記者たちが発言を書き留めるなか「この勤勉な青年を見てください……恵まれない若者にとって、どこかの給付金のたかり屋なんかよりもはるかによいお手本ですよ……」とか言われるのではないかと。しかしそんなことはいっこうに起こらず、ウォレスさんたちはジェイコブにまつわるありとあらゆることをどんなときでも驚くほど熱心に支えつづけたので、彼（とジル）はとうとう降参するしかなかった。

　グレッグとペトラより前に「自分の家だと思ってくつろいでね」とジェイコブに勧めた人たちのなかに、本気だった人はひとりもいなかった……本気で勧めようと思っていたというのは勘定には入らない。ウォレスさんたちがジェイコブに持たせていた玄関の鍵を、あるときジルはしばらく取り上げてみた。家に帰るのが遅くなりそうだと思ったジェイコブが、どれほどがっくりするのかちょっと見てみたかったのだ。二人三脚でもピンポンダッシュでも『エキサイティングプロレス』でも、いつもはもう一回とやる気満々で言ってくるジェイコブ・ヌネスが、このときばかりはその「もう一回」を家に帰れる時間になるまでやりつづけなければならないことに、ものすごくがっくりきているのをジルはたしかにその目で見た。ウォレスさんたちはとても素敵な人たちだったので、こちらも向こうを好きにならないと失礼なんじゃないかという気がした。ジェイコブが労働党に入ったときは、きっとふたりとも言葉にできないほど悲しかったことだろう。でも、人は何もかもを手に入れることはできないのだ……。

　十二時半、ジルは浴室に入ってシャンプーを手に取り、前髪にべっとりかいた汗を洗い流した。お湯の蛇口をひねって湯気が立ち上るところをたしかに見たのに、肌にかけるとピンクではなく青いしぶきが上がった。まあいい、どうせ何も感じないのだから。お腹《なか》は少し空いていたけれど。そうだ、キュウリのピクルス。買ってきたものをしまっていたときに、たしか食器棚に一瓶置いてあったな。身体からぽたぽた落ちる水滴で足を滑らせないよう、そろそろとキッチンまで歩いていって棚から取った。「やった、キュウリのピクルスだ！」。しかし蓋《ふた》が開けられない。隣の部屋から声がしたので（またジェイコブだ。帰ってと言ったのに？）、様子を見に行った。テレビの音だった。スイッチが入っていたので、チャンネルをあちこち変えてみた。「ねえジェイコブ、テレビに出てる人がほとんどみんな歳上だったころを覚えてる？」

　メモ帳にこうしたことをさっと書き留めた。急いで書いたのはもう十二時半近かったからだ。

寝る時間。暗闇。一瞬で真っ暗になる。隣の枕にまた別の頭が置かれる。もしかすると彼女は夜のあいだもうひとり増えているのかもしれない。だから夜の眠りはこんなにも深いのだ。ひとりではなく、ふたり揃っての眠りなのだから。

隣人がドアを叩く音で目覚めると、そちらの部屋から泣き叫ぶ声が聞こえてくるんですけど、と文句を言われた。隣人は褐色の肌をした中年の男で、異様にぴったりしたガウンを着ている。部屋に入ってこないでと注意するまでもなかった——彼は玄関のドアからかなり離れたところに立っている。冷気を感じ取ったのだ。素敵な顎ひげを生やしている。きちんと手入れをしているに違いない。

「ワールドミュージックか何かかけてました？　それとも救急車を呼びましょうか？　さもなければ……？」

「さもなければ」と彼女は言った。「その、さもなければ、ってやつです」。彼女は謝って、もううるさくしませんからと約束した。本当にそうできるか自信はなかったけれど。きっと何とかなったのだろう。それ以降、向こうからは何も言ってこなかった。

十二時半、彼女はトイレに行くためにふたたび目を覚ました。テレビがまたついていたので（それともついたままだった？）、スイッチを消した。キッチンをいったん通り過ぎてから、慌てて戻ってきてキッチンのカウンターを見た。彼女が置いたキュウリのピクルスの瓶がそこにあった。だが今は、蓋が外れている。よかった！　キュウリのピクルスを一本食べて部屋の温度を確認すると、前よりさらに下がっている。「気配」の実験が命に関わることはあるのか気になって調べようと思っていたのに忘れていた。外はいい天気のようだから、すぐに出かけよう。そうだな、十二時半には。太陽が照っているのに雨が降っている。サビーヌ・アッカーマンが「狐雨《ヨウビ》」と呼ぶ天気だ。心の中でジルの母親が、虹色にきらめく雨粒を傘からさっと振り落としながら言った。「狼《おおかみ》たちが披露宴を開いて、魔女たちも今日ばかりは髪を梳《と》かすんだよ」

「気配」の実験はたしかに当初の目標をはたしてはいる。だがその目標じたいに欠陥があり、調整したほうがいいのかもしれない。ジルはそのことをノートに書き留めた。


　その次にキッチンに行くと、ひとりの少年がテーブルについて座ってトーストを食べていた。十二歳か、それとも十二歳半くらいだろうか。ジェイコブに似ていて、ジルにも似ていて、自分で発明したらしきマッドサイエンティスト風の髪型をしている。あまりに美しくて、それをあらわせる言葉ははるか十五世紀まで遡《さかのぼ》らないと見つからなかった。比倫《ひりん》を絶する少年。頭のてっぺんから爪先まで、ずば抜けて美しい。その子は彼女とジェイコブがもうける暇のなかった息子、戦争が終わって生まれた赤ちゃんだった。自分の子ができてみて、どうしてみんながあんなに大騒ぎするのかがよくわかった。「キュウリのピクルスの瓶を開けてくれてありがとう、力持ちだね」と言って、息子がまだ食べていないほうのトーストをさっと奪い取った。もう一枚食べたければ自分でまた焼けばいい。彼はささやかな力こぶを作って言った。「どういたしまして」

　彼はどこもかしこもまっさらで、着ているものにはどれも値札がついたままだった。ふたりでその値札をひとつずつたしかめていった。「うわ、この服いくら？　シーフ＆バンディットのじゃない！　これじゃ五分でサイズがあわなくなるよ」。息子はジルの手をこすって温めてくれた。嬉しかった。たとえ頼みごとがあってちょっとご機嫌取りをしているだけだったとしても。彼はスケートボードをほしがっていて、自分にスケートボードを持たせたほうがいい理由をあれこれ挙げはじめたが、彼女はすぐにその言葉をさえぎってこう言った。「わかった、ちょっと待ってて」。財布に五十ポンド札が入っていたので、それを取りに行った。戻ってくると息子はまだそこにいたものの少し歳を取っていて、十五歳半くらいだろうか、もうスケートボードはほしがっておらず、代わりにゲーム機か何かをほしがった。彼女は手持ちの現金をすべて渡し、残りはお父さんからもらいなさいと言った。

　ハグ、キス。ああ、よかった。スキンシップが好きな子に育てたんだ。「ママって最高」

「うん、うん……」

　彼は突然泣き出した母親の涙をぬぐった。「僕のいないあいだに泣かないでよ、ママ」

「本当に戻ってくるの？」

「うん、でも出て行けと言ったら、もう僕は戻ってこないよ」

「絶対に追い出したりしない」

「よかった。じゃあね」彼はそう言って皿をシンクの中に投げ入れた——正確にはシンクに向かって放り投げた。本当に皿をフリスビーみたいに投げたのだ。でもちゃんとシンクの中に着地した。たまたま運がよかったのだ。

「ちょっと待って、あなた名前は？」

「アレックスだろ」

「友だちはいる？　その子たちの名前は？」

　彼は目をまるくして、携帯電話に入っている写真を二、三枚見せ、何枚かは超高速でスクロールした。「ママ、もう十二時半だから……またあとでね？」

　このときはわざわざ玄関のドアの音に耳を澄ましたりはしなかった。息子のことを夫に話したかった。ノートパソコンのスイッチを入れて、ジェイコブ宛てに「ふたりで作ったすごいやつ見た???」という件名のメールを下書きだけして、送信する代わりにヘッドフォンを繋いだ。三つ目に撮影した会話を再生する。質問ひとつ、答えひとつの映像だ。

　一日でいちばん暑いのは何時？

　その答えはふたりと、とあるＫ－ＰＯＰバンドの何十万人もの信者《ファン》だけが知っている。午後二時《2PM》だ。

　画面では、ジェイコブが彼女に質問されるのを待っている。

「ねえジェイコブ、一日でいちばん暑いのは何時？」

　彼の答え。「一日でいちばん暑い時間は午後二時だよ」

　この答えがどうも引っかかって、ジルは眉をひそめた。正確には気になることがふたつあった――いつもは「午後二時」とだけ答えるのに「一日でいちばん暑い時間は午後二時だよ」と答えたこと。そして画面にヴィーの手が映り込んでいたこと。一瞬の出来事で「あっ」とかろうじて聞き取れる声とともにその手はすぐレンズの前から引っ込められたものの、今ならジルにもわかる。さっきジェイコブが答えを口に出す前にちょっと笑ったのは、たぶんヴィーが手を振っていたせいだったのだ（もしかすると自分が何を訊かれていたのか一瞬わからなくなったのかもしれない）。「一日でいちばん暑い時間は午後二時だよ」

三つ目の会話をもう一度再生しようとしていると、アレックスが帰ってきた。今や二十代前半になっていて、顎に無精《ぶしょう》ひげを生やし、赤いチノパンをはいている。一緒にちょっとテレビでも観ようよと声をかけると、思いのほか文句を言われなかった。わりと嬉しそうにいいよと言って、ソファの背もたれに腕を回し身体を温めてくれた。番組の内容はさっぱり頭に入ってこなかったけれど、じっくり時間をかけて息子の顔をすみずみまで眺めておいたおかげで、そのあと彼がまたいなくなって夜の十二時半になったとき、自分にもジェイコブにも似ているその男の姿が真っ暗闇の中ぼんやり浮かんで見えた。

朝になるとアレックスは三十代後半になっていて、妻のアミーナやジルにとっての孫娘が写った写真を手に戻ってきた。ジルは次にあらわれる、自分と同年代になった息子と対面する覚悟をするため食料雑貨店に出かけて行った。玄関のドアを開けて出かける前に、鏡は見なかった——店員のダレンが彼女を見るなりぎょっとした様子で大丈夫かと訊いてきた。元気だよと答えて、今日は何月何日で、今何時かとジルは尋ねた。外の世界では午後四時で「気配」の実験をはじめてから一週間と五日が経《た》っていた。天気は（相変わらず？）狐雨。ジルは言った。「時間が経つのは早いね。時間が経つのってほんと早い」。ダレンがまた大丈夫かと訊いてきたので、このときはそっちの調子はどうと訊き返した。ダレンも元気、だそうだ。なんとかやってるよ……。彼女はリップバームを買って家に帰った。

ジルは四十代のアレックスに会いそびれた。「おれもう五十代だよ、ママ……」。そうは見えなかった……彼が嘘をついていたのかもしれないし、自分の赤ちゃんというのはいつまで経っても赤ちゃんのままということなのかもしれない。ただ、自分より歳上になった息子と同じ家にいるのはちょっと耐えられそうにない。もちろん、それによって学べることがたくさんあったのかもしれないけれど、そのためには気温が氷点下を突破してなおもぐんぐん低くなっていき、もはや数字が意味をなさなくなったあの部屋に留まらないといけなくなってしまう。かといってアレックスを追い出すこともできそうにない。彼女は前髪だけでなく、全身を洗った。スーツケースから新しい服を取り出して身につける。アレックスにさよならは言わなかった。ジルが使っていたのとは別の寝室にふたりで敷いたマットレスに横たわり、人形たちの舞台に囲まれてすやすやと眠る、今なお比倫を絶する彼を起こしたくなかったのだ。どのみち十二時半になればその気配もすっかり消えてしまっていただろう。玄関を出てドアに鍵をかけ、二つの場所に向かう。最初は職場へ出かけていって、少年たちの様子を尋ねた。まだ更生の見込みがあると彼女が思っている子たちだ。受付にいた看守は彼女に背を向けたまま低い声で何か所かに電話をかけ、みな元気で異常はありませんと答えてから、こう尋ねた。戻るの明日じゃなかったですか？
「よかった。ええ、その予定です……じゃあまた明日」

二か所目の行き先は、ホランドパークにある自分の家だ。電車に揺られながら、ジェイコブはヴィーと一緒に家にいるかもしれないと思った。一瞬とはいえジルとジェイコブとともに、カメラは彼女を捉えていたのだから。ジェイコブの答えがまた脳裏に浮かんでくる。家に着くと玄関ドアの鍵が開いていて、家の中はさっき出てきたアパートと同じくらい暗く、寒かった。十二時半で、ジェイコブはヘッドフォンをつけたままキッチンテーブルの上につっぷしている。彼女はそれを外して、もう一度尋ねた。「一日でいちばん暑いのは何時？」

返ってきた言葉には、どこにも引っかかるところはなかった。「午後二時……」

ジェイコブは彼女を両腕で抱きしめ、彼女も抱きしめ返し、もつれあい絡みあったふたりは目を閉じでもしないかぎりもう離れそうになかった。「あなたすごく温かいね」

「「気配」のことだけど」と彼女は言った。「計画を打ち切りにして。ほかの人にはこんなことしないで」

「わかった」

ふたりでメモを見比べているときに、ジェイコブが一度だけアレックスのことを話題に出した。「せめて写真があればなあ」と言われて、誰の何の話をしているかジルにはすぐにわかった。そうだねと相槌を打ったりはしなかったものの、かといってその願いにけちをつけたりもしなかった。結局のところそれは、ジェイコブが願ったことだったのだから。

ケンブリッジ大学地味子団

差出人：ウィラ・リード〈stonecoldwilla@hotmail.com〉
宛先：ダヤン・シャリフ〈okinamaro1993@gmail.com〉
日付：二〇一二年十一月十二日、十八時二十五分

件名：来たれ、同志

・

ダヤン様

ケンブリッジ大学にあまた存在するクラブ、学生会、研究会、利益団体、活動支部、その他団体のなかに、兄弟団《ブラザーフッド》に真っ向から対立して生まれた姉妹団《シスターフッド》がある。人数は少ないものの、それを補ってあまりある勇猛果敢な姉妹団(1)、その名を地味子団という。地味子団について論じるにはまず、大学のなかにまさしくこのように団結した、ときとして戦うことも辞さない女性たちが存在せざるを得なくなったのが、ひとえにベトンコート団のせいであることは指摘しておかなければならない。

ベトンコート団は一八七五年からある団体である。ベトンコート団員たちが「フランシスコ会の修道士たち」とも呼ばれているのは、団員に選ばれるにはアッシジのフランシスコのように鳥も獣も手なずけられるほどのカリスマ性を持っていなければならないからだ。毎年、春学期が終わると、団の宿舎では晩餐会が開かれる。モードリン通りにある小さな館《やかた》で、ここはヒュー・ベトンコートによってもっぱらベトンコート団の活動のために使うという条件で大学に寄付された。

ベトンコート団の名を聞いたことがあるならすでに知っているかもしれないが、ベトンコート団員に招かれないかぎり、女性はこの館には入れない。ベトンコート団員が館に女性を招けるのは、年に一度のこの晩餐会のときのみ。そして晩餐会に招かれるには、とびきりいい女だと彼らに認められていなければならない。

　地味子団は一九四九年になってようやく設立された。初代団員になる女性たちはベトンコート団のことを知ってはいたものの、フランシスコ会の修道士たちと呼ばれる彼らの基本理念なるものにはあまり感心できないと思っていた。年に一度の晩餐会については……うーん、こんなにきれいな女の子を晩餐会に連れてこられるなんておれたち社交的だよなと、お互いの背中をぽんぽん叩《たた》いて悦に入るためにわざわざ時間を費やすなんて、頭はいいのに妙に自分に自信がない人たちだな。でも、誰にだって好きにときを過ごす権利はある。そう、初代地味子団員になる女性たちとベトンコート団とのあいだには何の問題もなかった――ジャイルズ・ラザフォード（一九四九年ベトンコート団長、古典学博士号取得候補生）が詩作に行き詰まるまでは。おれに必要なのは、トロイのヘレネーが美そのものを想起させるがごとく、名前を見ただけで醜さという概念が喚《よ》び起こされるような女子を見つけることだ。ジャイルズ・ラザフォードの詩にとって幸運なことに、折しもケンブリッジ大学で学位を取ろうという女性たちの第一波が訪れていたところだったので、彼はそういう女子学生たちにいやらしい目を向けてみることにした。ラザフォードはベトンコート団の同胞たちに次のような任務を与え、構内に放った。「兄弟たちよ、わが大学のなかでひときわ地味な女子を見つけるのだ。くまなく探せ。女の顔かたちをスケッチして持ってくるまでは手を休めるな。特にガートン・カレッジは念入りに調べろ。あそこにはその手の女がいそうだからな」[2]。ベトンコート団員はニューナム・カレッジとガートン・カレッジをすみずみまで探し、偉人の卵を大勢見つけた。そして彼らはケンブリッジ大学にいるひときわ地味な女子たちをリストにまとめた。のちにこのリストが、年に一度のベトンコートの晩餐会に招待されたひとりの女性の手に渡ることになる。この女性はリストを盗んで、自分と同じように晩餐会への招待を受けた女性たちを探し出した。そしてみんなをひとところに集めると、地味子のリストを見せて回ってはこう尋ねた。「みんな、こんなリストがあっていいと思う？」

「いいえ、いいはずがない」と、ほかの女性たちは答えた。「だってここ、ケンブリッジ大学だよ――こういうことに煩わされたくないから来たのに、ここも駄目ならほかにどこに行きゃいいの[3]???」

リストに載っている人たちを巻き込んでいいものかと、彼女たちは迷った。そこには友人たちの名前もあったので、嫌な気分にさせたくなかったのだ。こんなリストに自分の名前が載っているなんて、誰が知りたいだろうか？　しかし結局、彼らに対抗する力を集めるには引き込むしかないと判断した。思いやりを大事にするあまりすべてを打ち明けるのを避けたところで、結局はあとで困ったことになるだけだ。リストに載っていることを最初に知らされた地味子、モイラ・ジョンストンは、それまで暇を見つけては取り組んでいたプロジェクト――爆弾づくり――を一時中断せざるを得なくなった。ある特定のタイプの爆発が周りにどんな影響を及ぼすのか調べているところだったが、みずから構築したモデルを阿《あ》呆《ほう》たち相手にぜひ試してみたくなったのだ。ほかの地味子たちも同様の反応を見せたものの、ほどなくして一同はある単純だが効果的な仕返しをすることに落ち着く。この仕返しの計画を一緒に練っているうちに、気づけばベトンコートの晩餐会に招待された女性たちと地味子たちはおおむねお互いのことが好きになり、相手のしていることに興味を持つようになっていた。そこで彼女たちはひとつの団を名乗ることにした。さらに、これを支持し団に加わった、どちらのリストにも入らなかった女性たちもいたのだが、この新しくできた団の団員たちはみな地味子と名乗った。

一九四九年のベトンコート団の晩餐会は和やかにはじまった。シャンパンを飲み交わしながら、招待された女性たちが丁重にもてなされ、あちこちで男女がじゃれあい、さまざまな意見が滔々《とうとう》と語られた。この晩のために雇われたウェイターたちが給仕するなか、ベトンコート団員が女性たちに何か異議を唱えるときは、あまりきつく聞こえないよう必ず相手のドレスを褒めて晩餐会の本来の趣旨を彼女たちに思い出してもらうようにした。ああ楽しい！　少なくとも男の子たちはそう思っていた。しかし、ウェイターが最初の一品をテーブルに運ぼうと準備していたとき、隣の部屋からガシャンという大きな音が聞こえてきて、その楽しみに水を差す。ラザフォードが晩餐会のヘッドウェイターを呼び止めると、彼は「ちょっと妙なこと」が起こりましたが、まもなく給仕を再開いたしますと答えた。コースが始まるのを五分待つくらいどうということはなかった——お世辞がもう何度か言われ、シャンパンがもう何杯か飲まれた——しかし、どうして遅れているのかとヘッドウェイターに尋ねると、彼はおどけた様子でこんなことを尋ね返してくるのだった。「幽霊っていると思いますか？」

ウェイターたちが料理を皿に盛っていると、調理場の明かりがふっと消え、また灯った。そして隣の部屋から足音が聞こえてきた。と、その部屋の壁にかかっていたヒュー・ベトンコートの肖像画がドスンと床に落ちる音がした。ベトンコート団の男たちはこの話を笑い飛ばしたが、女性たちは青ざめ、少し食欲をなくしたようだった。明かりが消えているあいだに何が起こったか、誰にもわからないじゃない。ベトンコート団の男たちの笑い声はさらに大きくなった。どんなに賢い女性でも、馬鹿なこと考えたりするんだな。しかしコースの一品目が終わって二品目を待っているとき、同じようなことがまた立てつづけに起こった——足音がして、ものが落ちる。今回は食堂の上にある階全体から聞こえてきた。ベトンコート団の男たちは笑うのをぴたりとやめ、幽霊だろうが何だろうが侵入者は捕まえてやると意気込んで、武器になりそうなものを探した。女性たちは彼らより一足先に、ナイフやフォークなど誰かを刺したり叩いたりするのに使えそうなものを片っ端から引っ摑《つか》んでいた。「わたしたちが行って見てきましょうか？」と尋ねたのはリジー・ホームズ。地味子団の初代幹事だ。

「いやいや、きみたちはここにいてくれ。僕たちがなんとかするから」とベトンコート団長のラザフォードは答え、「だよな？」と何か言いたげな一言を、あきらかに気乗りのしていない仲間たちに投げかけた。

「ああ、もちろんだよ……」。ベトンコート団員たちは丸腰で向かわなければならなかった。怯《おび》えきった女性たちが、氷ばさみひとつ手放そうとしなかったからだ。彼らは揃って二階へ上がって行った。目の前を照らす明かりひとつ持たずに（「われわれは調理場で待っています」とウェイターたちは言った）。彼らは二階の部屋をひとつひとつ調べていったが、誰の姿もなかった。しかし彼らがぞろぞろと食堂に戻ってくると、そこは招かれざる女性たちでひしめいていた。ベトンコート団員たちが座っていた席に座り、ベトンコート団員たちが食べかけのまま置いていった皿いっぱいに盛られた料理をもりもりと食べている。「さあ座って座って、一緒に食べましょう」と大声で言ったのは、第一の地味子モイラ・ジョンストン。ベトンコート団員たちはどうしたものかとラザフォードのほうを見た。ここはもう潔く、素直に応じるしかないと判断した彼は、食堂に新しいテーブルを運んでこさせ、ウェイターに席を作ってもらって団員たちとそこに座り、地味子たち全員と食事をともにした。彼女たちがどんな計画を立てたのか、もうおわかりだろう。その日の夕方「とびきりいい女」の最後のひとりがベトンコート団の宿舎に入るとき、ドアの前に留まって「ひときわ地味な女子」の最初のひとりを館に招き入れたのだ。

　わたしたちが知るかぎり、ベトンコート団が地味子リストを作ることはこれ以降なかった。地味子団はしばらく賑わいをみせたが、しだいに団員が減っていった。これは、のちの世代の女性ケンブリッジ生が自分たちにレッテルを貼ったり、ベトンコート団（その団員数は一定のままである）に対抗したりする必要をほとんど感じないようになっていったからだ。地味子団の主な活動は「笑って、おやつを食べて、のんびり《コッチ》する」という旗印のもと行われているものの、卒業した団員からの助言に従って、わたしたちは学期ごとに機関誌も作っている。もっぱら後世に残すことを目的としたもので、じっさいにはわたしたちのほかに読む者はいない。

だからもしあなたも団に参加したいなら、次の質問に答えること。

今日の地味子とは何者か？

あなたがわたしたちの仲間だと思う理由は何か？

あなたの答えが（あなた自身とわたしたち、それぞれの）世界を開く鍵になるだろう。できるかぎり中身のある、ビガリュールな答えを期待している。

連絡を待つ。

ウィラ・リード（美術史三年、ゴンヴィル・アンド・キーズ・カレッジ）
エド・ニャン（自然史二年、クレア・カレッジ）
シオ・アクナー（歴史学二年、エマニュエル・カレッジ）
ヒルダ・カールセン（人間社会政治科学三年、ガートン・カレッジ）
グローニャ・モロイ（法二年、ピーターハウス・カレッジ）
フローデリザ・カスティーオ（コンピューターサイエンス一年、トリニティ・カレッジ）
そして、
マリー・アドゥラ（現代・中世言語学三年、キングス・カレッジ）

(1)　グローニャが自分のことをそう思っているだけ。ナルシストなところに目をつぶれるなら、いつかは彼女のこと好きになれるかもね。（M．A．）
つまりマリーはわたしが好きってこと？（G．M．）

(2)　これはあくまでグローニャ・モロイの想像のなかでラザフォードが言ったとされていることにすぎない。実証不可能！（T．A．）
けっ、これだから歴史学専攻のやつは。（G．M．）

(3)　これも実証不可能な会話だよ、グローニャ……。（T．A．）
シオは口出さないで……。（G．M．）

ダヤン・シャリフ（英文二年、クイーンズ・カレッジ）が中身のある、ビガリュールな答えを思いつくまでには何日もかかった。メールを読んですぐに自分も参加したいと思った——じっさいには電車でウィラとヒルダに出会った直後から参加したいと思っていた——ものの、どんなグループについても言えることだが、地味子団の一員になるためのハードルは、ほかのメンバーに自分も地味子のひとりだと納得させることにあるのではない。むしろ自分が地味子だと、自分自身で納得することのほうが大変なのだ。ビガリュールという言葉の意味を調べてみると、そこには「さまざまな色が寄せ集まり混じりあうこと」と「話がひとつのことから別のことへと、思いもよらぬ形で魔法のように進んでいくこと」の両方の意味があることがわかった。「さまざまな色が寄せ集まり混じりあうこと」という定義を見て、彼女は学習指導教員のチョードリー教授に言われたことを思い出した。「きみがサフォーク出身の仲間たちと一緒にいるところを見たよ、ダヤン。色とりどりの面々だね！」。どういうつもりで「色とりどりの」という言葉を使ったのかたしかめようと顔を上げると、教授はにっこり笑っていて、それが「愉快な」とか「見ていてすごく幸せな気持ちになる」という意味だったことが読み取れた。

ダヤン《デイ》は、ヒルダとウィラに会った夜のことを中心に答えをまとめることにした。その夜、彼女はペッパー、ルカ、タリアと一緒に、キングス・クロス駅から電車に乗り込んだ。四人とも汗まみれで、肌はグリッターできらきらしていた——金曜の夜をロンドンで過ごし、これからみんなでケンブリッジに戻ってデイの部屋に泊まるつもりだった。ボックス席の向かい側にはヒルダとウィラが座っていて、レッドベルベット味のカップケーキ一個をふたりでシェアして食べていた。カップケーキを一個まるまる食べるのを怖がる女の子がまるまるふたりもいるのを見て、いらいらしそうになるのをなんとかこらえたのをデイは覚えている。彼女はふたりのことも、ふたりが何を怖《おそ》れているのかも知らなかった。ウィラの栗色の長い髪と、ヒルダの目が印象的だった。大きな青いアーモンドのような目だ。初対面だったけど、こちらが会釈すると向こうもうなずき返し、それからふたりはもとどおり会話をつづけた。どうやら中世と現代における誘拐の段取りを比較しているらしい。通っている美術学校についてあれこれ愚痴をこぼすタリアを、ペッパーとルカのふたりがなんとかなだめようとしていたので、自分も何か口を挟もうとしたそのとき、デイたちと同年代らしき男五人がラグビーの曲を口ずさみ身体を左右に揺らしながら車両の中をこちらに近づいてきた。といってもデイはラグビーのことなんて何ひとつ知らなかったので、じっさいにはラグビーの歌ではなかったのかもしれないが、男たちの体格がラグビー選手のようだったのはたしかだ。彼らはデイたちをじっと見つめながら、横を通り過ぎていった。それから何歩か引き返してきて歌がぷつりとやんだとき、デイは胃がぴくぴくひきつるのを感じた。こいつらにちょっかいをかけてやろうか、何か言ってやろうかと彼らが考えているのがデイにもわかった。もし男たちが何か言ってきたらルカは応戦するだろうし、ペッパーも戦うだろう。そうしたらデイとタリアがするべきは——和平調停？　それはないな。デイには殴ることができるのだから……彼女の親たちが学校から緊急の呼び出しを受けたのは二度だけで、どちらも娘が人を殴ったせいだった。殴ったこと自体が問題になったわけでは必ずしもない。問題は殴り方だった。デイのパンチは強烈で、しかもほとんど何の前触れもなしに殴る。彼女は静脈を殴った。見ているほうも痛いし、何より静脈へのパンチは相手に尋常ではない苦痛を与える。心臓と肺と脳とを繋ぐ血管がしゅーっと音を立てぷつりと切れてしまったのか、なんとか重力の感覚を取り戻そうとあがいても手足がぴくぴくとでたらめに痙攣《けいれん》するばかり。ときどき殴り方を教えてよと妹に頼まれたけれど、それは教えられるようなものではなかった。ただどう殴ればいいかわかっているだけだった。殴るのは自分が不安だったからで、その不安を相手も感じていると心の底から確信したかったのかもしれない。ただ、その夜は誰のことも殴る気にはとてもなれなかった。楽しい夜だったし、このまま楽しく過ごしていたかったからだ……。

　ラグビー男たちのなかに黒人がふたりいた。どちらもペッパーと目があうと、三人それぞれがじろじろ見てごめんという顔になった。しかし、だからといってけんかになるのが避けられたというわけではない。デイ、タリア、ペッパー、ルカは緊張で身体を硬くした。そのときおもしろいものが目に入った。栗毛と青いアーモンドアイがケーキを食べるのをやめ、やはり緊張した様子になっていたのだ。それはさあ逃げるぞというときの緊張の仕方ではなく、馬鹿なことは許さないぞと思っているときの気の張りつめ方だった。あたりを見回すと、そんなふうに構えているのは栗毛と青いアーモンドアイだけではなかった。車内にぽつぽつと座っているほかの人たちも警戒モードになって携帯電話の画面から顔を上げ、なかには腕まくりしている人までいた。「おまえらあっち行けよ」と胸板のがっしりしたラグビー男が促したものの、仲間の男たちは人数的に不利だと悟ったのか、何かしでかしてやろうという思いをぐっとこらえてその場から立ち去った。彼らがいなくなると、栗毛がテーブルの向こうから身を乗り出してきて「わたし、ウィラ」と言った。青いアーモンドアイはヒルダと名乗ると、唐突にこんなことを言い出した。「わたしたち、小さいころ一緒に水疱瘡《みずぼうそう》になったんだ」

「ああ」とルカが取り澄まして言った。「だからふたりは仲がいいんだね」

ウィラはその間違いを正した。「いえ、わざとなったわけじゃなくて……」

ウィラは本物のお嬢様だった。庶民の話し方を真似しようとしていたけれど、途中でぼろが出てしまっていた。駅に着くとヒルダはみんなのほうを向いて、こう尋ねた。「みんなケンブリッジ生？」

タリア、ペッパー、ルカは口々に、まさか！　ありえない……と言ったあと、三人全員でデイを指差した。「この子はそうだけどね、ミス上流階級……」

「そうやって人に悪意ばかり向ける人生ってさぞ楽しいだろうね」とデイは言った。

ウィラはデイにメールアドレスを聞くと、また連絡すると言った。「今度みんなでのんびり《コッチ》しましょう」

コッチ？　いやらしい感じのことかな、とペッパーは思った。ルカは「乗馬関係のことじゃない？　いかにも馬とか乗ってそう」と言った。タリアはただくすくす笑っていた。

電車での出会いを振り返ることで、どうしてデイが自分を地味子かもしれないと思うのかという問いにはまあ答えられたものの、地味子とは何者かという問いにはまだ答えられていなかった。ただ、デイは二年生の今年こそ、勉強に本腰を入れなければならない。去年のように試験で惨憺《さんたん》たる結果を残すわけにはいかなかったので（オックスフォード・ブルックス大学にいるペッパーに会いに行きっぱなしだったせいだ）、地味子とは何者かという質問についてあれこれ考える前に、まずはきちんと単位を取るため一生懸命勉強する必要があった。毎日時間が許すかぎりたくさんの課題図書に目を通し、メモを取り、わからないところは参考文献にあたる。デイにはクイーンズ・カレッジの血が流れていた。父親も通ったカレッジだったからだ。父親のころは大学に入るためにわざわざ何千マイルも飛行機に乗ってこなくてはならなかったのに対して、彼女はせいぜい車で一時間ほどのサフォークから出てきただけだった。クイーンズ・カレッジの図書館は、夜遅くの雰囲気がいちばんいい。窓のステンドグラスに描かれた像たちもこの時間はうとうとと微睡《まどろ》んでいるらしく、机にひとつずつ置かれたランプがオレンジ色の光を落とし、その光はボールのように床の上をそっと転がっていく。そして光は集まってひとつの大きな丸い塊になると、左右にぽんぽん弾みながら上階へとつづく階段を上っていく。こうした光景をぐるりと見回していると、まるでステンドグラスの像たちが見ている夢を眺めているようだった。そしてデイもまたその夢の中で、夢見たとおりの生活を送っている。彼女は伸びをして、ため息をついた。たしかにわたしは夢見がちな女子だけど、はたして地味子と言えるのか？　妹のアイシャはマレー・エドワーズ・カレッジに入るため猛勉強している。それは彼女たちの母親が出た大学だった。

　デイのため息は少しうるさかったようだ。何台か向こうの机に座っていたハーキュリーズ・ディメトリュー（法一年）が顔を上げ、こちらに向かってにこりと微笑《ほほえ》んだ。彼女は目を逸《そ》らす。嫌味だと思ったからとかではなく、厄介な相手だったからだ。原因はすべてデイのほうにある。

ベトンコート団員に選ばれているのを知っていて彼を好きになってしまったのだ。背が高くて、体格がよくて、髪はウェーブしていて、歯がきれいで、何があっても動じない落ち着きを持っている。近くで見るとぽつぽつとにきびがあるけれど、そんなこと揚げ足取りにすらならない。肌のトーンだけでは人種がはっきりわからないので、古いディズニー映画が好きな両親に育てられた小さな子どもがその姿を見たら、駆け寄ってきて「あなたアラジン？」と尋ねるかもしれない。そうしたら彼はまばゆいばかりの笑みを浮かべて、きっとこう答える。「いや、僕はヘラクレス《ハーキュリーズ》だよ」

　ストックウェル出身のヘラクレス《ハーキュリーズ》は自信満々だ。そんなところも魅力的だと思っていることを、デイは誰にも打ち明けられずにいる。ハーキュリーズのほうからは話しかけてきたけれど。彼は友だちと一緒にいるとき、すれ違いざまに「バーで会おうね」と、こちらも友だちといる彼女に声をかける。するとマイクとかダラとかジローとかが彼女のほうを振り返って「で、本気でこいつとバーで会うつもり？　それとも会うのはベッドの上かな？」みたいなことを言ってくる。最悪。ハーキュリーズ・ディメトリューに話しかけられると、デイの胸はうるさいほどにどきどきし、あそこがうずく。彼女のほかの部分が彼について知っていることなんてお構いなしに。彼はどういうつもりなのだろう？　デイはなにも本気で自分に魅力がないと思っているわけではない。見た目は十人並か、それ以上に思えることもある。気に入らないところはふたつあって、まずは眼鏡。それをかけていることで、セクシー司書みたいな効果があるのではないかと間違った期待をみんなに（自分自身にも）抱かせてしまうことがままある。ほら、眼鏡を外して髪を下ろしたら、真の姿があらわれる……みたいな。ないない。足のサイズがやたらと大きいところも気になった。月光の上なんてとても歩けそうにない。完璧なプロポーションを持つハーキュリーズ・ディメトリューが、何のために彼女と仲よくなろうと何度も声をかけてくるのか？　さっぱりわからない。卑劣なベトンコート団がまた例のリストを作っているのでもないかぎりは。

若き英雄はまだこちらを見ている。デイは眼鏡を外して、きれいに掃除してからかけ直し、パソコンに文章を何段落か打ち込んだ。

地味子とは何者なのか？　母親が新しい男と付きあおうとするたびに、相手のことを徹底的に調査するのが地味子だろうか？　何もかも台無しにしてしまうアイシャに、そういうことは任せられない。あるいは父親と話すより、父親の彼氏と話すほうが楽なこともある場合――これは何子というべきなのだろう。デイの父親はもうモスクに通ってはいなかったけれど、いまだラマダンには断食したし、デイとアイシャのちょっとしたそぶりに「宗教をないがしろにしている」と突然怒り出すことが何度かあった。娘たちのそういう態度は、きっと母親からの影響に違いないと彼は思っていた（これは間違い。どちらかというと父親の彼氏であるアントンの影響だった）。いっぽうアントンはあまり礼儀にうるさくないうえに、デイの父親ほど繊細でもない。デイはあるとき父親に、友だちのゾーイにはお母さんがふたりいてうらやましいと言ったことがある――お母さんがふたりともすごくかっこいいなんて奇跡だよねという話をしていたのに、娘がこんな家族なんてほしくなかったと言っていると受け止めた父親があまりにもしょんぼりしたので、それからというものデイはどういうつもりでそう言ったのか何年もかけて説明しないといけなくなったし、言えば言うほど父親とアントンを否定しているように聞こえてくるものだから、しまいには父親もこらえきれずに笑い出すのだった。

ハーキュリーズの隣の机に座っている女の子——たしかラクミナイって名前だ——が彼にメモを渡した。きっと刺激的なことが書いてあったんだろう。彼はそのメモでぱたぱたと顔をあおいだ。でも、ミス・ダヤン・シャリフともあろうものがメモの中身なんか気にするはずがない。絶対ない。

今日の地味子とは何者なのか？

彼女ははじめてできた彼氏のマイケルのことを書いた。今のところ最初で最後の彼氏だ。彼のことが大好きだったから、別れたあとも愛は冷めなかった。じっさい、デイの思いは真実の愛に近づいていったとは言わないまでも、よりよい形をとるようになってはいった。共通の友だちであるメイジーが、ユーロヴィジョン・ソング・コンテストの決勝戦が行われる週末に両親が留守にするからと「仲間のユーロヴィジョン・ビッチたち」のために家を開放したことがあった。蓋《ふた》を開けてみると、仲間はそんなに大勢いなかった。メイジーとデイとアイシャだけ。そこにマイケルが、友だちのルカとタリアを連れて来たのだ。メイジーの家の前に一台のタクシーが停まると、中からシルクのタイトなワンピースに身を包んだマイケルとルカとタリアが降りてきた——なめらかなシルク一〇〇パーセントのドレスだ。メイジーは急いで玄関に向かった。「えっ？

あれ誰？　あのスプリームスみたいな人たち今からまじでうちに来るの？　わたしきっと前世で国とか救っちゃったんだな……」

　デイがようやくタリアやルカと話せるようになったのは、何時間か経《た》ってからだった。そのくらいマイケルしか目に入らなかった。そのときはじめて気がついたのだ。マイケルが、彼女がずっと憧れていたテクニカラー以前のハリウッド映画の中から飛び出してきたみたいだということに。お尻を振る歩き方、残酷な嘘と甘い真実を笑顔ひとつで語る唇、宇宙に届きそうなまつげ。もしベティ・デイヴィスとリタ・ヘイワースとのあいだにカリブ人の私生児がいたら、まさにその夜のマイケルみたいな子だっただろう。ふたりは長いあいだ抱きあって、それから外のバルコニーで話をした。「インターネットに感謝しないと」と彼は言った。「ネットがなかったらルカやT《タリア》とは知りあえなかっただろうからね。あそこはおかしなやつだらけだけど、いい出会いもある……」

　彼はペッパーと名乗ることにした。デイの記憶のなかでは、そのあと起きたことはストップモーションで撮影したようになっている——二人組でギャロップを踊って、シミーで身体を小刻みに揺らし、スピーカーから爆音で音楽がかかり、歌が空気を震わせて、ビートがまるで頭をどんどんと叩くように響く。バックビートは身体を預けるハンモック。リング・ア・リング・オー・ローゼズ、パン・フルート、トランペット、ヨーデル——デイはルカと手を繋ぎ、ルカはアイシャと、アイシャはメイジーと、メイジーはペッパーと、そしてペッパーはデイと手を繋いで、山と積んだかばんやコートの周りで輪になって踊る。応援するのは、ステージでいちばんがんばった国か、もしくはいちばん変なオーラを出している国のパフォーマンス。デイはルカとタリアとも仲よくなった。「わたしたち死ぬまで友だちだよね？　ユーロヴィジョンのあいだだけじゃなくて……」

　タリアはユーロヴィジョンが好きですらなかった。彼女はデイに会うためについて来たらしい。

「こいつがいつもあなたの話ばかりしてるからさ」と、ペッパーを指差して言った。

　デイの義父アントンは、マイケルの名前はいつまで経っても覚えなかったものの、ペッパーのことは諸手《もろて》を挙げて歓迎した。マイケルこそ運命の人だと言うたびにアントンにからかわれたけれど、デイはただ肩をすくめて受け流した。表に出ているのがいつもペッパーとはかぎらなかったとはいえ、ペッパーとしてのペッパーだろうが、マイケルとしてのペッパーだろうが、とにかくデイは一緒にいるといつでも元気になれる相手と運命の出会いを果たしたのだ。ふたりはジェットコースターに乗りながらコルネットのアイスをなめ、悲鳴《スクリーム》を上げながらアイスクリームを食べるなんてことを思いつける自分たちの才能をとことん磨いていった。

　それで……地味子とは何者なのか？

　デイはルカのことも書いた。鍛え抜かれた身体にこれでもかとピアスをつけているルカ。はじめて遊んだユーロヴィジョンの日、彼の髪は身に着けたドレスと同じパステルミント色だった。彼とタリアは少し歳上で、二十代前半だった。昼間は高級ブランド服の販売員をしているという。

「今いるところから羽ばたきたいとみんな思っているけど、誰もが自分で翼を生やせるわけじゃない……だから僕から買うんだよ……」。夜の彼は飽くなき美食家で、どんな興奮がその晩にふさわしいか考えながら、なるべく次の日に苦しい思いをしなくて済むようなドラッグのカクテルを作る。あまりに荒《すさ》んだ夜ばかり過ごしてきたので、まだ生きているのが自分でも信じられないくらいだった。「でもここがあの世のはずないし。うわっ、ありえない」。ルカは一度笑い出したら止まらず、身体を上下に揺らしながら大声で笑う。赦《ゆる》すより忘れるほうが得意で、そこだけは自分でも怖いそうだ。デイの父親が彼を「すごく……傷つきやすい子」と評したいっぽう、義理の父親のほうは「ずうずうしい！」と言った。どちらもしっくりこない。ルカがもう少し若かったころ、両親にしばらく家から追い出されたことがある。ずうずうしいところを少しでいいから直してほしいと思われたのだ。しかし残念ながらそうはならなかった——友人たちの家を泊まり歩いた彼はますます傲慢《ごうまん》になり、家に戻ってきたときにはまるで家族が彼を迎え入れるのではなく、彼のほうが家族を迎え入れているかのようだった。ペッパーとルカが寝ていることを、デイは知っている。ルカがストレートの男を追いかけるのが好きなことも。この傾向を、タリアは「ルカの危ないスポーツ」と呼んでいた。ルカは大丈夫だよ、とペッパーは言う。「僕たちがついてるからね」

　ああ、それからタリア——Tの話もしないといけない。タリアの美的感覚がいちばん一般受けするし（彼女の YouTube のメイク講座がペッパーにはいちばん勉強になったそうだ）、ほかのふたりみたいに別の名前を名乗ったりするようなこともない。落ち着いていて、控えめで、歳上の男と暮らしていたが、友だちは誰ひとりその男と会ったことがなかった。歳上の男がいることを友人たちが知った唯一のきっかけは、ある週のこと。製作した三部作が五つ売れたうえに、買い手からとても思慮深い、作品の本質を見抜いたメモまでもらって彼女は有頂天になった。しかしその後、買ったのが自分の彼氏だとわかって何日か激怒していたが、次第にその激しい怒りのなかにまた高揚感が混じるようになっていった。彼氏はただ将来有望なアーティストに投資しているだけなんだよとルカが言うたびに、タリアは「あっそ」とどうでもいい様子だった。タリアは鏡の上にさまざまな場面を描く。彼女の頭の中でだけしか放送されていないテレビ番組に出てくる、画面映えするドラマティックなツーショットだ。普通は登場人物の顔立ちが描かれるところがぽっかり空いているので、鏡を覗《のぞ》き込むと自分の顔がたちまちその登場人物の顔になる。繊細で透明感のある筆遣いで描かれた活《い》き活きとしたいくつもの線が、混じりあって渦をなしている。使う色は白と銀。人物の周りには台本のなかから抜き出した言葉が配され、その文字が額縁になっている。デイのお気に入りはナレーションだ。

　毒見役はちょっと気分が悪くなってきました。給料はよくても主人のことを心底憎んでいたので、とうとう食べ物に毒が入っていたその日、涼しい顔でひたすら食べまくり、主人が自分と同じくらい食べるまでなんとかこらえたのです。ご主人様、お腹いっぱい食べてください。さあもっと……。

　地味子とは何者なのか？　ルカもそうだし、デイもそうだし、ペッパーもタリアも、ヒルダもウィラも、自分がパーティーに招待されるだけでは飽き足らず、もっとたくさんの人にどんどんパーティーに参加してほしいと思う人は誰もが地味子だ。そういうパーティーでペッパーやルカがテーブルの上によじ登って叫ぶ声が、デイの耳にははっきりと聞こえる（デイが思い描くのはローマのコロッセオをいくつも埋め尽くせるくらいの盛大な集まりなので、ふたりはきっとメガホンを手に叫ぶことになるだろう）。やあ、みんな。会えて嬉しいよ。地味な獣、地味子のみなさん。

送信。

地味子団には決まった活動拠点がなく、そのおかげで慎《つつ》ましくいられると団員たちは口を揃えて言う。必要なものといえば、せいぜいその月のミーティングを主催する団員の誰かが提供する柔らかい家具と軽食くらいだ。二月のミーティングはデイが主催する番で、このときは『地味子』春学期号の記事について話しあうために開かれた。今号にはインタビューが二本載る予定だった。ひとつはある銀行強盗へのインタビューで、この人はケンブリッジ大学への入学を辞退したことを今になってちょっと後悔しているという。マリーがこの記事を担当している。彼女は後悔のほろ苦さとか、金に貪欲な女性とかが好きなのだ。もうひとつのインタビューはマーナ・セミョーノワのもので、彼女は付きあっている女の子を笑わせるために『お涙頂戴』という小説を書いた。ふたりの男性詩人（ひとりは若く、ひとりは中年）がこれまでの人生で犯してきたありとあらゆる失敗を、今まさに犯しつつある失敗も含めて、ウィスキーに溺れながらえんえんと褒め称えあう。小説の語り手はふたりの詩人が飲んだくれるバーで、セミョーノワはこの本をレブ・ジョーンズというペンネームで発表したため、現代のブコウスキーだと称賛されていた。セミョーノワの彼女と同様に、ウィラは記事の中でこの『お涙頂戴』を大真面目に受け取っているので、ジョークが二倍おかしくなっている。エドが書いているのは、彼女が愛読する漫画のはじめのほうのエピソードでヒーローが恋している女性たちが持っている、知識のヒエラルキーについての記事だった。有能で、勇気があって、お茶目で、仕事でもその道の第一人者であるにもかかわらず、ある夜、自分の命を救ってくれたスーパーヒーローが、毎日顔をあわせたり一緒に働いたりしている男と同一人物だということに決して気づくことができない——そんな物語の中で生きるのはものすごく変な感じに違いない。「おれに興味を持たない女は『本当のおれ』を知らないだけだ、という考えに固執しているやつがきっと陰で糸を引いているんだよ。そう思わない？」

デイはみんなの顔をひとりずつ順番に眺めていった。マリーはタリアと仲よくなれるかもしれない。ふたりとも真面目で形式をすごく重んじるし、いつもこぎれいな格好をしているから。まあマリーはザイール訛《なま》りのフランス語を話すし、ジャケットの袖に腕を通さず肩の上に羽織っていることが多いせいで、タリアよりも態度が偉そうに見えるけれど。地味子団は人数が少ないからリーダーはいないものの、やるならマリーが適任だろう。マリーとウィラはフランス語で何か話しながらあたりを見回していることがあって、そういうときデイは自分のワンピースの着こなしにダメ出しされているんじゃないかと不安になった。そのことをエドに伝えると、英語しか話せない人がフランス語を流暢《りゅうちょう》に話す人に対してそんなふうに感じるのはよくあることだよと言って、安心させてくれた。エドウィナ・カリーにちなんで名付けられたエドは、ほかの人よりはるかに気楽に付きあえる相手だ。彼女とならどんな話でもできる。元ネタを知らないときは、素直にわからないと言ってくれる、じつに稀有《けう》な存在だ。ケンブリッジ大学では、お互いの理解にギャップがあることを認める人になんてめったにお目にかかれない。でもエドはもっと詳しく聞かせてと言ってくれる。いたずら好きでボーイッシュなエドは、マリーと同じように黒人で、ウィラと同じようにロンドンっ子だったけど、本人曰《いわ》く「違う種類の黒人、違う種類のロンドンっ子」だった――エドやウィラやマリーみたいな人たちは、この大学や地味子団に入らなければ、自分たちが本当にうまがあうと思えるような相手のいる時間や場所や機会が本当にあるなんて想像もできなかっただろう。なにしろ三人とも、自分以外はみんな四六時中冗談を言っていると思っていて、その思い込みに従ったリアクションをするのだ――ウィラは場違いなほど陽気に、マリーはあきらかに幻滅した様子で、エドは表情を微妙にあれこれ変えたり、半笑いしたりして。そういう反応をされると、話しているほうも思わず吹き出してしまうものだ。たとえ冗談なんて言っていなかったとしても。

そのいっぽうでシオとヒルダは、冗談だよとはっきり言ってもらわないかぎり、冗談なんてものを言う人がまさかこの世に存在するなんて思いもしない。ネブラスカの至宝であるシオドラ・アクナーは、いまだにヨーロッパの亡霊たちに心をかき乱されている。ヒルダとエドとグローニャにはもう聞こえないその声に、シオは一心に耳を傾けるため、幽霊たちも彼女の周りではふたたび目を覚ますらしい。リスボン、パリ、ウィーンは彼女にとって厄介な場所だ。美しいけれど血がべっとりとこびりついている。そんなシオにオスロに行こうと誘われたとき、ヒルダは首を縦に振らなかった。「わたしの一族の四分の一ほどが住んでいる場所だよ、シオドラ。その手のことは自分なりのやり方で知っていきたいの」

それからグローニャ・モロイだ。彼女は地味子団の歴史に「我慢知らずの」グローニャ・モロイと記録してもらおうと働きかけたが、うまくいかなかった。「我慢できることもあるじゃない」とヒルダにつっこまれたからだ。たしかにグローニャは一日に何度もキレるけれど、その熱狂的なエネルギーの陰に、もうひとつの特徴を秘めている。彼女にとって都合が悪いことに、じっさいはいかに冷静で計算高いかを示す逸話をたくさん持っているのだ。

地味子団の新入りであるダヤンは、仲間の団員たちをひとり残らず好きになりかけていた。そのいっぽうで、自分のほうは団に何か貢献できているのかというと、よくわからなかった。団員になってまだ三か月だったし、記事のネタも団としての活動のアイデアもまだ浮かばない。自分が仲間はずれであるという物的証拠を突きつけられないよう、団のみんなのスナップ写真を撮った。新しい団員の勧誘なら、自分にもできるかもしれない。同じカレッジの友だちや教員に地味子団の話をしたとき、何人かは興味を持ってくれたようだったから。

最年少で一年生のフローデリザは遅れてやって来た。みんなの予想どおりだ。「やあみなさん！」と彼女はビスケットをひと摑みして、デイのベッドにごろんと横になった。片側だけモヒカンにしていた髪を去年の夏から伸ばしているので、前髪のほうが後ろ髪よりまだかなり長い。服はしわくちゃで、どう見ても昨日の夜アイラインを落とさずに寝ている。デイがそのことに気がついたのは、フローが恥ずかしい話があるんだけどと言い出したときだった。それは可能性を秘めた話でもあるという。

「話して」と窓下のベンチに座っていたシオが言った。デイの部屋のカーテンを、ゆったりとした古代ローマのトーガのように身体に巻きつけている。

「わかった。最初に言っておくけど、わたしを裁く権利はみんなにはないからね……」

「ここには友だちしかいないよ」と厳しい声でマリーが言った。

フローデリザは、あるベトンコート団員がヨークシャー出身のフィリピン人に夢中になっていることを明かした。「というか、こいつに夢中なだけかも？」と、彼女は自分を指差した。

「うわ」とグローニャが大声をあげた。「フローデリザってば、何やらかしたの？」

デイはてっきりフローとハーキュリーズとの話を聞かされるものだと思っていた。ちょっと吐きそうになったけど、それはただ感情を遮断したからにすぎない。そういう感覚を、この世界で日々生きているダヤン・シャリフのような人たちは嫌というほど知っている。まだ二月だというのに、あたりには春の気配が間違いなく漂いはじめていた。デイ以外はみんな誰かと付きあっている——マリーには大学の外にバイク乗りの恋人がいて、ウィラにはフィッツウィリアム美術館の学芸員、シオにはチャールズ・ディケンズの時代のロンドンを紹介するツアーのガイドがいる。エドとグローニャは付きあっているし、とうとうフローデリザにもベトンコート団員の彼氏ができた。デイはただ、ハーキュリーズ・ディメトリューがこの話の中でものすごく下品に語られることだけを願った。そうすれば、彼が近くに来てももう二度と身体がうずいたりしないで済むだろうから。

（つい先日、ベトンコート団員とおぼしき人たちと一緒にいる彼とキングス・パレードですれ違ったとき、何かの調査でもしているのか女性たちに意見を求めていた。「ていうかランク付けだな」と彼女がぼそりとつぶやくと、ハーキュリーズはこちらに笑顔を向けて「えっ、何か言った？」と尋ねた。

「何でもない。こんにちは」

「やあ。あのね、もしよかったら――」

「ごめん無理。じゃあね！」）

フローの話はハーキュリーズのことではなく、同じカレッジにいる三年生のバーニー・チャスケルのことだった。彼がベトンコート団員だと見破れなかった理由を、彼女はこんなふうに説明した。「だって控えめっていうか、僕は陰謀論に取り憑《つ》かれてるんだって自虐したりするし……かわいいし」

「かわいい?!」部屋のあちこちから声があがった。デイの声がいちばん大きかったのは、信じられないと思ったからではなく、詳しい話を聞きたかったからだ。「フロー、ちょっと深入りしすぎなんじゃない？」とヒルダが言った。

「あのさ……ほんと言うとここに来るまで、情報を引き出すためにわざと彼を誘惑したみたいに話そうと思ってたんだ。でも言っとくけど、チャスケルがベトンコート団員だなんて今朝まで知らなかったんだよ！　団のミーティングがあるから急がなきゃって言ったら、彼がさあ……まさか地味子団じゃないよねって言うから、わたしがうん、そうだけどって答えたら、言われたんだ。

『うける、僕ベトンコート団員なんだけど……』」

「『うける』……？　そのバーニー・チャスケルとかいう人、わたしたちの何十年にもわたる敵対関係をお遊びか何かとでも思ってるわけ……？」シオは声に出して不思議がった。

「フロー」とマリーは陰気な声を出した。「これまでのところは、わたしたちの敵が進化して、表向きはより魅力的な姿をとるようになったって話だったよね。さっき可能性を秘めた話でもあると言ってたけど？」

「フローデリザ、もし意外なオチがあるなら今すぐ教えないとぶん殴るよ……」とエドも言った。

　ただフローは本当にみんなにとってよい知らせも持ってきていた。バーニー・チャスケルを尾行して、ベトンコート団の宿舎に入るためのパスワードを入力するところを見ていたのだ。遅刻したのはそのせいだという。手順は見ていたものの、正確な数字まではわからなかった。そこで彼女はあれこれ下見をし、ベトンコート団員が出てくるときは別のドアを使っているのを確認したうえで、隙を見てバーニーが入力したパスワードとおぼしき数字を三回入力してみることができた。

「ねえ」とウィラは言った。「ねえあなた、三度目の正直ってわけ？」

　フローは笑って答えた。「二度目」

　グローニャとウィラはわあわあ騒ぎながら彼女に飛びついたが、ヒルダとエドとシオは冷静だった。

「わたしたちがベトンコートの宿舎に入る必要はない」とヒルダがきっぱり言った。

　シオもこれに同意した。「地味子たちはもう何年も前に決定的な意思表示をしたからね」

「いや、そう言わずにさあ。せっかく手に入れたチャンスを使わないなんてそんなの馬鹿だよ、ばちが当たる！」とグローニャが言った。

　しかしエドは、ヒルダとシオの肩を持った。「たしかにベトンコートのやつらの頭をちょっと小突いてやったらいい気味だろうけど、それより気持ちを切り替えて、わたしたち自身を高めることに集中したほうがいいと思う。『地味子』に載せる原稿がもっと必要だし……そういえばデイ、何か考えがあるって言ってなかった？」

「わたしは乗り込むべきだと思う」とデイが言った。みんなは静まり返った。ただ、デイはもっぱらマリーに向けてそう言ったつもりだった。まだ賛成とも反対とも表明していなかったからだ。

「乗り込んで、本の交換をすべきだと思う」

「本の交換？」と、マリーが聞き返した。

「そう。ベトンコート団の本棚には女性作家の本がそんなにないだろうし、もしかすると一冊もないかもしれない。それに全体として見れば、わたしたちの本棚にも男性作家の本ってそんなにたくさんないし――」

「そうね。でもそれって個人の好みだし、おのおのの好みを尊重したいとわたしたちが思っているからで」とヒルダは言った。

「わかってる」とデイは言った。「わたしもそう思ってる。でもありとあらゆる本をわたしは読みたいんだ。本ってものは、そこに何を書こうが、そこから何を引き出そうが、全部わたしたちの自由なんだよ。あいつらにもその自由はある。だからみんなで宿舎に乗り込んで、どんな本を持っているのかたしかめて、何冊かもらって、わたしたちのと入れ替える」

「それなら楽勝ね」とシオがしぶしぶ言った。

「わたしならあそこをめちゃくちゃにするほうに一票入れるだろうけど、とにかく何かできるなら何でもいいよ」とウィラが言った。「そのせいでフローの芽生えたばかりの恋が駄目になっちゃうかもしれないけど」

フローは両手で顔を覆ったものの、バーニー・チャスケルに夢中なことは否定しなかった。

マリーが口を開いた。「わたしもみんなで何かしたい。ベトンコート団に何かしてやるチャンスをずっと待っていたんだ。ベトンコート団員に人間の盾として使われた、大学に来て最初のあの木曜日からずっと……」。彼女は窓の外を眺め、その出来事が起こった瞬間に思いを馳《は》せた。怒りで顔を歪《ゆが》ませながら。

「別の子が、その男の子のことを追いかけてたんだよ」と、グローニャがエドとフローにささやいた。「あいつが女の子とぶつかるなんて思わなくてさ、って言ってた……」

「だから、わたしはダヤンの提案に賛成」とマリーは話を締めくくった。「ほかにもダヤンの提案に賛成の人がいたら、手を挙げて」。デイは手を挙げた。フローも、グローニャも、ウィラも、そしてシオも。わたしはみんながちゃんとやってるかたしかめるためについて行くだけだから、とシオは言った。

図書館に行くと、デイがいつも座っている椅子にハーキュリーズ・ディメトリューが座っていた。話しかける代わりに、ハーキュリーズがいつもいる席が空いていたのでそこに座って、ノートパソコンを開いた。彼は三度、こちらを見た。彼女も一度見た。たった一度きり、なのに彼はこっちにやって来た。ああ、そんな痛々しいほどバレバレだった？

彼はデイの机に椅子をひとつ引き寄せ、その角にもたれかかった。何もかもが黒々として、艶《なま》めかしく、優雅だった——まなざしは特に。彼女が少しでも腕を動かせば、彼の腕に触れただろう。その手には封筒が握られていた。

「ねえ、ジョン・ウォーターズが好きなんだってね」と彼は言った。

「そうだよ」とデイは答えた。「で？」

彼の姉がストックウェルで映画館を経営している……彼はそこを「ポケットに入るくらい小さいところ」だと表現した。で、姉さんが『フィーメイル・トラブル』のチケットを二枚くれたんだけど……。

「行かない」

「まじで？」

「自分みたいに素敵な人に映画に誘われて、断る女の子がいるなんて信じられない？」

彼は手を引っ込めたが、引き下がりはしなかった。その代わり、こちらをじっと見つめた。先に目を逸らしたほうが負けなので、デイはまばたきをしなかった。「ジョン・ウォーターズのファンが『フィーメイル・トラブル』のチケットをほしがらないなんて信じられないって思っただけだよ」と彼は言い、少し笑って視線を落とした。「ほら、二枚ともどうぞ」。封筒を彼女の前に置くと、彼は自分の席に帰っていった。

が、すぐに戻ってきた。「ダヤン、訊《き》きたいことがあるんだけど」

やばい。「どうしてもっていうなら」

「何でここに来たの？」

「ここって？」

「ここだよ、この大学」

彼女は入試のとき面接官のひとりであるチョードリー教授に言われたことを思い出した。そうやって心の中で何かと何かを結びつけて考えるのはいいね。その繋がりがどんどん育っていくよう、世話しようとしているところも。誰かにそんなふうに言われたのははじめてだった。たいていは「デイは何でも難しく考えすぎてるんじゃない？」と言われるのが関の山だったから。しかし、わたしは思考を育てる庭師なのだ――それっていいなと思った。

答えを待っていたハーキュリーズは、痺《しび》れを切らした。「ここにどんな学生がいるのか、見てみたかったんじゃないの？」と彼は尋ねた。「僕がここに来た理由のひとつはそれだよ。だからパーティーにもなるべくたくさん顔を出してる」

パーティー？　彼女は微笑まずにはいられなかった。「そう……わたしも同じ」

「だから」と彼は言った。「僕はここにいるし、きみはここにいる。今は僕のこと不愉快に思うかもしれないけど、ひとりの人間として扱ってみたら？　好きになれるかもよ」

「ベトンコート団員」と彼女は言った。

彼はさっと眉を上げて「ああ」と言った。よくわかったという意味ではない。どちらかというと困惑の滲《にじ》む「ああ」だった。

「春学期だから。例の晩餐会に連れて行く人を見つけるように言われてるんじゃないの？」

彼にもようやく合点がいった。「きみは地味子団員なんだね？」

「光栄なことに」

彼は荷物をまとめると、図書館を出て行った。頭を振って何かぶつぶつつぶやいていたが、よく聞き取れなかった。デイは封筒から映画のチケットを取り出すと、日付をペッパーにメールした。

ロンドンで『フィーメイル・トラブル』。行く？　それとも行く⁇

行く――――――

ベトンコート団員たちはさまざまな分野の本をよく読んでいる。とにかくそういう本棚ではあった。刺激的なことが書いてありそうな本が所狭しと並んでいるなかで、女性作家の本は全体の一〇パーセントに満たなかった。本の置き換えは懐中電灯のもとで行うことにした。午前四時に部屋の明かりをつけるのは、どう考えてもやめたほうがよさそうだからだ。まだ起きているやつがいるならもう一杯やろうと、通りがかりのベトンコート団員が部屋に入ってきたら大変なことになる（玄関ホールに入ると、電気スイッチの隣のフックに各部屋の鍵がかけてあったので、彼女たちはベトンコート団の酒棚も覗いてみた。酒棚というよりむしろウォークイン・クローゼットみたいなところに、強い酒が床から天井までぎっしり詰まっていた。じっくり吟味できるよう小さなはしごまで置いてあった。デイはそんなものこれまで見たことがなかった）。

フロー、デイ、ウィラ、マリー、シオはリュックサックに入れてきた本を取り出して、ベトンコート団の本棚から抜き取った本を代わりにそこに詰めた。持って行こうとしている本はどれも読んだことがないものばかりだったので、デイはそれぞれのタイトルや著者名を見て思い浮かんだことを頼りに交換した。イーディス・ウォートンの小説二冊はヘンリー・ジェイムズの小説二冊と、ルシア・ベルリンの短編集はジョン・チーヴァーの短編集と、エレイン・ダンディの『芽吹かぬアボカド』はダニー・ラフェリエールの『吾輩は日本作家である』と、ドゥブラフカ・ウグレシッチの「君の登場人物を貸してくれ」はゴーゴリの「イワン・イワーノヴィチとイワン・ニキーフォロヴィチが喧嘩した話」と、マギー・ネルソンの『ジェーン　ある殺人』はカポーティの『冷血』と、リサ・タトルの『枕の友』は『M・R・ジェイムズ怪談全集』と入れ替える。デイはいちいち記録するのをやめた。この調子で記録していたら朝までここにいることになってしまう。とはいえ、宿舎を出るころにはなかなか上等な獲物を手にしていた。ほかのみんなもそうだった。地味子たちはそれから何週間も、新しい本を夢中で読みふけった。ベトンコート団から何らかの挑戦を申し込まれるだろうと構えていたが、何もなかった。彼らは自分たちの図書室に侵入されたことすら気づいていないようだった。酒を交換したほうが、まだ効果があったかもしれない。

　フローとベトンコート団員のバーニーは、いよいよ本気で付きあいだしたようだった。忌々しかったけど、地味子たちは気にしていないふりをした。下手にロミオとジュリエット・コンプレックスを刺激してもよくない。それに、ベトンコート団からくすねてきた本について地味子たち全員が感じていたことがあった。シオは読んでいたキム・ヨンハの『光の帝国』のページから顔を上げると、腹立たしげにその感じを一言でまとめた。「あの人たち、趣味だけはいいのよね」

ハーキュリーズ・ディメトリューは『フィーメイル・トラブル』の上映に姿を見せなかった。別に構わない。ポップコーンがあってペッパーがいてスクリーンで神《ディヴァイン》がかったような邪悪なような騒動が次から次へと起こって、そのうえクッキー・ミューラーがずばりと本質を突いたことを言うのだから。わたしたちがかわいいからって、みんな嫉妬してる！

「誰かと会うつもりだった？」映画館を出るとき、ペッパーが尋ねた。「ずっときょろきょろしてたけど」

お客さんの様子を見てたんだ、と嘘をついた。もっともらしい嘘だった。彼女はたしかに客を観察するタイプの人間だった。

部屋に帰る階段の途中で、ハーキュリーズが待っていた。横向きに座って階段の幅いっぱいに脚を伸ばし、足首から先は手すりと手すりのあいだの細長い空間に片方ずつすっぽりはまっている。フローがベトンコート団本部に置いていった本のうちの一冊を読んでいた。『死ぬことを考えた黒い女たちのために』。彼女が帰ってきたのに気づいて、慌てて立ち上がろうとして石造りの天井に頭をぶつけた。痛そうだなと思って、デイはすれ違いざまに肩をぽんぽん叩いた。その手を摑むと、彼はあとを追いかけて階段を上ってきた。デイは仕方なく立ち止まった。

「何か用？」

「これ、きみの？」と本をかざしながら彼は尋ねた。

「いいえ」

「でも読んだことはある？」

「まあ」

「これ、すごくおもしろいよね？　とにかく揺さぶられるっていうか……なんか木々のあいだに吊るされたゆりかごの中に入って読んでいるみたいな感じで、その木々にものすごい悲しみで揺さぶられるんだ。読み進めるにつれて木々はきみを生かすべきか殺すべきか考えながら揺さぶっているってことに気づくんだけど、結局、申し訳ないなと思いながらも木々はきみを粉々に壊してしまう……」

「でも、そのあとで欠片《かけら》は全部もとどおりにされる。並べ方は全然違うけど……」

「あまりにも傷が深くて、その新しい並べ方のままこの先やっていけるかわからなくなる」

「いずれは癒える。でも癒えるにはまず傷つかないといけない。そう思わない？」

　彼はふたたび微笑んでいた。手はまだ掴んだまま。いい雰囲気だった。ベトンコート団の晩餐会に招待されるまでは。びっくりするくらい長いあいだ（少なくともデイはびっくりした）言葉に詰まってから、ようやく口を開いた。「行けないよ、ハーク」

　彼は怯《ひる》まなかった。名前を縮めて呼ばれた。何かわけがあるはずだ！「きみは地味子だ。それがどういう意味を持つのか完璧にわかっていると言うつもりはないよ。でも僕は、ベトンコート団員と地味子《コッチ》団員のものの見方が以前ほどかけ離れているとは思わない。笑って、おやつを食べて、のんびりする、だろ？　それに僕らも機関誌を作っている。団員しか読まない機関誌だよ。お互い読みっこしたらどうかな？　きみの見た目がたいしたことないってふりを僕にしてもらいたがってるのはわかってるけど、きみはきれいだよ。ごめん。だって事実だから。とにかく晩餐会に来てよ。ベトンコート団員に会ってじっさいに話してみてよ。自分たちのこときれいとかかっこいいとか思ってる人たちに会いに来てよ。僕たちは前世紀のベトンコート団とは違う。きっと驚くよ」

　この締めのスピーチにはふたりとも笑ってしまった。デイは心ならずも赤くなってしまって、それを彼に見られた。きれいだって思われてる！　なんて素晴らしい思い違いだろう。お互いの機関誌を読みっこするというアイデアも気に入った。デイはつい想像しそうになった。身体のラインがきれいに出るセクシーなドレスを着て、そのささやかな晩餐会にふたりで出かけて行って、カリスマ性のある団員仲間や彼らが連れて来た男女と知りあいになるところを。しかしそれと同時に、晩餐会で人々のあいだで交わされる目配せや、評価対象が部屋から出て行ったとたんにささやかれる言葉も思い浮かんだ。本気で……あの子なわけ？　あるいは、まあ、いいんじゃない。どちらの可能性にもうんざりした。男子はそもそも自分がそこにいる資格があると当たり前のように思っている——つねにではないかもしれないが、たいていはそうだ。しかし女子の場合は「なぜこの子が？」という視線がすかさず投げかけられるのだ。

「自分たちは生まれ変わって進歩したんだとあなたたち自身が思っているのはわかったけど、晩餐会を開いて連れて来た女の子を周りに見せびらかすのって……」

「でも彼女がいるときの人付きあいってそんなもんじゃない？」とハーキュリーズはデイの手のひらの上に顎を乗せ、頬杖《ほおづえ》をつきながら尋ねた。こいつってば。

「そうだね。まあ、わたしにはよくわからないけど——」

「彼氏がいたことないの？　彼女も？」

デイは彼の手を振りほどくと、爪先立ちして耳元でささやいた。「別の人を誘って」

「嫉妬するくせに」とハーキュリーズがささやき返した。

彼を払いのけると、デイは残りの階段を上って自分の部屋のドアに手をかけた。「しません。おやすみ、ハーク」

彼は両手をメガホンのように口に当て、階段を後ろ歩きで降りて行きながら大声で叫んだ。「おれのこと好きなくせに。あいつはおれが好き。理由もわかってないし自分でも信じられないと思ってるけど、ダヤン・シャリフはおれのことが好きなんだ！」


春学期最後の地味子団のミーティングは、トリニティ・カレッジのフローデリザ・カスティーオの部屋で行われた。ノイシュバンシュタイン城への旅行計画はすでにまとまっていたので、話しあうことはもう何も残っていなかった。そんなわけで、ドヴォルザークの「真昼の魔女」が流れるなか、グローニャは窓辺に腰かけて電子タバコをふかしながらパックをし（「幽霊だ！　もちもち肌の幽霊！」）、フローはデイに膝枕してもらいながら『狂えるオルランド』を読んでもらい、エドとマリーはカクテルを作っていた。シオはグローニャのぶんの飲み物を窓辺に持って行ったあと、フローの机のところまで戻ってくるときにタバコの煙が気管に入ってしまったらしく、よろめきながらなんとかエドのもとに辿り着くと「ベトンコート団が来た……ベトンコート団の侵略よ！」と興奮した様子でまくし立てた。

フローも一枚噛《か》んでいたはずだ。きっとそうに違いない。彼女の部屋がやつらに簡単に見つけられるはずがない。じっさいのところ、あの歴史的な午後に起こった出来事がフローとバーニーが九月から温めてきた計画の集大成でなかったと、誰に言えるだろうか？

人数は少ないものの勇猛果敢な地味子団は、フローデリザ・カスティーオの部屋の窓辺に集まって、男たちの群れを見下ろしていた。飲みものの入ったグラスや、食べものを盛りあわせにした皿を掲げている者も大勢いる。その先頭では、団長の代わりにストックウェル出身のヘラクレス《ハーキュリーズ》が、力強く、元気いっぱい、白旗を振っている。

ドルニチュカと聖マルティヌスの日の鵞鳥《がちよう》

Matko, matičko! řekněte,
nač s sebou ten nůž béřete?
「お母さん、お母さん、ねえ教えて――
どうしてナイフを持ってるの？」

――カレル・ヤロミール・エルベン『金の紡ぎ車』より

さて、ドルニチュカはラドホシュチュ山で狼《おおかみ》に出会った。

いや、事実をありのままに話そう。ドルニチュカが出会ったのは狼ではなく、少し前に狼を食べてその残骸をもてあそぶものだった。鼻面、しっぽ、足がそれぞれおかしな場所についている。秋の夕暮れどきであまり視界がよくなかったので、まずドルニチュカの鼻を掠《かす》めたのはそのにおいだった。何かが壊疽を起こしたようなにおい。そんなものじっさいには嗅いだことないのだけれど。自分の知っているもので喩《たと》えるなら、熟れすぎた果実の酸っぱいにおいにいちばん近かった。それから毛皮に蠅《はえ》がたかっているのが見え、鼻をつまみながらこう思った。え、なんで？これ嫌だ。彼女は山を登って、異教徒の神として伝わる像を見てきたところだった。じっくり眺めてみたものの、こんなものが本当に存在していたとは思えずじまいだった。とはいえ、太陽の照らす山道を登っていくのは楽しかった。周りを取り囲む茶色と灰色の縞《しま》模様はまるで木の幹の断面を彩る年輪のようで、木の一生を一年ずつ辿って歩いているような感じがした。歩きながら、彼女は都会での生活について考え、自分が都会暮らしでなくて本当によかったと思った。ドルニチュカに言わせれば、都会というのはサービスを提供する労働者が、そのサービスにほとんど見向きもしないほかの労働者たちに無気力な苦しみを募らせることで支えられているところだ。そうとしか言いようがない。彼女はいくつかの都市にじっさいに足を運び、その目で見てきたからわかるのだ。都会人は自分の知っている人にしか話しかけない。見知らぬ人からやたらとなれなれしく話しかけられて鬱陶しい思いをしたり、何を言っているのかとっさにはわからない言葉で話されたりするのを避けるためだ。そして、都会人はみなとにかくものすごく退屈している。都会人に不思議なものを見せても、あくびをするか、写真を撮って「すごい」というメッセージをつけて誰かに送るだけだ。こないだドルニチュカがプラハに行ったとき、地下鉄の切符を買おうとして何か誰にでもわかるような間違いをした——いまだにどこが間違っていたのかきちんとわかっていないのだけれど……きっと古臭い言い回しをしたか何かだろう——すると名付け子のアルジュビェタに、この田舎鼠がと舌打ちされた。ドルニチュカは恥ずかしがるどころか、誇らしい思いでこう応えた。「今度、その田舎鼠《いなかねずみ》の家に遊びにおいでよ」。そういうわけでアルジュビェタが遊びに来ることになった。一週間後、娘のクラウディを連れて。それがあまりに楽しみで、ドルニチュカはこのところよく眠れなかった。クラウディとアルジュビェタが前に来たときは、ヘアピンがあちこちに散乱し、ラジオから何かの曲が流れてくるたびにはじまる調子外れなデュエットが家じゅうに鳴り響いた。だからふたりがまた来てくれるのを首を長くして待っていたのだ。ドルニチュカは自分の仕事も友だちも、住んでいる町のことも気に入っている。この町の教育をよりよくして、かつての教え子たちが手紙をくれたり、ときには知らせを持って訪ねてきてくれたりするほどになったことも。ただ、未亡人でいることになかなか慣れず（そんな状態に慣れる人がいるなら教えてほしい）楽しみにしていることなんてとりたててないと思うことが多かった。アルジュビェタとクラウディがもうすぐ訪ねてくるのでなければ、彼女は「狼」にすぐに屈してしまっていたかもしれない。でも少なくともあと一週間は生きていないといけなかったので、鼻をつまんでこう思ったのだ。え、なんで？　好むと好まざるとにかかわらず「狼」がそこにいて、彼女の行く手を遮った。「なんで」については、きっと彼女が赤いケープをまとっていたせいに違いない。われらがドルニチュカは、人は五十代後半になったら好きなものを着ていいし、そのことについて誰にも文句は言わせないと思っていた。ラドホシュチュ山ではそういかなかったようだね、ドルニチュカ？

　そんなことしないで、とドルニチュカが何度言っても気にも留めずに「狼」は近づいてきて、彼女のかぶっているケープのフードを後ろにずらした。

「おっと！」と言って「狼」はよろよろとあとずさり、脇によけて道をあけた。

　いささか気を悪くしたドルニチュカは、振り返って「狼」のうつろな目を見つめた。

「そんなにおかしい？」と彼女は訊《き》いた。

「全然、全然。そんな言い方しないで」と「狼」はこれを打ち消すように言った。「若いなと思っただけだよ」

「違う、背が低いだけ」とドルニチュカはフードをかぶり直して言った。

「ああ、そうみたいだね。じゃあどうぞ行ってください」

「でもあなた、どう見てもあいつじゃないね」とドルニチュカは鋭い視線を向け、きっぱりと言い放った。

「あいつ？」

「大きな悪い狼に決まってるでしょ」

　すると「狼」は気取った様子で自分のひげをぐいと引っ張った。「じつはあれ、わたしがモデルでして……」

「木こりに殺されたんじゃなかった？」

「そうそう、でもはじまりの部分に戻ればまたぴんぴんしていて、話を一からやり直せるってわけさ。今は最初に戻ったところだから、きみを見てあの子があらわれたのかと思ったんだよ。でもまあ、人違いでよかった。あの子が来る前に狼はたくさん食べておけるからね……」

「あの子って……？」

「いやいや、気にしないで――次を待てばいいだけだから」と「狼」はもごもごつぶやいた。目の前にあるこの腐った皮膚の中にはいったい何が入っているのだろうとドルニチュカは思った。

「そう……お好きにどうぞ」と返したものの、何歩か進んだところで「次」のことを思い、ため息をひとつついて「狼」のもとに引き返した。「でも、いったい何がほしいっていうの？　お腹《なか》が空いているはずはないよね。狼をまるまる一匹食べたばかりなんだから」

「狼」は肩をすくめて「きみにはわからないよ」と言った。

その寂しげな声に、ドルニチュカはついなだめるようにこう言ってしまった。「まあそう言わず、教えてよ」

「命だよ」と「狼」は言った。「命がもっと要るんだ――こんな石だらけのところで季節を巡らせるのが簡単だと思う？」

「なるほど」とドルニチュカは言った。「そりゃもうたくさん必要なんだろうね」

「かなり集まったけど、あと少しだけ必要でね。若くてぴちぴちしたのがさ」

ああ、あなたが何者か知らないけど、ほんと臭い。「狼」のでたらめな姿を見ていると、自分の身体も今ごろばらばらになっているんじゃないかと太ももや前腕をぺちぺち叩《たた》いてみたが、どこも変わっていなかった。タデアーシュに尻をぴしゃりと叩かれ「頑丈だけが取り柄だな」と笑われるたびにその顔を睨《にら》みつけたものだが、今となってはそれも幸せな思い出だ。近くを通りかかったハイカーの一団が、古来の敵同士が出会うところを目の当たりにして「狼」にブーイングし、絶対に勝てるぞとドルニチュカにエールを送った。もしドルニチュカがフードを脱いで横顔をあらわにすることを拒まなければ、写真も何枚か撮っていただろう。「狼」はきっと喜んでポーズをとったことだろう……。

「なんて型破りな衣装だ……おもしろいなあ！」ハイカーたちはそのまま歩いて行ったが、ひとり十六歳くらいの薔薇《ばら》色の頬をした少女が、靴紐《くつひも》を結び直そうと地面にひざまずいた。ドルニチュカは「狼」が身体をぞもぞさせるのをじっと見ていた。

「このあたりの季節を巡らせるのに、何か手伝えることある？」と、ドルニチュカは「狼」の鼻先で指をぱちんと鳴らして尋ねた。

締まりのない鼻面から舌がだらんと飛び出していた。「何か若くてぴちぴちしたものをよこしてくれ」

「じゃ、そうする」とドルニチュカは約束した。「その代わり誰も襲っちゃだめ。じっとしてれば何かいいものを送るから。わかった？」

「わかった……」と「狼」は言った。「でも念のため……」

そう言って前足を持ち上げると「狼」はドルニチュカがよろめくほどの一撃を腰に食らわせた。腰骨が粉々に砕けていてもおかしくないほど強烈だったが、そうはならず、ただ死ぬほど痛いだけだった。「これでよし……」

「狼」は山腹を登っていき、死骸を岩の割れ目にしまい込んで、ドルニチュカが約束したごちそうが届くのを待った。

足を引きずりながら家に帰ったドルニチュカが、近くの病院の救急外来を受診すると、さいわいどこも折れたりくじいたりしていなかった。ただ、左の腰骨のあたりが痣《あざ》になっていて、それがまるで特大のいぼのように身体からぼこっと突き出していた。色もどう見ても痣とは思えなかった――桜色で、塩漬けハムの塊のようだ。しかもそれがときどき伸びたり縮んだりして、股関節に吸いつくような感じがする。とにかく見た目も感触も気持ち悪くて吐きそうだったが、ドルニチュカとこぶの両方をあれこれつついたり画像を撮ったりした医者からは、あなたはすこぶる元気だし、こぶも自然に取れるでしょうと言われた。服を着た状態だと、妊娠しているか、あるいは左腰だけ極端に太ったように見えた。いろんな人から何のかの言われたので、アルジュビェタとクラウディが訪ねてくる前の日、ドルニチュカは大型の肉切り包丁を手に取ると、バスタブの縁に左足を乗せてそのハムのような塊を切り落とした。思ったとおり切り落としたところで何の痛みもなく、むしろずっと感じていた緊張がほぐれ、まるで体液のバランスを整えられるとまだ信じられていたころに瀉血《しゃけつ》した患者にでもなったかのような気分だった。傷の手当てをしてガーゼの包帯を巻き、重たい楕円《だえん》形の肉のこぶを洗って乾かした。これは脂肪なのか、筋肉なのか、それともその両方が混ざったものなのだろうか？　楕円形の中心を指で押してみた。柔らかいが、弾力はほぼない。なまぬるい粥《かゆ》のようだった。なまぬるい……ああこれ、生きてないといいけど。もちろん、生きてなどいない。当たり前だ。重さを量ってみようかと思ったが、やめておいた。切り取ったこぶを「狼」のところに持って行こうかとも考えたが、どうせ無駄足になるだろう。この肉では「狼」の望みを満たせないのだから。彼女はそれを庭のトネリコの木の下に埋めた。それからアルジュビェタとクラウディのために、夜通し煮たり焼いたり煮込んだりして、腕によりをかけておいしいものをたくさん作った。

　クラウディは十九歳まで生きてきたが、あとどのくらい時間が残されているかは誰にもわからなかった。瞳は輝いてはいるものの、目が見えなかったのだ。杖《つえ》をつくこともあればつかないこともあって、それは彼女自身が杖なしで歩けそうだと思うかどうかや、周りの人たちの歩くペース次第だった。オストラヴァではいっさい杖を使わなかった。その秋、彼女はドルニチュカの食料庫の中を歩き回って、蓋《ふた》をあれこれ開けてみたり食器棚の扉を開けてみたりした。「このおいしそうなにおいは何？　今すぐ一切れ食べたい！」。アルジュビェタとドルニチュカは自分たちでも味見しながら、食べられるものは何でも皿に盛ってやったが、クラウディはくんくんとにおいを嗅いだだけでひとつも口に入れようとはしなかった。そのあと彼女はドルニチュカのトネリコの木の下に立つと、さも心地よさそうに何度も深呼吸したので、ドルニチュカはだんだん何とも言えない不安な気持ちになってきた。

「クラウディ、こっち来て」と彼女は声をかけた。「ちょっと手伝ってくれないかな」

　ドルニチュカが思いついたのはそれほど時間のかかる用事ではなかったものの、何もしないよりはましだった。クラウディが電動ドリル、ドルニチュカが手挽き鋸《のこ》と定規を使って、小さくて簡単なつくりながら頑丈な木箱を一緒に作った。箱ができあがると、アルジュビェタは自分の道具袋を持ってきて、そこに鍵を取り付けた——「お代はいらないよ。この先何年も宝物を入れておいてね、大好きなドルニチュカ」と言って、名付け親に熱烈なキスをしてから眠りについた。鍵のかかった木箱は空《から》だったけれど、その錠《じょう》を開けられる鍵を握りしめてドルニチュカは眠った。

ぎゅっと握った拳をお腹の上に載せて。

ドルニチュカは、町の炭鉱で働く人たちのために食事を届ける十二人のうちのひとりだった。車いっぱいに積んだおいしそうな食事を運ぶのを、アルジュビェタとクラウディは手伝った。ふたりは鉱山の人たちにとてもかわいがられていて、休憩室のカウンターにみんながあとで食べる弁当を積み上げていると、あたりは笑い声とおしゃべりでわっと賑やかになった。クラウディを嫁にほしいと考えて自分の息子のことをあれこれ褒めてアピールする父親たちも何人かいたが、それ以外のほとんどの人は地元に縛られちゃだめだぞとクラウディに忠告した。「できることなら世界じゅうを旅して回るんだ、クラウディ――あちこち行ったり来たりして、その途中でもしひとりの男に、あるいは男三人くらいに出会ったらそれはそれでいいけれど、最後はちゃんともといたところに置いてくるんだぞ！」

クラウディはどちらの言い分にも耳を傾けた。自分よりも地球の動きをはるかに敏感に感じ取っている人たちだからと、ドルニチュカの家を訪れているときは足下を何マイルも動き回っている彼らに思いを馳《は》せることがよくあった。彼女にとっては足の裏でがたがたと感じる程度の小さな揺れでも、鉱夫にとっては自分たちを木っ端微塵《みじん》にしてしまうほどの大きさになる。彼らはリスクというものがわかっているので、この先何を失ってどんな思いをすることになりそうかすべて承知のうえで彼女にあっちに行けとかこっちに行けとか言っているのだ。鉱夫のなかに、彼女の前では一言もしゃべらない青年がいた。自分はがさつだから失言をしたくないと思っているのだ。話しかけても「えっ」とか「うーん」とかあきらかにそわそわした様子で答えるだけのその青年のことを、クラウディは誰より気に入っていた。ドルニチュカは電灯よりも蠟燭《ろうそく》の明かりが好きなので、夜になってクラウディが火を灯しにリビングに行くと、瞼《まぶた》を伝うゆらめく蠟燭の光がまるで、あの炭坑にいる青年の沈黙のように感じられた。ドルニチュカが夕食に誘うと、青年は心をかき乱された様子でその誘いを断った。じつのところ呆《あき》れるほどの俗物であるアルジュビェタは、あの子は本音と建前ってのがあるのをわかってるんだねと言った。

「……もしくは、そういうことは起こるべきときに起こるってことをね」とドルニチュカは言った。彼女を困らせたかったのもあるが、それが事実だからでもあった。


死者の日がやってきて、三人は苗字を同じくする人がたくさん埋葬されている教会の墓地に向かった。紅葉した葉っぱを束ね花輪のようにして墓の周りを飾り、それぞれの家族とお互いが楽しいと思えるおなじみの話題で和やかにおしゃべりし、おおむねくつろいだ午後を過ごした。悲しみもいくぶんあったものの、少なくとも彼女たちが知るかぎりは、生者と死者、どちらの側も寂しい思いをすることはなかった。タデアーシュと心のなかでふたりきりで過ごすひととき、ドルニチュカはこれまでのことを話して聞かせた。自分を殴った「狼」のこと、どんどん大きくなっていくこぶを庭に埋めたこと、おいしそうなにおいがするとさんざん騒ぎ立てたクラウディが、その話題をぱったり出さなくなったこと。そして、トネリコの木の下を掘り返そうとした動かぬ証拠を見つけたこと。

タデアーシュの咎《とが》める声が、はっきりと聞こえた。あんなやつと約束なんかしちゃいけなかったんだよ。

そうは言ってもああ約束するか、さもなければ「狼」に次の獲物を待たせるかのふたつにひとつだったのだから、後悔なんてしようがなかった。

でも、どうやって約束を守るんだい、僕のドルニチュカ?

さあ、わからない……。

タデアーシュが仕方ないなと態度を和らげたので、ドルニチュカはせめて何かできないかと考え、こぶを自分で掘り起こして作ったばかりの木箱をさっそく使ってみることを思いついた。その晩、アルジュビエタがクラウディを連れて学生時代の古い友人たちに会いに行っているあいだに、ドルニチュカはこぶを掘り起こすと、目の前に掲げてかじったり食べたりした跡がないかたしかめた。彼女が指を突っ込んだ跡に蚯蚓《みみず》の死骸が埋まっていたほかはどこも傷んでおらず、瑞々しいままだった。前よりピンクみが増していたくらいだ。イーストと蜂蜜でできた、甘いパンみたいなにおいとクラウディが言っていたので、これはパンなんだとドルニチュカは必死に自分に言い聞かせながら木箱に入れて鍵をかけ、クローゼットのいちばん上の棚にある結婚式のときにかぶった帽子を入れた箱の隣に置いた。それから何日かは、クラウディが寝室に忍び込んでは香水やら何やらを勝手に「借り」て吹きかけたりしているのをしょっちゅう見かけた。ドルニチュカの赤いケープをかぶっていたことすら何度かあって、そのたびにドルニチュカはいよいよ心臓発作を起こしかけた。しかし鍵は肌身離さず持っていたので、あとは隙を見て小さな焚《た》き火でもして、こぶをとにかく二度と手の届かないところにやってしまえば一件落着だった。

その年、聖マルティヌスの日の鵞鳥《がちょう》を選んだのはクラウディだった。三人で市場に出かけて行って、鵞鳥農家のパンクラーツに、この中でいちばん食い意地の張った鵞鳥はどれかとクラウディが尋ねたのだ――「朝から晩まで食べてるようなのがいい……」。どの客もそういう鵞鳥をほしがったが、パンクラーツは訳あってドルニチュカに気に入られたかったため、その彼女が名前を付けた子の娘にどれがいちばん食い意地が張っているか尋ねられたとあっては、言われたとおりの鵞鳥を素直に差し出すほかなかった。レタスの切れ端やリンゴを何切れかクラウディの手からついばみつつも、鵞鳥はこの展開に戸惑っているようだった。ガァガァと何度か鳴いたのを、アルジュビェタがこんなふうに訳した。「わたし？　わたし……？　きっと何かの間違いだよね……」

「ありがとう、パンクラーツ……命だけは取らないでやるよ……」。ドルニチュカは車の後部座席に新聞紙を敷きつめ、その上に鵞鳥の入った檻《おり》を置いた。家に着くまで鵞鳥は鳴き通しだった。うるさいやつを買ってしまった。だがドルニチュカは気にしなかった。鵞鳥をかわいそうに思ったクラウディが、スーパーに行ってパック入りのを買えばよかったと言い出したとき、ドルニチュカは目を丸くして「この都会っ子め」とアルジュビェタに、それからクラウディにも言った。

「レバーを一口食べれば、そんなこと二度と言わなくなるだろうね」

ドルニチュカの裏庭に落ち着くと、鵞鳥は少しおとなしくなった。クラウディの手からしか食べようとしなかったので、餌をやるのはクラウディの役目になった。よく知られているように鵞鳥は人間になつかない動物なので、クラウディと鵞鳥とが仲よくなったのはじつに奇妙なことだった。餌をついばむ鵞鳥にクラウディは話しかけ、羽がつやつやになるようなでた。ドルニチュカは鵞鳥のことが今ひとつ信じられなかった。庭のある一角を必死につついていたからだ――ドルニチュカがあの忌々しいこぶを埋めたあたりだ。クラウディと鵞鳥が仲よくなるのもうなずける。きっとどこでどんなにおいがするのか、徹底的に話しあいでもしたのだろう。ただ、いくら鵞鳥の食い意地が異様に張っていると言っても、ドルニチュカにはかなわない。キッチンのドアをノックしたクラウディにもう少し残りものはないかと尋ねられると「うちにあるものみんな食い潰《つぶ》しちゃうね」とうらめしそうに言った。

アルジュビエタにとっては、クラウディが鵞鳥をかわいがっていることのほうが心配だった。「鵞鳥を殺させてくれないかもしれない」と彼女は言った。「わたしが鵞鳥の肉、大好きなの知ってるでしょ、ドルニチュカ！」

「大丈夫、大丈夫」とドルニチュカは言った。「心配ないよ、あの鵞鳥はもう長くはないから」

ドルニチュカはクラウディがまた寝室に入り込んでいるのを見かけて、あやうく言いあいになりそうになった。

「最後にもう一度だけ訊くけど、ここで何してるの？」

クラウディはぱちぱちとまばたきし、残りものがどうのとぼそぼそつぶやいた。ドルニチュカ鵞鳥にあげる残りもの何かない……？

そこでドルニチュカはひらめいた。

ここでも話をおもしろおかしく飾り立てたりせずに、起こったことをありのまま話そう。クラウディとアルジュビエタが眠っているあいだに、ドルニチュカは鵞鳥に自分のこぶを食べさせた。鵞鳥はそれを何のためらいもなくぺろりと平らげると、庭をぐるぐる駆け回りだした。頭がくらくらしてきそうなので、ドルニチュカはその様子を見ないことにした。そして空《から》になった木箱に鍵を入れると、スリヴォヴィッツで祝杯を挙げた。厄介払いできてせいせいしたよ。

次の日、クラウディは勇気を出して空の木箱をドルニチュカのところに持って行くと、中に何が入っていたのか尋ねた。

「子どもは知らなくていいんだよ。また鵞鳥に餌をあげてね、クラウディ」

しかしクラウディは気乗りのしない様子だった。鵞鳥は変わってしまったというのだ。「ちっとも鳴かなくなったし、どうやら気がついているみたい」と彼女は言った。

「気がつく？」

ドルニチュカは自分の目でたしかめようと、水鳥の餌を入れたバケツを持って裏庭に出た。

鵞鳥は一晩で二倍近くの大きさになっていた。

目も大きくなっている。

ドルニチュカ、と今にもその名を口にしそうな顔でこちらを見つめている。

バケツを地面に放り投げると、ドルニチュカは急いで家に戻った。

「わたしの言いたいことわかった？」とクラウディは言った。

十一月十日、聖マルティヌスの日の前日のこと。この冬はじめての雪がまもなく降り出しそうだった。ドルニチュカは理性を一瞬かなぐり捨て、その隙にノートパソコンの電源を入れて赤いマントをもう一着注文した。今回は子ども用サイズを速達で。手元に届くと、水鳥の餌と一緒に裏庭に置いて、祈るようにこう言った。「なるようになるさ」

その夜、裏口のドアは開けたままにしておいた。聖マルティヌスの日の鵞鳥が階段を上がって寝室に入ってきても、彼女は驚かなかった。鵞鳥が赤いマントを着て、ドルニチュカの車のキーをくちばしに挟んでいるのを見ても、だ。

「ありがとう、鵞鳥さん」と彼女は言った。「助かるよ」

彼女は鵞鳥を車に乗せてラドホシュチュ山のふもとまで連れて行き、山道をよちよち登っていくその後ろ姿を見送った。一粒の深紅のビーズが灰になるまで。

ありがとう、鵞鳥さん。助かるよ。

朝になっても、鵞鳥の肉が大好きなアルジュビェタは思ったほど文句を言わなかった。ただクラウディを睨みつけて、こう言っただけだった。クリスマスにごちそうの鯉《こい》を選ぶのはなしだからね。

フレディ・バランドフ、チェック……イン？

さっきから言っているように、僕は不出来な息子だ。そのことをはっきり自覚したのは、父さんが時計塔の壊れた文字盤を勝手に修理して牢屋に入れられたのと同じ歳になってからだった。父さんは、ある種のものには動かないままでいてほしいと思う人たちの怒りを買った。壊れた時計塔はそれが役目だったのだ——父さんの住んでいた国のあちこちで時を止めた、内戦を思い出させるもの。時計を修理するのは政治的な意思表示のようにも思えるが、ではそこにどんな意味があるのかと問われてもはっきりしたことは答えられない。砕けた文字盤をはじめて見たとき、父さんはそれをただただ美しく立派な作品だと思って、もし修復されれば、どのくらい遅れただの、どのくらい待たされているだの、あとどのくらい待たないといけないだの言われるときの致命的な苦しみを、和らげることができると考えたのだ。

母さんは自分なりに人生を肯定している。なかでも徹底的にやったのは、あるタイプライターのメーカーが主催しているふりをした政府主催の文学賞を肯定したときだった。ある年、賞に選ばれた作家が理由も言わずに辞退し、これに関することで自分の名前を出すのはいっさいやめてほしいと言ってきた。それでもめげずに、母さんが次点の作家に受賞おめでとうございますと伝えると、今度は電話口でほとんど笑い飛ばされそうになった。「こんなことしようとしてくれるなんてご親切にどうも。でも僕の本がそんなにいいものじゃないってみんな知ってますよ」。そして賞に相応《ふさわ》しいのはあの人ですと別の作家の名前を挙げたものの、その作家もまた受賞したがらなかった。とにかく誰か受賞させなければならなかったので候補に挙がった作家全員に当たってみたが、みな一様に「ありがとう、でも遠慮します」とか「いやあ、ちょっと無理ですね」とか言うばかりなので、母さんは最初の受賞者に戻って少し脅しをかけて考えをあらためさせ、謹んで賞を受けさせた。

すべて当初の予定どおりになったものの、母さんは作家に対して一種の偏見を抱くようになった。今ではそれを「作家っぽい」振る舞いと形容しているものの、要は非協力的だと言いたいのだろう。それはともかく母さんは、日々目にする時計の文字盤について父さんが抱いているのと同じ思いを持っていた。壊れているのだからきちんと修理してしまいたい。そこで新婚のふたりは協力してこの計画に取り組んだのだが、父さんは母さんが関わっていることを周りに固く口止めし、すべての責任（と憶測と一部では尊敬）を自分ひとりで引き受けた。法廷で父さんは、公共サービスを無料で提供することで善き市民としての心得を示したかったのだと訴えたが、ではどうしてその公共サービスを匿名で真夜中に行ったのですかと問い返された……やましいところがないなら、なぜそんな状況のもとでやるのですか？　父さんはこう答えるしかなかった。ああ、い、い、い、い、い、い、い、い、い、い、い、い、い、い、い、い、なるほど。そういう言い方をされたら悪いことしたみたいに聞こえるな。

もうひとつ、法が快く思わないことがあった。時計塔に押し入った父さんがそこを避難場所を求める人たちに開放したせいで、金持ちの住んでいた地域にこれまで見かけなかったようなありとあらゆる人々を呼び込むことになり、もとからいた人たちをよりむさ苦しいところに追いやった。その結果、この街ではどこにどういう人が住んでいるのかもはやよくわからなくなってしまったのだ。

父さんは懲役三年を言い渡されたものの、刑務所ではいわば住み込みの便利屋のように何かとみんなの役に立っていたおかげで、ほぼ無傷でそこから出てこられた。こぢんまりした家庭ではめったにお目にかからないような、じつに興味深いありとあらゆる技術的な災難に対処して経験を積み、今は母さんと一緒にチェシャー州にあるニッチなホテルで働いている……ホテル・グリッサンドと呼ばれるそこがどうニッチなのかは、おいおい説明することにしよう。父さんはそこで施設管理責任者をしている。事実上、自分の給料を自分で決められているのは、何の前触れもなくあちこち壊れるホテル・グリッサンドの修理に好きこのんで対応するような人を、いやそもそも対応できるような人を、経営陣（責任者は母さんだ）がまだほかに見つけられていないからだ。

フレデリック・バランドフ・ジュニアとして、僕はフレデリック・バランドフ・シニアの跡を継ぐことを期待されていた。いつかは保育士をやめて、ホテル・グリッサンドの施設管理チームに加わることを。

僕が三十三歳になって一か月ほど経《た》ったころ、ホテルのオーナーをつとめる人前には姿をあらわさない大富豪に、僕が年内にもチームに加わることを母さんが請けあったのを知った。

昼ごはんを食べているとき、母さんがこの話を切り出した。

「十年後の自分はどうなっていると思う？」と母さんが尋ねた。

僕の答え。「わからないけど、たぶんビーチですごくおもしろいミステリーを読んでるんじゃないかな。殺人が起こるようなのじゃなくて、語り手が自分は今西暦何年にいるのかとか、そもそもなぜ自分は生まれたのか、なんてことまで突き止めなくちゃならないような……」

もし母さんが僕の将来についてきちんと話しあうつもりだとわかっていたら、答えは違っていただろうか？　いや、たぶん同じだったな。

　母さんはかんかんになって怒った。

「ビーチに腰かけておもしろいミステリー小説を読んでる？　ビーチに腰かけておもしろいミステリー小説を読んでるですって⁇　あなたの野心がその程度なら、わたしたちもうおしまいね、フレディ」

「まあまあ母さん……おしまいなはずないでしょ？　僕はあなたの息子だよ」

「もう一度だけチャンスをあげる」と母さんは言った。「この先の何年かぶんの人生計画を教えて。あなたの原動力は何？」

　僕は未来ではなく過去のことを話した。それは蓋《ふた》を開けてみれば、自分が生きたわけでも誰かに話して聞かされたわけでもない過去だった。覚えているのは「反逆者の町」という、英語ではない言葉で書かれた看板。船乗りが使っていたような短剣を手に大股で歩き回る人々、子守をする一匹の虎——ごろごろとやさしく喉を鳴らしながら歌う子守唄には、メロディーに混じって歯と歯がぶつかるカチカチという音がしたのを覚えている。さあしばし眠れ、幼子よ、それとも永遠に眠るかい……。

「それはわたしの子ども時代。あなたのじゃない」と母さんはぴしゃりと言った。「あなたの暮らしぶりってほんとみじめよね。この六か月のあいだ見せてもらったけど、小さい子たちと砂場で遊びに出かけていく以外は、ギャラリーかバーか映画館か友だち何人かの家に行くくらい。あなたがどういう人間なのかさっぱりわからない。マリファナの売人もたいして買ってないって言ってた。美徳もなければ、悪に染まりきってるわけでもない。このままでいいと本気で思ってる？」

「じゃあどうすればいい？」

「来週からホテル・グリッサンドで働くの」

「僕が？　ほかの人じゃだめ？」

「だめ、フレディ。あなたじゃないと」

　それって性差別だよ。妹のオデットのほうが僕よりずっと器用なのに。そう指摘しても母さんは聞く耳を持たず、これから数か月お父さんのそばで仕事を覚えて足りない技術を身につけなさいと言い出した。心を育むのにすごく大事な時期なんだよ、かぼちゃの種組の子たちを今放り出すなんて僕にはできないしやるつもりもないと言うと、わたしのキャリアが危ういのと母さんは言った。指揮命令系統で言えばすぐ下にいる、やる気満々で手段を選ばない女がわたしのポジションを狙っていて、わたしのこと巧妙に仲間はずれにするから、そのせいですごく大事な指示を見逃したり、ひっきりなしに起きるスケジュールや手順の変更に気づかなかったりして悲惨なことになっているの。みんなを監督して仕事を最後までやらせるのがわたしの役目なのに。そう話す母さんがどれほどストレスを感じているのか、僕にはよくわかった。髪を見ればあきらかだった。いつもは国が定めた基準どおりきちんとセットされているのに、今はぐちゃぐちゃにもつれている。そんなところ今まで見たことがなかった。

一晩考えさせてと言い残して、僕は妹のアパートに行って夜どおし話し込んだ。グリッサンドのことはふたりともすごく気に入っている。いちばんの特徴は口の堅さだ。みな隠れるためにそこにやってくる。内装は深紅と濃い紫。ロビーを通るとまるで葡萄《ぶどう》やプラムをぎゅっと踏み潰してそこから染み出たワインを浴びているような感じがする。電話ボックスが三つ、ロビーに据えてある。番号は自動的に非通知になり、もっぱら嘘をつくのに使われる。あるとき父さんの使い走りを終えてホテルから出ようとすると、トレンチコートを着た男がよろめきながらブースに入って行くのが目に入った。胸からステーキナイフのようなものが突き出ていて、きっとブースに辿り着くまで血の痕が点々とついていただろうし、中に入ってからも血がものすごい勢いでどくどくと溢《あふ》れ出していたに違いない。この目でしかと見たわけではないけれど。血はホテルの内装とほぼ完璧に調和する色だから、滴り落ちるたびあっという間《ま》に溶け込んでしまうのだろう。

　何か助けられることはないかと僕はその場に留まっていた。胸にナイフを突き立てた男は受話器を取ってダイヤルを回し、電話の向こうの相手にまだ残業中なんだと話した。「へえ——うん、そうだな、一切れ残しておいて！」。あまりにも調子のいい声だったので、姿が見えていなかったらまさかその胸にナイフが刺さっているなんて思いもしなかっただろう。それから救急車を呼ぶと、男はその場にばったりと倒れた。すごいと思った……まったくすごい男だ。救急隊員を待つあいだ、彼の目は光を失っては取り戻し、失ってはまた取り戻ししていたが、とにかくナイフだけはしっかり握って離さなかった。その顔は異様なほど誇らしげだ。みずからの肉を引き裂くものを、肉そのものよりも大事にしているように見えた。これは驚異でもあり災難でもあるのだというようにナイフの刃をぎゅっと両手で握りしめていた。まるでそれが奇跡の力を授けるものであるか、あるいは奇跡そのものの証拠ででもあるかのように。ガラスごしにぽかんと口を開けて見ている少年の目に、それはなんとかして立派な人間になろうとする決死の努力に思えた。ナイフを突きつけられてもなお生きつづける、輝きさえも搦《から》め捕るその根性。これこそが悔いのない男の姿というものならば、そんなものを見るのははじめてだった。そのときこう思ったのを覚えている。ああ、なるほどな。こんなふうに終わるのも悪くない。

グリッサンドのフロントでは、宿泊客はどんなことでも頼めるし、どんなものでも手に入れられる。文字どおりどんなものでも。神経がとことん参った男が、この建物の基礎が堅牢だと保証する証明書をくれと言ってきたところにオデットはあるとき居あわせた。男は穴掘りに追われていて、どこに住もうとそいつが家の床下に住み着いては毎年三十センチほどずつ床を持ち上げると思い込んでいた。最終的には獲物をはるか高くに持ち上げて、二度と仲間の人間たちのいる世界に降りていけないようにするのがそいつの目的なのだという。母さんは男の思い込みについては何も言わず、ホテル・グリッサンドの真下には今までもこれからも、いかなるものも住み着く隙はないという証明書だけを手渡した。宿泊客がただひとつ手に入れられないのは、なぜかわからないがイグアナの革の財布だ。これをほしがった女性は「ここから出て行け。二度と戻ってくるな」と言い渡された。ドアマンは宿泊客だったその女性の荷物を通りに放り出しながら、こう言った。「イグアナの革の財布だって？　ここをどこだと思ってるんだ？」

僕たちの知るかぎり、グリッサンドの宿泊客の願いが叶《かな》わなかったのはこのときだけだ。父さんと母さんがホテル・グリッサンドの客をもてなすその献身ぶりはほとんど異常だと、もう何年も僕とオデットは感じてきた。罰を受けることはなく働いたぶんの報酬をもらっているとはいえ、ホテルとその客はある意味、壊れた時計の文字盤のようなものだとオデットは言う。

　たとえそうだとしても。「ふたりがあのホテルに人生でいちばんいい時期を捧《ささ》げてきたのは、ふたりがそう決めたからだろ――なのに今度は僕の人生までつぎ込もうっての？」オデットにはそんなふうに説明した。兄さんは何か見落としている気がする、と彼女は言った。わたしたちの知るかぎり、ママがあの仕事をしていられるのはパパがあの場に欠かせない存在だからだよね。パパの才能を繋ぎ止める人として長年扱われてきたから、ママは自分の存在価値がそこにあると思うようになった。バランドフ・シニアをホテル・グリッサンドに連れてきたからには、バランドフ・ジュニアのこともママはなんとしてでも連れてこようとするだろうね。

「どうかなあ……もしここで僕が言うとおりにしてしまったら、そのイメージを動かぬものにしてしまうんじゃない？　それって本当に母さんのためになるのかな？」

　オデットの目がきらりと光った。むしろそのイメージを壊すことになるんじゃないかな、だって兄さんがパパに敵《かな》うわけなんてないんだから。

「そりゃどうも……ご指摘ありがと……」

「まあわたしならパパに敵うし、ひょっとしたらパパを超えちゃうかもしれないけど」

　オデットがそう胸を張るのにはそれなりのわけがあったのか、って？　あったんだな、これが。オデットはこれまでずっと、父さんが僕たちに教えようとすることをひとつ残らず吸収しようとしてきた。僕たちのうちどっちと一緒に働きたいと尋ねたとき、父さんも「もちろんオデットだ」と答えていた。オデットは自営の配管工として大儲《おおもう》けしていたのに、父さんと母さんのそばにいるためにその仕事をあっさりやめてしまった。彼女も悔いのない人間なのだ。この仕事が好きだし、パパとママがあれほどグリッサンドにこだわる理由もわかる、と。どういうことか詳しく教えてよと言うとものすごく熱く語り出したので、なんだか自分だけのけものにされたような気になった。

いっぽう僕はしばらくのあいだ途方に暮れた。母さんはとうとう僕なんて存在すらしなかったかのように振る舞うようになった。「考えてみて、もし子どもがひとりしかいなかったとしたら……柿の種組だかなんだかのためにわたしの一生の仕事をふいにするような子どもなんていなかったら、って」なんてオデットに話したりして。父さんと僕はこれまでどおり日曜の夜をパブで一緒に過ごしたけれど、何もかもこれまでどおりというわけにはいかなかった。親をふたりとも味方につけておくことがこんなにも大切だとは知らなかった。僕とオデットを育てるために、母さんは本当にたくさんのことをしてくれたと思う。ほかのあらゆる仕事と同様に、母さんと父さんは子育てをきっちり半分ずつ分担した。誰よりも信頼できる大人たちを探してきて自分たちがいないあいだ僕たちが寂しい思いをしないでいいようにし、あらゆることを記録に残した——学校に提出するさまざまな許可証、僕たちの趣味、こだわり、アレルギー（あるふりをしただけのものも本当にあったものも）、それからもちろん思春期にびっくりするほど成長したことも情緒不安定になったことも、ふたりの注意を引きたくて駆け引きしたことも、ふたりの目を逃れようとあれこれやったことも。あなたたちは思いやりがあるし頭もいいと、母さんに何度も言われたのを覚えている。そう言われるたび、僕たちは「ありがと」と返した。そんなふうに思ってくれてありがとうと言っているように聞こえたかもしれないけど、本当はどんなものであれよきものを僕たちに与えてくれたことに感謝していたのだ。僕が幼児教育に全力を注いでいると言っても母さんは信じなかったけど、そう思うのももっともだ。母さんは、思いやりと頭のよさをきちんとそれ相応のところで使ってほしかったのだ。ただ僕には、誰もがそんなふうに生きるべきだとは思えないし、生きられるとも思えない。

アイシャは僕に言った——実際には何て言ったんだっけ？　そもそも彼女は何が言いたいのだろう？　アイシャはいわゆる「新進気鋭」の映像作家で、語ることより見せることのほうがはるかに手慣れている。では、彼女は僕に何を見せたのか？　山ほどのものを。だが何もかも見せたわけではない。同じ建物に住んでいる僕たちは、階段の吹き抜けで出会った。その日、部屋から閉め出された僕は、ルームメイトのピエールの帰りを待っていた。帰ってくるのはまだまだ先になりそうだった。なにしろポピー組の子どもたちが社会の一員としての振る舞いを身につけるためのお手本、というのはあくまでピエールの昼間の顔でしかないのだから。週末はヒア・イット・ノット・ダンカン〔『マクベス』第二幕第一場で王暗殺に向かうマクベスの台詞「聞くなよ、ダンカン、お前を招く弔いの鐘だ、行く先は天国か、地獄か」からか〕というバンドでリードボーカルをしていて、やつらのライヴはとにかく長い。もちろん電話しても出ないし、同じバスの路線沿いに住んでいる友だちもみんなライヴに行っているようだったので、仕方なく僕は自分の部屋のドアの前に座り込んでこれまでもらった名刺を一枚一枚めくってはそこに載っている携帯の番号にやみくもに電話をかけてみたものの、どれも留守番電話に繋がるだけだった。いきなり電話がかかってくるのはみんなもう嫌なのだ。アイシャが通りかかったのは、僕が誰かの留守番電話にとりとめのないメッセージを残しているときのことだった。電話に向かって話しながらなんの気なしに通りすがりの部屋のドアポストに手を突っ込んでみたら、ドアの向こうにいる見えない誰かにその手を摑《つか》まれぎゅっと握られた――そんなことが本当に起こったのだ。あのときほど怖かったことはないし、あれほど全速力でその場から逃げ出したこともない。

　通りかかったアイシャに今あったことを話すと、彼女はにっこり微笑《ほほえ》んだ。そう、微笑んだのだ。僕はごく平凡なやつだから残念ながら本来ならアイシャに微笑みかけてもらえるような立場にはない――彼氏募集中というのでもなければ。部屋から閉め出されていることを伝え、ありとあらゆる手を尽くして同情を引こうとした。すると彼女は僕に車を持っているか尋ね、ヒッチハイカーを拾って目的地まで一緒に連れて行こうよと提案した。ずっとやってみたいと思ってたんだ、と言う彼女に「うん、僕も！」と応じた。ふたりでＡ５３４号線を行ったり来たりしてみたものの、誰も車に乗ってはくれなかった。あまりに前のめりに声をかけすぎたせいかもしれない。明け方に戻ってくるとピエールが帰宅していた。もし帰ってきていなかったら僕たちはどうなっていたのだろう。

　アイシャは通りがけに僕の部屋のドアをノックして上映会やら何やらに誘ってくれるようになったものの、何時に待ちあわせようといつも三十分遅れか、ときには四十五分遅れてくることもある。一時間以上遅れても僕は平気で待つだろうけど、そのことを彼女に悟られてはいけない。辛抱強さに心動かされるようなタイプではなさそうだからだ。その気にさせたいのにどうしてもある一線を越えられない。このことについてじっくり考えてみようとしたけれど、その気にさせることと同様に考えることにおいても僕はどうしてもある一線を越えることができない。抱きあうと僕たちの身体は炎に包まれ、その中で感じることは感覚そのものを凌駕《りょうが》する——音を味わうことだってできるようになる——そして彼女はしゃっくりのようなため息なようなものを漏らしてあなたの舌が気持ちいいと教えてくれる。そうやって僕たちはもうちょっとだけ思うままに快感を味わい、お互いを求める気持ちがどんどん膨らんでいく——と、彼女はふいに身を引くのだ。挿入は許されない。いくらお互いに裸でも、なでたり擦ったりするのがどんなに気持ちよくても、膝で両足をこじ開けたときに彼女がどんなにおいしそうに濡れていても。覗《のぞ》き込んだ彼女の瞳はたしかに欲望を宿しているが、同時にそこには嫌悪感のようなものも読み取れる。そのあと彼女は音信不通になる。

　野心のない男は誰からも好かれないし、生き方をあらためないかぎり何ひとつ与えられはしないということなのだろうか？　もしかしてＡ《アイシャ》は架空のキャラクターか何かのために処女を守っているのか？　『エンジェル』のウィロー・ローゼンバーグとか『若草物語』のむかつくロン毛野郎シオドア・ローレンスとかのために？　それともほかに好きな人がいるのか——キャラじゃなく実在する人が。あるいは、きみがほしいと僕にはっきり言葉で伝えさせようとしてこんなことをしているのだろうか？　そういうことを口に出すのは好きじゃない。だから今のところ、彼女がしたくないのなら僕にはできない。それが当然ってものだと思うのだけれど、これまで男女問わずいろんな人から聞いた話によると、ほかの人はそういう考え方はしないそうだ。同意というのは下向きの運動だと僕は思う——飛び降りたり落ちたりするような——そして当人が認めるかどうかは別として、誰より決断力のある人でさえ、何かに同意したときそれを進んでしたのかそうでないのか、自分でもふとわからなくなることがある。みずから飛び降りたのか、それとも誰かに押されたのかわからないまま、死んだような目をしてひとりでに落ちていくのだ。

アイシャは「単にペニスがほしくないだけ」じゃないのかとピエールは言う。

「ヴァギナのほうがいいってこと？」

「かもな。ただ、おまえに関係あるのは単にペニスがほしくないってことだけだ。つまり……そうだな、ある男がいて、おまえにめちゃくちゃ入れたがってるとする。それってちょっと鬱陶しいだろ？」

ピエールはいつも思ったことを正直に言ってくれる。僕にある種のコンプレックスを植えつけようとしているのかもしれないけど。あるいはその両方をいっぺんにやろうとしているのかもしれないけど。

僕が早まった行動に出ないのにはわけがある。ありのままの姿を知りたければ、アイシャが情熱を注いでいるものを見ればいいのだ。彼女は映画をこよなく愛しているので、お気に入りの作品ひとつひとつの中に彼女を知るための手がかりがある。命令されて言うとおりにしたくないとき生意気に口を歪《ゆが》めるのは誰の真似なのか僕は知っているし、ねえハニー、わたしがキレたら取り返しのつかないことになるわよ！　と、ものうげに口にするとき誰の言葉を引用しているのかも知っている。たしかにセックスは最後までできていないけれど、それでも僕は彼女を知っている。アイシャは詩を読むのが好きなので、自分でも書きたいと思ったことがあった。しかしミューズは彼女に語りかけなかった。そのあと散文を書こうとしたものの、どうしても性器について書く気になれないのに気づいて無理をするのはやめた。「本物の作家は身体のことを書けなきゃいけない。絶対にそう。だってわたしたちその中で生きてるんだから」

だからAの妙な振る舞いのわけは単にこういうことなのかもしれない。僕が欲望に導かれるのが気に入らないのだ。もしかすると欲望はあっと驚く裏切り者なのかもしれない。城壁に囲まれた街で夜どおし小さな声で歌いながら、星の照らす白鳥の羽根をひらひらとその手でもてあそぶ、あの門番の娘のように。欲望そのものである門番の娘はちょっと軽はずみかもしれないけれど、誰かのことを傷つけたりはしない――城壁に囲まれた街を目指し兵士たちが行進してくる姿を望遠鏡で捉えるその日までは。夜の帷《とばり》が降りると彼女は眠る街をそっと通り抜け、城門で敵を出迎え、その門を堂々と開け放つ。ほしいものはみな奪い、あとは焼き払ってしまえ……。

……すべてが終わったとき、この跳ねっ返り娘がなぜ裏切ったのか周りの人にはけっしてわからない。しかるべき理由があったのかどうかも。あのときは夢遊病にかかっていたのという彼女の主張を歴史家たちはあれこれ分析する。これこそ欲望なるもの、城壁に囲まれたわれらが街の子がやることなのだ。彼女のことをどう言おうと勝手だが、その存在を否定できる人などいまい。まさか、いないよな???

僕は自分でも気づかないうちに、いつのまにか失業していた。グリッサンドのロビーをうろうろしてばかりいて仕事に行く暇がなかったのだ。ホテルにいる誰かが僕の手を必要とするかもしれない。そうすれば僕は家族の一員に戻って、本当に要るのかどうかよくわからないものを提供するというバランドフ家の伝統をみんなと一緒に守っていける。しかし僕は誰にも必要とされなかった。母さんがトランシーバーに向かってぶつぶつ話しながらあちこち駆け回り、父さんとオデットが工具ベルトをつけ、その何も入っていない輪っかに親指を突っ込んで闊歩《かっぽ》するのを、ただじっと見ていた。僕はチャンスを逃してしまったのだろうか？　貯金を使い果たしながら、僕は気晴らしに野心でも育んでみることにした。手はじめに高価なものをあれこれ盗んでみたものの、自分のものになった瞬間に持っているのが嫌になり、かといってわざわざ売る気にもなれなかった。だから、なくなったことを誰にも気づかれないうちにもとの場所に戻した。とりわけやってみて楽しかったのは（わざわざロンドンまで出向いて、ばっちりメイクをし、末尾の一音節の発音まで完璧なウィーン訛《なま》りで話すという手の込みようだった）、オールド・ボンド・ストリートのティファニーからダイヤモンドのネックレスを盗んだうえ、難なく返しおおせたことだ。もう少しで返さないところだったけれど、アイシャには気に入ってもらえなかったし、ほかにあげる相手も思いつかなかった。ダイヤモンドはなんだかくすんで見えた。ネックレスを盗みながらとっさに思ったのは、きれいに拭いてあげたいということだった。

この時期に幾度となく観たアイシャの短編映画がある。『耐えがたき退屈』という冷戦時代のサンクトペテルブルクを舞台にした映画で、中年の兄妹の心が同時に壊れていくところを描いている。ひとつ屋根の下で暮らしている兄妹は昔から共産党員で、どちらもプロパガンダを書くために党から雇われている。ある夜ふたりのもとに、党の立場を確固たるものとするため今こそ役目を果たせとモスクワから知らせが届く。ふたりが選んだ方法はこうだ。自分たちが実はスパイなのではないかと仲間の党員たちにそれとなく疑いを抱かせ、みずからの活動がどのように調査されるか観察しつつ、その調査を全身全霊を捧げて妨害する。この「予備演習」についてあれこれ話すのは禁じられているため、演習を行っていることにサンクトペテルブルクにいる同志たちが気づいているかどうか兄妹には判別できない。かといって経過を報告しようにも、モスクワにいる誰に伝えればいいのか見当もつかない。ふたりが受け取った手紙には本物の、つまりその命令を拒否できないことを意味する公印が捺《お》してあったが、署名はなかった。手紙が届いたのは夜更けだった――訪ねてきた男の震える手から妹がそれを受け取ると、玄関から立ち去りぎわに男は狙撃手に撃たれた。と、その狙撃手を撃ったとおぼしきさらなる銃声がまた別の高さと距離から響いてきて、そうして撃った狙撃手もまた別の狙撃手によって撃たれたようだった。命令に従わないのが愚かなのはあきらかだ。いい加減な気持ちで従うのもまた愚かというものだろう。もし兄妹が任務を満足にこなせなかったら「譴責《けんせき》」を複数回受けることになる――これはどういうことなのだろうか？　何か失敗するたびに罰を受けつづけるというのは。兄妹の最初の任務は受け取った手紙をびりびりに破って食べることだ。それから先は指令を受けるため、郊外にある廃屋をふたり交互に訪れ、寝室の壁に書かれたその週やるべきことを確認する。さまざまな手段で偽の通信を行い、暗号を用いでたらめな報告書をいくつか作成せよ。内容を確認して暗記したあとは、上から塗り潰すことになっている。兄妹はその家に一緒に入ることを禁じられているため、妹はひとりで中に入り、兄もひとりで中に入る。お互いの目さえ見ないよう注意していれば、相手を傷つける言葉をでっち上げるのもそれほど苦痛ではない。気になることはほかにもあった。ふたりが行った偽の通信の中に、どう見ても本物にしか思えないものがいくつかあったのだ。

兄妹はものすごく不幸だ。自分たちは何ひとつ悪いことをしていないのに、どうしてこんなことに巻き込まれているのか理解できない。昼食時にひとりの同僚が冗談めかして言ったことをきっかけに、こんな可能性が浮かび上がる。モスクワにいる誰かが天才兄妹は誠意のないやつらだと腹を立てて、ふたりに自分たちの墓穴を掘らせようとこの拷問のような計画を立てたのではないか。たしかに兄妹が日々の雑用についてつまらない口げんかをし、近所の人たちのすることに当たり障りのないコメントをしあうのを見ていると、残念ながらふたりがどれだけ美辞麗句を並べて何かを褒め称えようとも、その言葉には誠意の欠片《かけら》もなく、そもそも最初から誠意などどこにもありはしなかったということがだんだんわかってくる。ふたりはこれまで社会との繋がりをいっさい断ってきた。周りの人間はみなただの知りあいでしかない。そんな生き方を今になって省みたふたりがカップの底を覗き込むと、そこに残った茶葉のあいだをいっせいに駆けていく野生の馬たちのシルエットが見える……これは何の前触れなのだろうか？「お茶より強いものを飲めと馬たちは言っているのだ」。すこぶる有益な助言だ――兄妹はもはや何も話したくないと心から願っているし、アルコールは口をつぐませるのを経験から知っている。だからふたりは台所のテーブルでそれを飲む。無表情で膝を突きあわせ、お互いの背後にある、一言も聞き漏らさない盗聴器が仕掛けられた壁をじっと見つめながら。

断片的で摑みどころのない映画だ。目の前で絶え間なく動いていくイメージというよりも、瞳孔を覆う物質という意味での映画。見るというよりもっぱら感じるものであり、コマを追うごとに緊張が暗い影を落としていく。しまいには兄妹の人生を覗くことも、最後まで見届けることもできなくなる。兄妹自身にも、それはできないだろう。この映画は、書かれた言葉やそれに縛られることを批判しているように思える。書かれたものを信じる者に災いあれ、信じない者にも災いあれ。

　こういうことを僕が伝えると、アイシャは首を横に振った。

「これ人形劇だよ」と彼女は言った。たしかに、そういう面もある。映画の兄妹はどちらも女性のように見える二体の人形が演じ、いずれもAの継父の友人だという歌手と人形遣いがそれぞれ声を当てている。妹は兄より背が高く、木でできている。兄は金属製で、見たこともないほど魅力的なその顔つきは、全体がぎざぎざの鱗《うろこ》でできている――まぶたも鱗なら、鼻もボタン形の鱗。口を開けて話すと、まるで海が語りかけているかのようだ。

　オデットにも見せようと、僕はホテル・グリッサンドのロビーで妹が来るのを待ちながら、無料のWi-Fiを使って映画を携帯電話の小さな画面でもう一度再生していた。と、ひとりの男に肩を叩《たた》かれ、僕は顔を上げた。父さんと同年代の黒人の男で、背は僕より頭半分ほど低い。このもみあげ（と、この男）どこかで見たことがある。でも、どこだったか思い出せない。男は何かしゃべっていた。僕はイヤホンを両耳から外した。

「……元気そうだな、フレディ。久しぶりじゃないか」

「ええ、おかげさまですごく元気です。そちらもお変わりないですか？」。誰なのか見当もつかなかったけれど、今目の前で何が起こっているのかどちらかいっぽうがわかっているなら、おしゃべりくらいしても構わないと思った。

　彼は肘で僕をつつき、ウィンクした。「こんなところで会うなんてびっくりしただろう？　おれのこと死んだと思ってたんじゃないか？」

そう言われて、何もかも思い出した。この男はたしかに死んだと思われていた。僕の名付け親で、洗礼式で会ったきりだった。葬式に行ったような気もするけれど、よく覚えていない。いろんな葬式に出すぎて、どれが誰のだったかもはやよくわからない。

「うわ、そうですよ！　じゃあやっぱり生きてたんですね？　よかった。あんなこと、いったいどうやってやったんですか？　だってあなたはあのとき――」

「ああ、セーリングに行った」と、彼はにこやかに答えた。

「そうそう、セーリング。あなたがボートで世界一周してたとき、キューバに例のハリケーンがやって来て、ボートの破片があちこちの海岸に流れ着いて――」

「ボートは早々に乗り捨てたんだよ」と、僕の名付け親は穏やかに言った。「セーリングなんて向いてなかったからね。もともと女房と子どものもとから逃げたい一心であんなことを思いついたんだ。だからフロリダに着いたあとは、ボートをそのまま漂流させておいたんだよ」

「家族に死んだと思わせるためにですね？　えっと――ジャン・クロード」

「そうだ。それ以来もう何年もこのグリッサンドで暮らしている」。彼はポケットの中で手をごそごそと動かした。何をしているかは察しがつく。同じようなことが癖になっている人たちをこれまでも見てきたからだ――彼は部屋のカードキーの外周を指で何度もなぞっている。これは本当ならチェックインしてホテルのルールに従わなくてはならなくなる前にしておかなければならなかったことだ。鍵を自分のものにする前に、よく観察しておかなければならない。あとでそれが自分のものだと確認することが必要になるかもしれないからだけではない。鍵をよく観察することは、その鍵を差し込むための錠《じょう》、ひいてはその錠の周りにある建物全体の印象を掴むことでもあるからだ。ひとたびホテル・グリッサンドにチェックインしたら、チェックアウトは一生できない。これは死を味わうようなものなのじゃないだろうか。多くの物語で、死者はそれまで行ったことのない場所に行こうとしてどうしても辿り着けず、そこではじめて自分が死んだことに気づくものだ。幽霊は一度行ったことのある場所にしか戻ってこられない。それくらいのことしかもうできないのだ。もちろん、なかにはかなり広い生活圏を得られる者もいる。ただ、持ち主があちこち旅したことがあろうとなかろうと、ホテル・グリッサンドの部屋のカードキーはどれも円形と決まっている。滞在契約にサインする前に、もし鍵を手に取ってしげしげと眺めていれば、これから先どこに行こうと必ずホテルの自分の部屋に戻ってこなければならなくなることを、その形があらわしていることに気づくこともできただろう。

「ここは静かでいいところだし、毎朝出てくる卵だって文句なしだ」とジャン・クロードは言った。「ヤナはおれがいなくなったまま離婚して、再婚したしな。あいつは元気だよ。それに見ろよ、息子もこんなに元気そうだ！」僕の名付け親はセレブ雑誌を開いて、息子の立派な家が見開き四ページ特集されているのを見せてくれた。ケダーレイオマー・ナチョーの錠前の家！　豪華絢爛！　ミステリアス！

「ケダーレイオマー・ナチョーがあなたの息子？」僕は携帯電話をぶんぶんと振ってみせた。

「今僕が観てるこの映画に出てるの知ってましたか？」話しているあいだに最後まで終わってしまっていたので、もう一度はじめから再生した。ジャン・クロードの視線は、僕と携帯電話の画面とのあいだを怪訝《けげん》そうに行き来した。「人形しか出てこないじゃないか」

「ええ、兄の声を当てているんです——」スクリーンに映るのが銀色の顔だけになるのを待って、音量を上げた。ジャン・クロードはしばらく耳を傾けてからうんうんとうなずいた。

「で、この映画がどうしたって？」

「あ、これ僕の……彼女のなんです。えっと、彼女が脚本を書いて監督していて……」

ジャン・クロードが僕の腕を掴んだ。「うちのケダーレイオマーと知りあいなのか？」

「いえ、直接は知りませんけど……あの、息子さんと……その、仲直りしたいんですか？」。どうやら僕はチャンスを逃してなどいなかったらしい。ジャン・クロードとその有名人の息子のために、僕が役に立てることがあったのだ。うまくいけば僕も母さんと仲直りして、もう一度息子として存在を認めてもらえるかもしれない。でもジャン・クロードは仲直りなど望んでいなかった。その手の感傷は絶対にやめるべきだと、会計士に厳しく言われていたのだ。ただ危険人物の魔の手から息子を救ってほしいんだよと彼は言った。

「危険人物？」

「タイキ・ショーって女だ」とジャン・クロードは暗い声で言った。

「えっ、本当に？」

「彼女のこと知ってるのか？」

僕は携帯電話の画面をもう一度タップした。「妹の声を当てている人ですよ！」

ジャン・クロードはさっきとは違う雑誌をめくって、ケダーレイオマーが背が高くむちむちした身体つきの黒人女性と手を繋いで出かけている写真を何枚か見せた。髪をアップにしていて、思わずＢ級映画の吸血鬼よろしく嚙《か》みつきたくなるような首筋をあらわにしている。人形遣いにはとても見えなかったし、雑誌のキャプションを書いたライターもそう思ったのだろう。ナチョーの謎の彼女……誰なのか知ってる？　情報求む！

「フレディ」ジャン・クロードは言った。「ここ何日か、おまえのこと見てたよ」

「見てた？　どこから？」

彼はいちばん奥の電話ボックスの後ろにある、ヤシの木の鉢植えを指差した。「あの後ろに椅子がある。そう、そこからおまえを見ていたんだよ。元気そうだった。じつに元気そうだったけど、どこか迷っているようにも見えた……」

これには異議を唱えなかった。

「ちょっと一儲けできる仕事をしないか？　フレディ」

「えっと……したいです」

「よし！　これだけ払おう——」ジャン・クロードはいちばん上にあった雑誌の表紙に数字を書き込んだ。「一刻も早くふたりを別れさせてくれたらな」

かなりの金額だった。なぜそんな大枚をはたいてまでふたりを別れさせたいのか、訊《き》かずにはいられなかった。

「タイキ・ショーについて調べてみたら、わかったことがあるんだ」そう言ってジャン・クロードはしばし目を大きく見開いた。「それが何なのかは訊かないでくれよ。おれの息子が付きあうべきタイプの人間じゃないとだけ言っておく。息子を助けてくれ。金のためにやるのは嫌かもしれない。でもおまえにも人としての良識くらいはあるだろう」

「僕にできることなら喜んでやりますよ。ただ、コンシェルジュや母さんには頼んでみましたか？」

「ああ、もちろん。だが、自分たちの権限ではあくまで敷地内で叶えられる依頼しか受けられないと言われた」

「なるほど……まあ心配いりませんよ、ジャン・クロード。僕がなんとかしますから」

「そりゃありがたいね、フレディ。それでこそバランドフだ！」


もうすぐ大金が手に入る、そう思っても全然わくわくしなかった。こういうことはやっていくうちに、だんだんわくわくしてくるものなのかもしれない。アイシャはそれほどせっつかなくても、ケダーレイオマーをあっさり僕に紹介してくれた。むしろ僕がミーハーだと知っておもしろがっているようだった。

Aの友だちはみんな僕の友だち……。

ケダーレイオマー《チェド》・ナチョーは有名人になってもう何年も経っていた。だから贅沢《ぜいたく》な暮らしをするのも、パーティーを開いて遊び仲間をもてなすのもすっかり慣れっこだ。彼の持っているものをいいねと言えば何でもくれる。身につけていたものをわざわざ脱いで着せてくれるほどだ。この気前のよさは、自分が今まさに幸せの絶頂にあるからでもある。タイキは初恋の相手なんだと、彼は話を聞いてくれそうな人なら誰にでも素直に認めた。どこにいても、あの色香を湛《たた》えた麗しのタイキが彼のそばにいた。つねにお互いの身体を触りあっていて、それぞれの肌からはふたりの混ざったにおいが立ち上る――硫黄《いおう》のような、まとわりつくような甘いにおいだ。はじめて恋に落ちるには、やつは歳をとりすぎじゃないか？　そしてタイキとはいったい何者なのか？　ジャン・クロードは自分の知っていることを教えてくれそうになかったので、僕は僕で少し調べてみた。彼女は人形遣いといってもまったくの無名だった——ラダ・チョードリーやグスタフ・グリマルディのような人たちと友だちではあったみたいだけれど。タイキはほかにも副業とか呪術とかもやってるんだ、とアイシャがさりげなく付け加えた。副業？　身体でも売ってるってこと？

　ケダーレイオマーはいいやつそうだった。タイキもそうだ。どちらかが悪人だったとしたら、ものすごく隠すのがうまいってことになる。どっちでもいい。僕はただふたりのロマンスを終わらせるのみ。ふたりは愛しあっていて、何でもないことにも大笑いし、よりによって僕が今まさに拒まれているセックスのにおいでこちらを攻撃してくる。拒まれているなんて言うと、まるでセックスできて当然だと僕が思っているみたいに聞こえる。そう、あのふたりのせいで僕の頭の中はこのうえなくみだらなヘリウムでいっぱいになってしまったのだ——ふたりがお互いをなで回す手をじっと見て、アイシャの『耐えがたき退屈』を観て、それからまばたきすると、目の前にあるさまざまなものがぐにゃりといい感じに歪んで、すべてがサテンのシーツに包まれる。僕、アイシャ、ケダーレイオマー、タイキの身体がひとつになるのを、僕はこの目で見て、感じる……人形までもがその様子を見物している。僕はケダーレイオマーに言い寄ってみたものの、たしかに例によって中途半端なやり方だったとはいえ、ジャン・クロードの息子は僕の魅力になびかなかった。彼はアイシャの話をしながら、彼女を傷つけるやつはおれとアイシャの継父とでぼこぼこにして二度とまともな暮らしなんてできないようにしてやると言った。あまりにいい声で言うので、自分が脅されていると気づくのにしばらく時間がかかった。

　こうなったらもうアイシャを計画に巻き込むしかなかった。ミスター過保護に僕のしたことをばらされて手遅れになる前に。僕が洗いざらい話すと、アイシャはものすごく異様なものでも見るような目つきでこちらを見た。

「つまり、あなたは今持っている以上のものはほしくならないたちだってこと？」と彼女は訊いた。

「うん」

「それがよくないことだと思ってるわけね？」

「そうとしか思えない。この考え方の違いのせいで家族の中で僕だけだんだん仲間はずれになりつつあるんだよ！」

「チェドのこともタイキのこともよく知ってるわたしが、別れさせる必要なんて全然ないって言っても？」

「それでもやらなくちゃいけないんだ。約束は必ず守らないと。ジャン・クロードにも言ったんだ――」

「ジャン・クロードと言えばさぁ」とアイシャはお茶をかきまぜながら、急にいじわるそうな口ぶりになった。

「ちょっと、その話は今やめてよ」

「わかった、ジャン・クロードのことはひとまず措《お》いておこう。ねえフレディ、あなたはわたしの彼氏だし、わたしたちふたりいれば何だってできるよ。あなたがあの人たちを別れさせたいなら、こうすればいい……」

「きみの彼氏……何だってできる……何だって、きみの彼氏」ひとりごとを言っているつもりが、声に出してしまっていた。彼女の耳にも入ったようで、大丈夫かと心配された。

「僕？　えっ？　ていうか……うん。大丈夫に決まってる。僕は――ごめん、話の邪魔しちゃったよね？　どうぞ続けて」

アイシャの知りあいに「人間関係をぶち壊すオーラルセックス」をする男がいる。この男とタイキをいつか夜に引きあわせて、ワインをしこたま飲ませてなりゆきに任せてみようと彼女は言った。僕たちはそのとおりにした。件の人間関係をぶち壊すオーラルセックスをする男というのがルームメイトのピエールだとわかったとき、僕はいかにもおもしろがっているような顔をした。


タイキはケダーレイオマーと一緒にやって来て、一緒に帰って行った。なんて人付きあいのいいカップルだろう。ふたりでいるのも、みんなでいるのも楽しむ。彼はとにかく明るくてエネルギッシュだし、彼女の口からは気の利いたことやら自分なりの意見やらがぽんぽん出てくる。ふたりとも持って生まれた先見の明があるのはたしかだけど、あれがしたいだの今こんなことをやろうとしているだの次から次へと話すので、聞いていて正直ちょっと疲れる。いっぽうピエールはじゃんじゃん飲んでいたものの、ずっと素面《しらふ》のままだった。あと、思わせぶりな感じでアイシャに色目を使っていた。僕はといえば一晩じゅう水ばかり飲んでいた。というか、水をがぶ飲みしてなんとか冷静になろうとしていた。そうやって酔っぱらわずにいたおかげでとっさにいい考えが浮かんで、何の成果もないまま一晩無駄にしてしまうことだけは避けられた――キッチンのカウンターに、タイキとケダーレイオマーが飲み干したグラスが置いてあったのだ。僕はそれを盗んで、計画を次の段階に進めることにした。

ＤＮＡ鑑定の結果は期待はずれだった。タイキとチェドのあいだにはいかなる血縁関係も存在しなかったので、僕のほうで少し小細工しないといけなさそうだった……鑑定結果のすみずみまで目を通し、この手のことに詳しい友人たちに相談したうえで、細かい部分を改竄《かいざん》する作業に取りかかった。要するに呆気《あっけ》にとられた素人《しろうと》ふたりの目から見てもっともらしい結果になってさえいればいいのだ。言っておくけど、これはジャン・クロードのタイキ恐怖症のためでも、金のためでもないし、ましてや僕がどんな仕事でもこなせる真のバランドフだと母さんに証明するためでもない。僕はグリッサンドのバーにふたりを呼び出した。

「話したいことって何？」とケダーレイオマーは訊いた。タイキは僕の座っているカウンターに置かれたふたつの封筒に目をやり、中に何が入っているのか尋ねる前に一瞬じっと考え込むようなそぶりを見せた。


　用意してきた言葉をつっかえながら話しているうちに、だんだん頭がぼうっとしてくるのがわかった。自分の父さんのことってじつはよくわかってないものだよね、わかってるつもりになってるだけなのかも、だって父さんがこっそり不倫を繰り返してたせいで気づいたら周りじゅう血の繋がった人だらけなんてことになっているかもしれないんだから、あの人もこの人も、なんとなく自分に似てるなぁなんてことになってたりして、とかなんとか。

「いったいこの人、何の話してるの？」とタイキは僕を見たままチェドに尋ねた。僕の中で理性の声がふいに語り出した。それは、とことん退屈な声だった。フレディがついに正気をなくした。なくした？　なくしたってどういうこと？　ああ、そうか――僕はとうとう心の底からほしいと思えるものを見つけたんだ。僕がどうしても叶えたい願いというのは、タイキとケダーレイオマーに自分のついた嘘を信じてもらうことだった。もし僕の言うことを信じてふたりがお互いを遠ざけたら、僕の勝ち。もし僕を信じつつも一緒にいつづけたら……そうだな、そのバージョンもおもしろそうだから見てみたい。たとえそれが、僕の負けを意味していたとしても。いまだに思う。もしあのときふたりが僕をおかしくするあのにおいを全身からぷんぷんさせながらあらわれたりしなかったら、何もここまでのことはしなかっただろうな。

本に鍵がかかっているのには、
それなりの理由があるんじゃない

あなたが働いているビルのエレベーターから誰かが出てくるたびに、エレベーターのドアがガラスでできていたらいいのにと思う。そうすればドアが開く少し前に誰が来たのかわかるし、その人に応じた表情を準備しておくくらいの時間もできるだろうから。あなたの新しい同僚が、職場にふさわしいとされている装いよりほんの少しカジュアルな格好でエレベーターから出てきて、心の準備ができていなかったあなたは「こんにちは！」と必要以上に大きな声で言ってしまう。彼女はこんな人だ。顔はハート形でチークは薄め、ストレートの短い髪をきれいにカットして、目は大きいというよりは切れ長。黒人だがこのあたりの出身ではなく、ジーンズにブーツ、スカーフというボヘミアンな着こなしを堂々としているので、そういう服どこで買うのと同僚たちに尋ねられる。「えっ、古着屋《スリフト・ストア》ですよ」と彼女はふふっと笑いながら答える。あなたの隣のデスクのジョージが「古着屋《チャリティー・ショップ》ってこと？」と訊《き》くと、「ええ、古着屋《スリフト・ストア》……」と答える。

　彼女の話し方はニューヨーク訛《なま》りで、そこにアメリカの別の場所、中西部のどこかの訛りが混ざっている。名前はエヴァだ。よそよそしいタイプってわけじゃない、そうじゃないけれど、仕事に関係のないことを誰かに尋ねたりはしない。自分が何か訊かれたときはなるべく簡潔に答えて、それ以上の会話に繋がらないようにする。女子トイレでは同僚たちがずらっと一列に並んで、鏡に映った自分の姿をいろんな角度からチェックし、それが終わるとひとりひとり口紅を塗り直している。今まで化粧は仕事終わりにするのが当たり前だったのに、このところ同僚たちは輝けるのはエヴァだけじゃないってことを見せつけようとしている。自分の番がくると、あなたは鏡の前で着ているシャツにささっと手を加える。袖をまくってさりげなく肌を見せたりして。ちょっとわざとらしすぎるかな？

　エヴァはその手の身繕いには頓着しない。昼休み中も、右手でキーボードを叩《たた》きながら左手で持ったサンドイッチを食べ、ずっと仕事をしている。あなたも自分の席で昼食をとる。ここで働くようになってからずっとそうしてきた。エヴァが昼食の誘いを四回断ったのを見て、あなたは彼女に声をかける。「一匹狼《おおかみ》なんだってみんなに言ったら。わたしはそうしてるよ」

　エヴァはコンピューターの画面から目を逸《そ》らさなかったので、一瞬あなたを無視するつもりのように見えたけれど、しばらくしてこうつぶやいた。「いえ……わたし一匹狼じゃないです」

　あ、そうですか。あなたは自分の席に戻って、データ解析の仕事をつづける。足りない書類を探すために、何度か電話をかける。あなたの会社は、労働力を合理化して生産性を最適化する仕事をほかの会社から請け負っている。あなたやエヴァのような立場にいる人の役割は、それぞれの従業員の成果を厳しく冷静に判断して金銭的価値をつけ、その数字を上位の人間に伝えて誰を解雇すべきか決められるようにすることだ。あなたの上司はもっと微妙なやり方で評価をする。じっさいにオフィスに足を運んで対象となっている従業員らをその目で観察することもよくあって、最終的な提案では、将来性と呼ばれるよくわからない素質を考慮することが許されている。あなたは早くもっと上の役職に就きたいと思っている。年収の変動だけで人をランク付けするのがだんだんつらくなってきたからだ。あなたは自分の扱う数字にもう少し文脈がほしい。四年前の二月から五月にかけて社員ＱＭ７６９３２の人生に何があったのか、なぜ数値がこんなに激減したのか？　そのあと数値は回復して、現在に至るまで安定しているものの、ＱＭ７６９３２は本当に信頼できる社員といえるのか？　どんな災難に見舞われたにせよ、同じことが五年周期で繰り返される可能性があるのだから、月並みでももっと安定した成果をあげているほかの誰かを選んだほうがまだ確実ということになる。でもスージーが言うように、多くの上司がこの手の評価を外部委託したがるのは、文脈や仲のよさが迷いを生むからだ。スージーはいざ昇進するというときに、わざわざ自分の将来性の話などするつもりはない。「オフィスに出向いて行くコンサルタントよりも、わたしたちの持っている力のほうが大きい」と彼女は言う。そのとおりだとあなたは思う。あなたがデスクでまとめる報告書には、その人に収益性があるかないかがはっきりと示されている。それでも上司たちは先方のオフィスにどんどん出かけて行くし、意見も求められる。だからあなたもスージーも、早く昇進できるようせっせと働いているのだ。

　でも近ごろは……近ごろのあなたはそうやってなされる提案に影響を及ぼしたいと思うようになった。近ごろのあなたはほぼ確実にクビになる数値の人を選んで、その人たちをなんとか救おうと、誰かにチェックされたらどうしようとびくびくしながら数値を操作している。チェックはあるにはあったが、数字をちらっと見られただけだった。あなたの几帳面《きちょうめん》さには定評があったし、なによりあなたがただのランダムな文字や数字の羅列にどうして手を加えようと思ったのか、上司にはきっと想像もつかないだろう。相手がどんな人なのかなんて見当もつかないのだし、じっさいに会ってみたら気があわないかもしれない。でも、相手に何が起こるかわからないからこそ、自分のやっていることが腑《ふ》に落ちないのだ。なぜもっと別のことを目標に働けないのか？　少なくともその目標に到達したかどうかくらいは自分でわかるようにできないものか？　正直に認めよう。あなたはちょっと変わっている。でも数値を改竄《かいざん》しすぎたかなと思うたびに、あなたはおばあちゃんのことを思い出しては、手を止めずそのまま進める。おばあちゃんはあなたに暗いインスピレーションをもたらす。あなたのお母さんのお母さんは、みっともないほどたくさんの貴重品を持って、崩壊した共産主義国家から逃げ出した。その身の毛のよだつ年月のことを思い出そうとするとなぜか頭の中が真っ白になったが、ほかの多くのことについてはものすごくはっきり覚えていた——たとえば物価の変動なんかについては。どうやって生き延びるかという話になると雄弁になり、いざというときになれば自分の命以外のことを選ぶ人もいるのではないかなんて意見はいっさい取りあおうとしない。表向きには、おばあちゃんは腕のいい歯科医だったからお金に困らなかったということになっている。しかしその性格からして、陰険な手段を使って他人を貶《おとし》めたこともおそらく相当あるのだろう。そんな疑惑を必死になって頭から追い出そうとするあなたの姿が、おばあちゃんにはおかしくて仕方ないようだ。

　しかし、歴史上もっとも残忍な政権のひとつとみずから進んで結託していたと思われていたおばあちゃんが、もし本人の言うとおりただの歯科医だったという証拠が出てきたりしようものなら、あなたとあなたの家族はさぞかし裏切られたような気分になるだろう。正直で評判のいい人々のもとにもたらされるという、思いがけない大金がとある歯医者の目の前にあらわれる。そして内心びくびくしつつも意志の強い女が、その思いがけない大金を両手でしっかりと摑《つか》んで離さなかったのだとしたら。あのおばあちゃんがそんな、内心びくびくしつつも意志の強い、まぎれもないただの歯科医だったとしたら——。でも、おばあちゃんはそんな話ちっともしようとしない。それが問題なのだ。できないのならあなたにも理解できるし、少なくとも心から敬意を払うことはできる。でも、そうするつもりがないのだとしたら？

　あなたのおばあちゃんがカトリックを信仰するようになったのは、とりわけ口が重いことで昔から有名なふたりの聖人を気に入ったことがきっかけだったようだ。懺悔《ざんげ》室で語られた秘密を断固として守ろうとし処刑されたことで知られるネポムクの聖ヨハネ、同じ信仰を持つ知人たちの名を明かすことを拒否したため命を落とした聖ジョン・オジルヴィ。おばあちゃんは十字架の代わりにロケットを首から下げていて、その中にはネポムクの聖ヨハネ、背の高い兜《かぶと》をつけた兵士たち、恐怖に顔を歪《ゆが》ませた何人かの見物人、四体の天使と一頭の馬を描いた絵のミニチュアの複製が入っている。絵の中では兵士たちがネポムクの聖ヨハネをカレル橋から突き落とそうとしているが、聖ヨハネはそれほど困った様子もなく、顔を上げてまるでいずれなされるであろう懺悔を一足先に聞いて、今自分を苦しめている者たちのことを前もってとりなしているかのようだ。父なる神よ、男の子にいたずらはつきものなのです、とその表情は語っているように見える。ぽつんと立っている馬もうんうんとうなずいているかのようだ。十四世紀のことで、このあと天使たちがあらわれネポムクの聖ヨハネを川床に運んで眠らせ、そこでは五つ星の光輪も彼を待ちかまえている。この場面をおばあちゃんが誰かに見せてくれることはあまりないけれど、閉じたロケットを片手でぎゅっと握り込んで、チェーンを引き抜こうかどうかぼんやり考えているような姿をあなたはときどき目にする。


　わたしを疑いたいならそうしなさい。

　これ以上話して何になるのか……雄弁に語ればおまえたちは信じるのか？

　おまえたちは全員馬鹿だ。

　おばあちゃんはそう宣言しているのだ。しかし、あなたやそのきょうだいたちは口を揃えてこう言う。「いやいや、おばあちゃん。何の話してるの？　何が言いたいの？　何でそんなふうに思ったの？」。みなお互いに、けっして目をあわせようとはせずに。

あなたが保育園に通っていたころ、おばあちゃんはきょうだいたちの中から突然あなたを選び、わたしの弟子にすると宣言した。当初は単に教育費を出すと言っているだけだとみんな思った。あなたの両親にとっても、あなたのきょうだいたちにとってもそれは朗報だった。ほかの者にもいずれ順番が回ってくるということだからだ。あなたは心の底から感謝したが、永遠に恩義を感じつづけることになったのもまた事実だ。人格形成期に触れたもののほとんどのお金を支払ってもらったので、自分はもはやおばあちゃんのものという気がする。電話がかかってきてもてなしてほしいと言われれば、あなたは正装しフィドルを持っておばあちゃんの家に出向き、おばあちゃんとチェスクラブの友人たちのために農民の踊りを弾いてやらないといけない。あなたがおばあちゃんの機嫌を損ねると、おばあちゃんはあなたのお母さんに八つ当たりするのだ。家族のあいだでは、いつかもしおばあちゃんがひとりで生活できなくなったら、あなたが住み込みのお手伝いさんになるというのが暗黙の了解になっている（あなたの受けた教育は本当にそんな大層なものだったのか？）。だからおばあちゃんのことを考えると、できることはできるうちにやっておいたほうがいいとあなたは思うのだ。

話し方がますますそっけなくなるにつれて、エヴァの人気はむしろ高まっていく。普段はあれほど仕事に集中しているスージーも、エヴァになんとか口を開かせようとしょっちゅうあの手この手で迫っている。キャスリーンは昼休みに買い物をするようになる。何を買ったか誰にも見られないようにしているが、ときどきロッカーにしまってあるものが目に入る――エヴァが古着《チャリティー・》屋《ショップ》で揃えたおしゃれを真似して買った、いかにも高そうなものたち。エヴァに興味津々の独身男性たちは訊かれてもいないのにみずからの私生活の話をして反応をうかがおうとするが、彼女はただ笑って受け流すだけ。やっぱり一匹狼なんじゃないのとあなたは尋ねたくなるが、アドバイスを退けられて以来、自分から声はかけていない。しかしまもなく、オフィスでのエヴァにとっての風向きが変わる。ある月曜日の朝、階段を上ってきたせいで息も絶え絶えになったスージーが、オフィスに駆け込むなりこう言い放つ。「エヴァ、あなたに会いたいって人が来てる！エレベーターで上がってくるけど、その女の人……泣いているよ？」

　このときもやはり、エレベーターのドアがガラス張りだったらいいのに、と思った。エヴァにとってではない。彼女は誰が来たかもう察しがついていて、どこか隠れる場所はないかとあたりをきょろきょろ見回している。そうではなくて、オフィスにいるほかのみんなにとってその方が都合がよかっただろうからだ。エレベーターのドアが開いて、泣いている女性と五歳くらいの男の子があらわれたとき、みんないったいどうしたらいいのか、何を言えばいいのか、この事態をどう受け止めればいいのかわからなかった。男の子はまだ泣いていないけれど今にも泣き出しそうで――ほら、唇がぶるぶる震えている、困ったなあ。その女性は十年後、いや十五年後のエヴァといってもいいくらいエヴァと瓜二つだ。エヴァを見つけるなり、こんな言葉を次から次へと浴びせかけた。ねえ、あのね、別に怒ってるわけじゃないの、夫に構わないでって言ってるだけ、わたしたち家族なのよ、わかるでしょう？

　エヴァはあとずさりした拍子に机にぶつかって、ハンドバッグを床に落とした。いろいろなものが中からこぼれ出したが、拾い集めている暇はなかった——女性と子どもが迫って来て文房具が入っている棚の前に追い詰められたのだ。女性はがっくりと膝をつき、傍らに立つ男の子は顔をぐしゃぐしゃにしながらわんわん泣いていてもはや何も目に入っていない。「あなたは簡単に別の人を見つけられるかもしれないけど、わたしには無理、今は無理……いつか自分にもこういうことが起こるかもって考えないの？　お願いだから夫ともう会わないで、彼を解放して……」

エヴァは両手をぶんぶん振りながら何か言っているが、どれだけ弁明を試みても、女性のすがるような声にかき消されて一言も聞き取れない。警備員を呼んだほうがいいとあなたが言うと、そうだねと応じる声はあがるのに誰ひとり動こうとしない。みな腕を組み、口をぎゅっと結んで事態を見守るばかりだ。キャスリーンが「言いたいことがあるんだから言わせてあげよう」とか何とかぼそりとつぶやく。あなたは自分で警備員を呼び、女性と男の子は連れ去られる。床に散らばったエヴァの私物を拾い上げて、彼女のバッグに放り込む。と、あるものが目に留まる。真《しん》鍮《ちゅう》の鍵がついた革製の日記だ。鍵のかかった本を持っている、物静かな女性。あなたはエヴァのことが気になりはじめる。彼女は自分の机に戻って仕事をつづける。ほかのみんなも机に戻ったものの、メールでエヴァのことをああだこうだ言いあっている……少なくともあなたはみんながそうしていると思っている。自分にはそういうメールは送られてこないが、あなたとエヴァ以外の全員がどうやらいつもよりも大量のメッセージを受け取っているようだ。折にふれてエヴァのほうを見ると、白目がすっかり充血して赤くなっているものの、こちらを見返すこともないし仕事の手を止めることもない。ファックス、ファックス、コピー。電話にも何度か出るが、その口調は仕事のうえで求められる感じのよさを保ったままだ。

アンチ・エヴァ運動が巻き起こる。参加者たちはもう彼女の魅力に騙《だま》されたりしない。エヴァは絆を壊し、約束を反故《ほご》にし、真実《まこと》の恋に邪魔を入れすんなりいかなくするためだけにこの世に存在する、ありとあらゆるものの権化なのだ。あなたはエヴァ派を自称するつもりはないものの、夫の愛人と対決するためにショック状態のまだ小さな子どもを職場に連れてくるのは、ずいぶんずる賢いやり方だなとは思う。そんなふうに感じるのはあなただけらしく、相手方にもそういう面があることはいっさい話題に上らない。キャスリーンはエヴァの真似をしようとするのをさっさとやめた。いまだにエヴァに惹《ひ》かれている人たちも、彼女があいかわらず友だちを作ろうとしないのを見て腹を立てる。何様のつもり？　こんなに親切にしてあげてるのに、わからないの？
「そうそう、いまだにデートに誘ってくれる人がいるのを感謝すべきだよ」とあなたが言うと、聞いていた人たちのほとんどはうんうんとうなずいて、ようやくきみにもわかったかと喜ぶが、スージーとポールとほかの何人かはあなたを疑わしげな目で見ている。仕事中にときどきスージーがあなたの背後に立つようになる。密《ひそ》かに数値に手を加えているあなたは、そんなふうに監視されると不安になる。スージーには関わらないのがいちばんだ。

ある昼休み、エヴァがサンドイッチをあなたのデスクに持ってきて、ふたりで一緒にランチを食べる。突然のことで、それ以来エヴァの悪口を言ってみんなを欺くことができなくなる。たまたま話が彼女の耳に入って誤解されないともかぎらないからだ。日記のことを尋ねると、十三歳になった年に書きはじめたことを教えてくれた。『アンネ・フランクの日記』を読んで、あのような声が沈黙してしまうことに心をかき乱され、さらには誰の耳にも届くことなく沈黙してしまうあらゆる声たちのことを思って、ますます心をかき乱されたという。

「それにさ——人が不機嫌だったり優しかったり賢かったりするところを表現しようとしてるのに、そのための手段を奪うようなやつは誰であろうが何であろうがクソだよ。自分がそういうことしてると思ってたわけじゃないよ」とエヴァは言う。「ただ、どうすれば自分がもっといい友だちになれるのか考えようとはしてた。あの子がやってたみたいに。そういう時期のことを記録に残しておくべきだと思っただけなんだ。あの子がやったみたいに。そんなわけで十三歳のときから十五歳になるまで日記を書いてた。あの子みたいにね」

　自分にも何か起こりそうな気がしていたの、とあなたは尋ねる。

「何か起こる、って？」

　例を挙げることにする。「わたしは窓からよく人が落ちる街で育ったんだ」とあなたは話す。「だから自分でも窓から落ちる練習をしてた。でも何度か骨を折ってみて、あまり窓の近くに立たないようにするのがよさそうだと思うようになった」

　エヴァはあなたに鋭いまなざしを向ける。「いいえ、わたしは自分に何か起こりそうだと思っていたわけじゃない。いかにも十代って感じのありきたりな発想でやっていただけ。でも、あなたの育った街は……『窓から落ちる』って、何かの遠回しな言い方？　あなたの言う『落ちた』とか、もしかすると『窓』というのも何か別のことをあらわしていたりする？」

「しないよ！　どうしてそう思ったの？」

「あなたの話し方が全体的にすごく回りくどいから。失礼なこと言ってたらごめん」

「失礼じゃないよ」とあなたは言う。回りくどいところはこれまでもさんざん指摘されてきた。主に絶望した顔の元カノから。

「日記のこと、もうひとつ訊いてもいい？」

　エヴァは慎重にうなずく。

「何年も前に書くのをやめたのに、なぜまだ持ち歩いているの？」

「どこにあるか、いつでもわかるように」と彼女は答える。

　スージーがいらいらしはじめる。

「既婚者の彼とまだ付きあっているのって気取り屋さんに訊いてよ」とあなたに言ってくる。

　そんなこと訊くつもりはないとあなたは答える。

「このオフィス、すごく空気がどんよりしてる」とスージーは言って、気取り屋さんをなんとか辞めさせてやろうと決意する。うまくいくよう自分も手を貸そうと誰かがおおっぴらに言っているのをじっさいに見たり聞いたりしたわけではないが、単に毎日エヴァとランチを食べるようになったあなたの前では表に出さないというだけなのだろう。そういうわけで、エヴァが買ってきたばかりの食べものからほんの一瞬目を離しただけでいつのまにかサラダがひっくり返って机がドレッシングまみれになっていたり、エヴァのロッカーの鍵が盗まれて気づいたら中にコンドームがぎっしり詰められていたり、エヴァのもとに届いたもっともらしい添付ファイルを開いたらコンピューターが何時間かクラッシュしてほかの誰も一瞬たりとも自分のコンピューターを使わせてくれなかったりしたとき、単独犯ではないとわかっていてもあなたはスージーただひとりをじっと見据える。権力をひけらかすことにすっかり酔いしれたスージーは、目を半分閉じてくすくす笑いながらオフィスを歩き回っている。みんながそんな行動に走るのはこんな仕事をしているせいなのか、それともどんな環境でもこの手のゲームというのは行われるものなのか？　新入りの女の子は、愛想がよくて道徳的に正しくなければならない。そして、心を開かなければならない。誰でもいいから心を開いて、その人たちと仲よくするべきなのだ。「彼が結婚しているなんて知らなかった」とさえ言えば、その話し方がどんなにぎこちなくてもみんなに受け容れられただろう。何でもいいからネタをちょうだいよ、気取り屋さん。

　誰かがエヴァのバッグを漁って日記を持ち去る。それに気づいたエヴァは、席から立ち上がって日記を返してと頼む。お金を払ってもいいから、と。「ほしいものなんでもあげるから」と彼女は訴える。「みんなに嫌われてるのはわかってるし、わたしもみんなのことは嫌い。でも、お願いだから返して。人生の二年ぶんよ。人生の二年ぶんなのよ」

　みんなはこれを聞いて、何のことかさっぱりわからないという顔をする。キャスリーンが「トイレを調べてみたら」とアドバイスすると、エヴァは急いでそのとおりにするが、しかめっつらをしながら手ぶらで戻ってくる。仕事に戻って、その次にプリンターのところに行くと、出力した書類の上にプリントアウトされた別の紙が載っている。退職しろ。そうすれば日記は戻ってくる。

　その日のうちに辞表を提出して、エヴァは自分が日記のことをどれだけ真剣に考えているかを示す。じゃあねという彼女の言葉に、あなたは何も答えない。いずれはスージー一味をやっつけられたかもしれないのに、会社には仕事をしにきているだけだって認めさせられたかもしれないのに、あいつらに勝たせた。何のために？　日記なんかのために？　情けない。

次の日、コーヒーメーカーの脇にエヴァの日記が置いてあるのをジョージが「発見」したとき、その手に手袋がはめられていないのを見て、あなたは前の日に気づかなかったあることに気がつく――彼だけではなくあなたとエヴァ以外の全員が、一日じゅう室内で手袋をしていたのだ。おそらく日記に指紋を残さないようにするためだろう。いい考えだね。要するに、同僚たちはあなたよりストレスをたくさん抱えているってだけのことなのだ。

あなたはエヴァに日記を返す役を買って出る。ひとつだけ問題があった。住んでいるところも電話番号もわからない――仕事以外で彼女に会ったことがなかったのだ。人事部はエヴァの連絡先を教えられないというし、電話帳にも載っていなければ、インターネット上のアカウントもない。ほかに選択肢がなかったので、あなたは日記に目を向ける。鍵を開けてみようとしたがうまくいかない。そんなとき、姉さんがあなたに耳打ちした。「おばあちゃんに頼んでみなよ……」

「ああ、日記の鍵なんてお手のものさ」と、おばあちゃんは非難がましい声をあげる（日記の鍵みたいにちょろいものすら開けられない弟子が何の役に立つ？）。そして、あっというまに日記を開いてしまう。中身を読んでくれとも言わない。その値打ちもなさそうだと思ったからだ。安っぽい日記だねぇとおばあちゃんは言う。あなたが革だと思っていたのはフェイクレザーだったのだ。安っぽかろうと何だろうと、日記はあなたにとっては魅力的なものに映る。四角く切り抜かれた花柄のリネンが表紙と裏表紙を点々と飾り、ページは羽根のように軽い。日記はすみれ色のインクで書かれていた。

なぜわたしがもう話したくないのかというと――あなたは少し読みかけて目を逸らし、裏表紙を開いてその隣にあるページに目をやる。そこには住所が書かれていて、しかも現住所である見込みがかなり高かった。別の住所が書かれた紙切れの上に、新たな紙切れがテープで貼りつけてあったからだ。あなたはその住所を別の紙に書き写すと、自分で書いた字をじっと見つめた。黒いペンで書いたはずの文字や数字が、どうしてすみれ色になっているのだろう。おまけに――おまけに、あなたがペンと紙を探しているあいだに、日記がいつのまにか開いている。ひとりでに大きくなったというのではないが、テーブルの上にすっくと直立する姿はまるで深呼吸でもしているようで、周りの空気が本のページのようにはためいて見えた。じっさいのところ日記は一本の手のようなものであり、あなたと、あなたのリビングルームと、そこにあるありとあらゆるものはぱらぱらめくられるページのようなものなのだ。あなたはしぶしぶながら日記にゆっくりとにじり寄っていく――近づかずに閉じる方法があるならそうしたかった――だが日記に近づけば近づくほど部屋の明かりはどんどん薄暗くなっていって、足を動かすことすらままならなくなっていく。まるであなたを取り込もうとする、紙でできたトンネルの中を歩いているような感じだ。そのうえ、そこらじゅうからこんなしゃべり声が聞こえてくる。もっと大きな声を出せよ、エヴァ、とか、エヴァ、早口になってるよ、もっとゆっくり、とか、じゃああれこれおしゃべりするのが好きなんだね？　とか。こんな声も聞こえる。自分が何を言いたいわかってるんだろ？　とか、ちょっとお嬢さん、今すぐ言わなきゃいけないことがあるんじゃない？　とか、いいからもう一回言ってごらん！　とか。それから、こんな声もする。しーっ、とか、それで……この子がいったい何の話をしているかわかるやついるか？　とか、なるほど、でもそれに何の関係があるんだ？　とか、今この子が言ったこと聞いてたか？　とか。

　聞こえてくるのはほとんどが男性の声だった。少なくともあなたの耳にはそう聞こえた。でも全員ではない。女性もいたし、しーっと自分に言ってなんとか黙っていようとするエヴァの声もする。あなたは歌い、叫び、カッコーの鳴き真似をする。詩を暗唱する。何でもいいから、思いついたことをかたっぱしからやる。こうしてあなたは、エヴァの築きあげた沈黙を身をもって味わう。そうして大騒ぎしながらもなんとか日記に手が届くところまで近づいたあなたは（今どんな状態になっているかもうよくは見えなかったものの）表紙と裏表紙をひっ摑んでそれをぱたんと閉じる。そしてげらげら笑いながら日記の上に座り込んでしばらく押さえつけると、尻の下に日記を挟んだまま床の上を滑るように移動し、目についたマスキングテープで閉じた日記をぐるぐる巻きにする。危機一髪だったねぇ、きみ。危機一髪だったよ。

　週末、日記に書いてあった住所に行ってみると、ドアを開けたのはレヴァント地方の出身らしき白髪の男だった。エヴァの恋人？　エヴァは出かけているよとまず言って、それからこう付け加えた。「ちょっと待って、誰を探してるって？」

　エヴァの名前をもう一度伝えると、じつはその家にエヴァは住んでいないんだと男は言う。いつからかですかと尋ねると、一度も住んだことはない、と。しかし、あなたがエヴァの日記を持っていることを伝えると、男は中に入れてくれた。「屋根の上にいるところを一度見た気がする」。はっきりとした事実を述べるような言葉は口に出そうとしない姿勢に、どことなく政治的なものを感じる。本当にエヴァがそこにいるのか確証がないまま、あなたは屋上に上る。彼女の姿はない。見渡すかぎり、ささやかな庭と巨大駐車場と衛星放送のアンテナがどこまでも並んでいる。氷のように冷たい風が、あなたの耳のてっぺんを切りつけるように吹き抜けていく。もしあなたが映画の登場人物なら、この屋上は都会を統べる闇の勢力と戦って相手を打ち負かすのにうってつけの場所だっただろう。手すり壁《パラペット》に日記を置いて引き返そうとしたとき、誰かの大きな声が聞こえてくる。「ねえ！　ねえ――それわたしの？」

エヴァだ。隣の建物の屋上にいる。さっきあなたが景色を眺めていたときに外に出てきたのだろう。隣の屋上にはブランコが置いてあって、席がふたつ並んでいる。エヴァが爪先をぴんと伸ばして地平線に向かって漕《こ》ぎ出し、揺れてこちらに戻ってきては、また前に飛び出していくところをあなたはじっと見ている。仕事を辞めたのはほんの数日前だというのに、もうあなたのことを覚えていないようだ。それはこちらも同じだった。あなたはエヴァにこう伝える。あなたの日記、誰かにページを手荒にめくられてざっと中を読まれたように見えるけど、何が書いてあるかは誰にも知られていないから安心して。「とにかくわたしは読んでないから」とあなたは言う。ブランコをぎいぎい軋《きし》ませながら、エヴァが夜空にさっと舞い上がる。あまりに高く高く昇っていくので、もう戻ってくるつもりがないようにすら思える。でも彼女は戻ってくる。そして戻ってきた彼女はこう言うのだ。「で、そんなことのためにわたしが鍵をかけたと、あなたはまだ思ってるわけ？」

謝辞

ありがとうピョートル・チェプラック、ありがとうマリーナ・エンディコット、ありがとうトレイシー・ボーハン、ありがとうジン・アー、ありがとうボフダン・カラーセク、ありがとうサラ・マグラス。それから、ケイト・ハーヴェイ——ありがとう。

ケネス・グロースによる興味の尽きない本『人形、その不気味な生』からはおおいに影響を受けた。

訳者あとがき

本書はヘレン・オイェイェミが二〇一六年に刊行した短篇集 *What Is Not Yours Is Not Yours* の翻訳である。

「むかしむかし」というおとぎ話の決まり文句からはじまるこの短篇集は、錠前と鍵というモチーフでゆるやかに繋がってはいるものの、その舞台や声は物語ごとに次々と移り変わり、じつに彩り豊かだ。カタルーニャの教会で育てられた孤児が洗濯係として働きながらみずからの首にかけられた鍵の秘密に辿り着く「本と薔薇」。親友に留守を任された主人公とその義理の娘が遭遇する、イギリス版『推し、燃ゆ』とも言うべき（K-POP の影響も色濃い）あるポップスターの炎上騒ぎ「「ごめん」でお茶は甘くならない」。人形遣いの学校を舞台にままならない身体と心を抱えた少年少女と人形たちの物語「あなたの血ってこのくらい赤い？」……。

オイェイェミの作家としての力が存分に発揮されるのは、この魅惑的な、閉ざされた「場」が鮮やかに作り出されていくときだ。花々が咲き乱れ蝶が舞う、鍵のかかった秘密の薔薇園。いたるところに半開きの扉があり、一歩足を踏み入れたら最後、正気のままで出てこられるかはわからない「錠前の家」。人間だけでなく、全身が木でできた美しい人形も通っている人形遣いの学校。ほしいものは何でも手に入るが、ひとたびチェックインすると二度とチェックアウトできない、まるで生きながらにして幽霊になった気分を味わうようなニッチなホテル・グリッサンド――。

あるいは、誰もが知っている名所でも、オイェイェミの手にかかればドルニチュカの食料庫のように思わず蓋を開けてそのにおいを嗅いでみたくなるような瓶がいくつも並ぶ、魅惑的な「場」になる。「鋸《のこぎり》の歯のようなぎざぎざの山」を意味するモンセラートで見つかった黒いマリア像を擁するカタルーニャのサンタ・マリア・デ・モンセラート大聖堂では、ベネディクト会の修道士たちが教会の前に放置された赤ん坊を不慣れながらも寄ってたかって大騒ぎしながら育てているし、ガウディが設計した海の中の城のような、あるいは荒廃した月面のようなバルセロナのカサ・ミラではアーティストをはじめ一癖ある住人たちが暮らし、その奔放な生活ぶりを洗濯係の少女たちがこっそり見守っている。小舟《パント》の浮かぶケム川がおだやかに流れ、青々とした芝生が歴史ある重厚な建物に映える、著者自身も通った美しいケンブリッジ大学ではかつて兄弟団《ブラザーフッド》と姉妹団《シスターフッド》との小競りあいがあり、その対立は現代においてはより微妙で複雑な形をとるようになっている。

この短篇集のページをめくるたびに、どこか危険な香りが鼻をかすめつつも、いかにも何か起こりそうな期待感に導かれてついふらふらと吸い寄せられてしまうような、そんな閉ざされた「場」が次々と目の前にあらわれるのだ。こちらを招く手の上には、一本の鍵が載っている。しかし、その鍵を手に取るなら用心しなければならない。鍵というのは隠されていた世界を目の前に開くと同時に、人を永遠にどこかに閉じ込め、縛りつづけるものにもなりうるのだから。

オイェイェミが鍵という「それ自体が思わせぶりな」ものに惹かれたきっかけは、エジプトのカイロにあるバザールを訪れたときのこと。さまざまな店に並ぶ剣と鍵のうち、おみやげとして持ち帰りやすいという理由で鍵をたくさん買い集めながら、もしかして鍵というのは剣と同じくらい危険なものではないかと思いいたったのだという。剣と同じように、鍵は断ち切ることができる――たとえば「あなたのものと、あなたのものじゃないもの」とを。あるいは鍵はまるで剣のごとく「自分が持っているものを守ると同時に、他人の持っているものにあなたを近づけさせないようにするもの」でもある（スティーヴ・インスキープによるインタビュー、NPR『モーニング・エディション』二〇一六年三月二一日）。

そう考えると、本書の思わず口に出してみたくなる呪文のようなタイトルにひそむ、ある種のせつなさが見えてくる。オイェイェミ自身はこのタイトルの持つ相反する感情《アンビヴァレンス》の出どころは「欲望とそれに伴う悲しみ」だとまた別のインタビューで語っている。ほしいものがあっても、そのうちいくつかは手に入らないということ。たとえいったん手に入れたとしても、永遠に自分のもののままになるものなどないということ。あるいは、自分の使い方のせいで何かを失ってしまうことがあるということ。そのとき引き起こされる悲しみは、人を壊してしまうほどのものになりかねない、と（ヘザー・アクミアによるインタビュー、『ブックフォーラム』二〇一六年六月二〇日）。

欲望というのは、この短篇集を静かに貫くまた別のテーマでもある。「溺れる者たち」のアーケディは困窮のなか生きたいという原始的な欲望にさいなまれるあまり鍵を火にくべたものの、皮肉にも鍵のかかった牢に囚われることになる。「気配」では周りから共依存と呼ばれるような関係にある夫婦のあいだで、相手への満たされない思いが少しずつ方向を変えながらさまよいつづける。童話『赤ずきん』を下敷きにした「ドルニチュカと聖マルティヌスの日の鵞鳥《がちょう》」では、生きとし生けるものがみな食欲にどっぷりつかっている。「フレディ・バランドフ、チェック……イン？」では、現代っ子らしくさまざまな欲望から距離を置こうとする主人公が、結局はその「あっと驚く裏切り者」に振り回されてしまう。

そしてまた読者であるわたしたち自身も、曖昧で難解なところにからめ取られそうになりながらも先を知りたいという欲望に突き動かされてこの物語を読み進めることになる。ユーモアや鋭い皮肉を織り交ぜつつ、思いもよらないところへわたしたちを連れて行くオイェイェミが、優れたストーリーテリングの持ち主であることは疑いようがないだろう。無類の本好きで古今東西のさまざまな書物に通じ、物語への圧倒的な信頼があるいっぽうで、「書かれたものを信じる者に災いあれ、信じない者にも災いあれ」と摑みどころのない映画を必死に解釈しようとするフレディに「これ人形劇だよ」とあっけらかんと言い放つアイシャのように、つねにどこか冷静ですべてを俯瞰しているような風通しの良さもある。

登場人物たちのなかでも強烈な存在感を放つマーナ・セミョーノワが出会った少女たちが示していたとおり、物語はわたしたちにとって救いにも、命取りにもなりうる。それゆえ鍵がかかっており、それゆえ本を開く前には注意をしなければならないのだ。

そのいっぽうでこの短篇集を読み進めるうちに気づくのは、ある物語では舞台袖にいた人物が別の物語では主役になっていたり、数年後、あるいは数年前の様子が言及されたりというように、登場人物においてもそれぞれの話に繋がりがあるということだ。たとえば「「ごめん」でお茶は甘くならない」の主人公が働くクリニックの同僚で副業として呪術をやっているというタイキ・ショーはかつて、「あなたの血ってこのくらい赤い？」の人形学校に通っていて、そのタイキの「副業」に助けられたアイシャがどんな女性に成長したかは「フレディ・バランドフ、チェック……イン？」で垣間見ることができる。いっぽうアイシャの真面目で気苦労の多い姉のダヤンの心の動きは「ケンブリッジ大学地味子団」でじっくりと描かれる、といった具合に。ページをめくるうちに、オイェイェミの作り出すこの世界に知らず知らずのうちに愛着が湧いているのはこの繋がりのおかげでもある。物語が終わっても登場人物たちの人生がどこかでつづいているかもしれないと思うと、たとえその生をこの目で見届けられないとしても寂しさがいくぶん和らぐような気がするし、本を閉じてもなお拡がっていく世界の果てしなさに胸が弾む。

　本作をひとつの連作短篇として小川洋子の『寡黙な死骸　みだらな弔い』（英語圏では『復讐《リベンジ》』という不穏なタイトルで出版されている）にたとえたのは、同世代のアメリカ人作家ローラ・ヴァン・デン・バーグ（同作のひっそりした語りに比べると、こちらはずいぶんにぎやかな声に溢れてはいるが）。オイェイェミの連作短篇集では「物語がいままさに語られているという快感がびりびりと電流のように駆け巡り」、「日常と幻想と永遠とを巧みに融合させ」、「脱線や余談を挟みながら少しずつ展開していく緻密なプロット」によってどんどん拡がっていくその世界は「人を夢中にさせ、それと同時に傷つける」力を持っていると、彼女は評した（二〇一六年三月一八日、『ニューヨーク・タイムズ』）。

　ヘレン・オイェイェミは一九八四年ナイジェリア生まれ。四歳のとき家族とともにロンドンに移住し、高校在学中の十八歳のときに書いた『イカルス・ガール』（金原瑞人・ふなとよし子訳、産業編集センター）は、イギリスとナイジェリアというふたつの国、幼少期と思春期、そして現実と幻想とのあいだで揺れる八歳の少女を描き、その早熟の才能がおおいに評判を呼ぶ。ケンブリッジ大学コーパス・クリスティ・カレッジでは、社会政治学を専攻。このころの経験をもとに書いたと思われる、本書に収録された「ケンブリッジ大学地味子団」は「女子」として欲望の対象にされることにうんざりし、いつのまにか集まっていた一癖も二癖もある「地味子」たちが外圧にさらされながらものびのびと過ごす、おしゃべりな声たちがなによりの魅力になっている。

オイェイェミはその後、キューバ神話を取り入れた *The Opposite House*（二〇〇七年）で神話やおとぎ話を現代風に語り直す作家としての定評を得る。十代の双子が主人公の *White is for Witching*（二〇〇九年）で二〇一〇年サマセット・モーム賞を受賞。童話の「青ひげ」をモチーフにし、自分の作品のヒロインを残虐な形で殺す作家を描いた *Mr. Fox*（二〇一一年）を出版したあと、『グランタ』誌が英国で活躍する四十歳未満の作家を対象に十年ごとに選出しているベスト・オブ・ヤング・ブリティッシュ・ノヴェリストのひとりになる。*Boy, Snow, Bird*（二〇一四年）では、童話「白雪姫」の要素をいったん分解してからアメリカの現代の複雑な家族関係をとおして新たなテーマに再構築。唯一の短篇集である本作『あなたのものじゃないものは、あなたのものじゃない』は、マイノリティー作家の作品に与えられるペン・オープン・ブック賞に選出される。その後、ジンジャーブレッドの秘密のレシピを知る母娘とその幻想的な故郷をめぐる *Gingerbread*（二〇一九年）、催眠術師とゴーストライターのカップルとペットのマングースが謎の寝台列車に乗り込んで、謎が謎を呼ぶ不思議な体験をする *Peaces*（二〇二一年）の長編七作、ほかに戯曲を二編発表している。ベルリン、ブダペスト、パリ、トロント、ニューヨークに住んだあと、二〇一四年からはプラハに定住している。

本書を読んでいただければおわかりのとおり、ダヤンが「地味子団」入団のために求められたようなビガリュールさ――「さまざまな色が寄せ集まり混じりあい」ながら「話がひとつのことから別のことへと、思いもよらぬ形で魔法のように進んでいく」のがオイェイェミの物語の特徴のひとつであり、あらすじをなぞるだけではその魅力をとうてい伝えきれない。おとぎ話から人形劇、K-POPから韓国演歌、シェイクスピアから現代の職場いじめまでを貪欲に取り入れ、幅広い人種・年齢・ジェンダーの色とりどりの声が溢れるこの短篇集からは、作家としての可能性を今まさに拡げつつある彼女の才能のひらめきが感じられると思う。

翻訳にあたってはたくさんの方のお力をお借りした。チェコ語に関しては阿部賢一先生、ハンガリー語に関しては簗瀬さやか先生にお世話になった。シェイクスピアに関しては松岡和子さんの翻訳を参考にさせていただいた。河出書房新社の矢島緑さん、坂上陽子さんの励ましには大変助けられた。心よりお礼申し上げます。

願わくは、エピグラフの注意書きをものともせずに本を開いたみなさんが、この物語という「沼」にまんまと足を取られますように――。

二〇二三年四月　上田麻由子

著者略歴

Helen Oyeyemi ヘレン・オイェイェミ

1984年ナイジェリア生まれ、プラハ在住。4歳のときロンドンへ移住。18歳で『イカルス・ガール』を書き上げ、ケンブリッジ大学コーパス・クリスティ・カレッジに入学、社会政治学を専攻。これまで長編7冊、短編集1冊を刊行している。『グランタ』誌ベスト・オブ・ヤング・ブリティッシュ・ノヴェリスト、サマセット・モーム賞など多数の受賞歴を持つ。

訳者略歴

上田麻由子 うえだ・まゆこ

上智大学非常勤講師。訳書に、シリ・ハストヴェット『震えのある女』、ウィンザー・マッケイ『眠りの国のリトル・ニモ』、サンドラ・スター『ジョゼフ・コーネル 水晶の籠』、共訳書にロクサーヌ・ゲイ『むずかしい女たち』等。著書に『2・5次元クロニクル 2017-2020 ―合わせ鏡のプラネタリウム』がある。

あなたのものじゃないものは、あなたのものじゃない

2023年6月20日　初版印刷
2023年6月30日　初版発行

著　者　ヘレン・オイェイェミ
訳　者　上田麻由子
発行者　小野寺優
発行所　株式会社河出書房新社
〒151-0051
東京都渋谷区千駄ヶ谷2-32-2
電話03-3404-1201（営業）
03-3404-8611（編集）
https://www.kawade.co.jp/

装　丁　三瓶可南子
組　版　KAWADE DTP WORKS
印　刷　株式会社暁印刷
製　本　小泉製本株式会社

Printed in Japan
ISBN978-4-309-20884-8